捨てられ皇女、皇帝になります
第五皇女の成り上がり！

CHARACTERS
登場人物紹介
フィル
植物学者で下宿の住人。
時にシビアな一面をみせつつ、
『管理人さん』である
ユーゼリカに協力していく。
シグルス
ユーゼリカの同母弟で
第九皇子。頭脳明晰だが
最近は反抗期。
ユーゼリカ
本作の主人公。
皇帝を見返し、弟の立場を安定させるため
次期皇帝選びに名乗り出る。
管理人時は眼鏡をかけたスタイル。
ちょっとだけ悪人顔。

リック
ユーゼリカの下宿の
住民で医師。他の住民同様、
破格な条件での下宿生活を
疑っていたが……
ベルレナード
第四皇子でユーゼリカの
異母兄。家柄を鼻にかける
高慢な性格。ユーゼリカたちを
嘲笑う。
アレクセウス
第二皇子でユーゼリカの異母兄。
ナルシストで底抜けの
自信家だが食えない一面も。
ロラン
ユーゼリカ付きの忠実な騎士。
真面目な堅物で最近の
奇天烈な展開に振り回されている。

第一章

ツェルバキア帝国は、建国以来四百年、中央大陸に君臨する大帝国である。

遠大な国土を治める第二十九代皇帝レオナルダス二世のもと、国は栄え、皇都は大いに賑わい、大陸中の富が集まると言われる。

皇都を見下ろす小高い丘に建つ皇宮は、この世の奇跡とも呼ぶべき豪奢《ごうしゃ》な造りと壮麗な美で彩られ、まさに天上の宮殿のごとき絢爛《けんらん》さであった。二十余りもの妃、十一人の皇子、六人の皇女らをそれぞれ主人とする私宮そして宮廷の全機関が集められた、一つの都市ほどもある広大な城である。

麗しき皇宮の北西。どことなく寂れた印象のある片隅に、その館は建っていた。

元はまぶしい白亜《はくあ》だった外壁は年月を経て薄墨《うすずみ》のような色に変わり、修繕《しゅうぜん》した痕跡《こんせき》もない。庭園の立派な噴水は涸《か》れ、宮殿には当然あるはずの美麗な彫像や宝石をちりばめた四阿《あずまや》も見当たらない。紙で塞《ふさ》いだあとのある割れたガラス窓。古ぼけた屋根や雨戸。苔《こけ》の生《む》した石畳。

荘厳華麗《そうごんかれい》な皇宮において、そこだけが異様な雰囲気をただよわせていた。

昼下がり。薄暗い館内に、カツーン、カツーン……と不気味な靴音が響いている。

陰鬱《いんうつ》さすら感じる静けさの中、廊下を歩いてきたのは若い娘だった。

そこだけきらめいているかのような銀色の髪に、湖水に似た翠の瞳。控えめな濃紺のドレスをまとい、髪にも首や指にも装飾品はない。あたりを監察するかのように見やるまなざしは真剣だ。

「この時間だとこのあたりには陽がさすのね。もう少し明かりを減らしてよさそうだわ」

一見すると熱心に業務点検中の女官にも思える。が、実は彼女こそ、この森緑《しんりょく》の宮の主人である第五皇女ユーゼリカだった。氷のようだと評される端麗だがやや冷たい面立ちに、心なしか満足げな表情をうかべてつぶやく。

「ここのロウソクを二本分なくせば、年に八千クラインは浮くはず。なんて素晴らしい」

すっ、と帳面を取り出し、すかさず書き付けた。皇女の倹約検討メモである。

彼女は倹約が趣味だった。いや、使命にしていると言っていいかもしれない。

この森緑《しんりょく》の宮が寂れているのにはそれなりの理由があるが、一つはユーゼリカの意向が大きい。外壁を磨くにも高価な薬液が必要と聞き、磨かせるのをやめた。庭園の噴水を止めたのは観賞するだけの水がもったいないから。炊事洗濯や馬の世話に使うほうがはるかに有意義だ。割れた窓ガラスは紙でふさげば何の問題もない。冬は時々風邪をひいてしまうが。

他の箇所《かしょ》も修繕《しゅうぜん》しないのは言わずもがなだ。特に不自由はない。仮にも皇族の私宮なのにと、白い目で見られることもあるが、ほとんどの人々は気にかけてもいないだろう。

皇宮のはずれにある忘れられた館。宮廷のきらびやかさに無縁の皇女と、皇太子争いに無関係の弟皇子――皇帝に見捨てられた子らが住む場所なんて。

「あと二本……いえ、三本減らせないかしら。さらに一万クラインは浮かせたいわ」

勢いに乗って経費削減すべくあたりを見やっていたユーゼリカは、ふと目を留めた。

廊下の先で、一人の女官が燭台に火を入れている。なぜか怯《おび》えた様子できょろきょろしながら。

気になったのは、彼女が規定外の場所にまで明かりを点けていることだ。この館の者ならまずやらないはずである。

(新入りの女官かしら？　きっとまだ教わっていないのね)

挙動不審なのは慣れていないせいだろう。ユーゼリカは親切心から女官に歩み寄った。

カツーン、カツーン……

足音に気づいたのか、女官がびくっと身じろぎする。

「あなた」

驚かせまいと、そっと耳元に声をかけると、女官は飛びあがるように振り向いた。

こちらを見た彼女の顔が、なぜなのか恐怖にゆがんでいる。

「そこはつけなくていいわ。明かりの数が多すぎる」

「……ひっ……」

「廊下の燭台は六つおきよ。ちなみに玄関は三つおき、食堂は卓上だけ、私と弟の寝室は二つだけ。お客様がある夜は二倍に増やしていいわ」

丁寧に説明したというのに、女官は凍り付いたように目を見開き、口をぱくぱくさせている。

そんなに緊張しているのかと不憫に思い、ユーゼリカは気持ちをほぐしてやろうと、うっすらと唇をほころばせた。

「まあ、来客なんてもう何年もないのだけれど」

しかし、皇女渾身《こんしん》の微笑と軽口に、女官は一気に青ざめて涙目になり――

「いやあああ！　首がっ、生首がしゃべったぁ――！」

いきなり絶叫され、ユーゼリカは驚きのあまり二拍ほど黙り込んだ。

「生首ではないわ。私はこの館の……」

「いやっ、いやああ！　だから嫌だったのよ、こんな亡霊屋敷ーっ！」

止める間もなく、泣きわめきながら女官はすごい勢いで走り去ってしまった。

咄嗟《とっさ》に対応できず取り残されたユーゼリカは、しばし沈黙の後、ぽつりと感想をのべた。

「……斬新だわ」

兄弟姉妹たちからいろんな悪口雑言をくらった経験はあるが、生首呼ばわりは初めてだ。

ともかく、主人である皇女の顔も認識していないくらいの新入りなのだろう。優しく指導するように担当の者に伝えねば――と考えたところで、はたと思いだした。

（いけない。教授がお待ちなのだった）

客が訪れたとの言伝を聞いて、そちらに向かっていた途中だったのだ。あまりに珍しいことなので逆にうっかり忘れそうになってしまった。

ユーゼリカは表情をあらため、足早に客人の待つ応接間へと向かう。

件《くだん》の新入り女官が新しい勤め先の古めかしさを揶揄《やゆ》した知人たちに〝亡霊屋敷〟だと脅かされながらやってきたことも、たまたま着ていた濃い色のドレスが薄暗がりになじみ、白い顔がまるで浮いているように見えたことも、知る由もなかった。

応接間には、中年の男が一人で待っていた。

ユーゼリカはすみやかに歩み寄り、姿勢を正して会釈《えしゃく》する。

「お待たせしました、サンダース教授。わざわざお越しいただき恐縮です」

教授と呼ばれた男が立ち上がり、少し落ち着かない様子で一礼した。

「これは皇女殿下。こちらこそ、お時間を作っていただいて申し訳ございません」

知的で人の好さそうな微笑。しかし浮かない表情がのぞくまなざしからして、楽しいだけの話をしにきたのではなさそうだ。ユーゼリカは一瞥《いちべつ》で観察すると、席を勧めた。

「お話というのは、弟のことですわね？」

世間話もなしに本題に入ったのは早く内容を知りたいからだったが、教授は多忙のユーゼリカが謁見を早く済ませようとしていると考えたのか、急いたようにうなずいた。

「いや本当に、お忙しいのに申し訳ないことです。ええ、シグルス殿下の――成績といいますか、アカデメイア卒業後のことについてでして」

アカデメイアとは帝国大学院の通称である。初等学校卒業後に入学できる総合教育研究機関で、皇族や貴族の子弟はもちろんのこと、試験を突破した者は十八歳まで等しく高等教育を受けられるという場だ。卒業後の進路は進学や留学、就職、研究など多岐《たき》にわたるという。

ユーゼリカより一つ下の十七歳、第九皇子である弟シグルスはそこで自国であるツェルバキアの歴史研究をしている。ただ、それが具体的にどんな研究であるのか弟から聞いたことはない。

もちろん担当教官がこうして訪ねてくるのも初めてで、ユーゼリカは思わず身構えた。

「勉強が至らず、落第するということでしょうか？」

教授が慌てたように両手を振る。

「いえいえ、まさか。その逆です。彼の成績は本当にすばらしい。これが前期の成績表です」

差し出された冊子を受け取り、ユーゼリカはすばやく目を走らせる。優良を表す記号がずらりと並んだそれをしばし見つめ、表情を変えず顔を上げた。

「ということは、つまりどういうことでしょう？」

成績が良いのはわかったが、わざわざそれを教えにきてくれるほど彼も暇ではないはずだ。訪問の真意を測りかねていると、教授がなんともいえない顔つきでため息をついた。

「先日、学生全員に卒業後の進路について訊ねました。アカデメイアに残るにしろ、他の大学に進むにしろ、仕事に就くにしろ、こちらも準備をすることがありますので。ところがシグルス殿下だけは進路希望表を白紙で提出されたのです」

「――白紙」

「シグルス殿下ほど優秀ならば、望めばどの研究機関にも進めます。留学されてもいい。爵位を継がれるのであればそれもよろしいでしょう。しかし彼はそのどれも御免だと――ごほん、本意ではないと言うのです」

皇女の手前言い直してくれたようだが、おそらくはシグルスの発言そのままを口走ったのだろう。

ようやく訪問の理由がわかり、ユーゼリカは渋い顔で成績表に目を落とす。

「できれば私のもとで研究を続けてくれたら嬉しいのですが、彼が望むならばいくらでも紹介状を書くつもりでいます。国史学で有名な他大学の教授もいくらか知り合いがいますし、きっと彼なら歓迎されるはずです。前々から何度もそう言ってきたのですが、興味がないというのですよ。白紙の意味を聞こうと呼び出した時にも、どうでもいいのだから書きようがないとその一点張りで。それ以来、なかなかアカデメイアにも顔を出さなくなってきましてね……」

（……あの子ったら……）

教授の嘆きを聞いただけで、弟の言動がありありと想像できる。

仮にも皇族である弟のことを〝彼〟と呼ぶ教授は、心の底から教え子として想い、案じてくれているのだろう。そんな恩師にここまで心配をかけ、家庭訪問までさせるとは。

ユーゼリカはため息をつき、あらたまって教授を見た。

「ご心配をおかけして申し訳ありません。最近少しひねくれていまして。私も手を焼いているのです」

「皇女殿下にご相談してよいものか、迷ったのですが……」

「構いません。親代わりですから」

「その若さで、しっかりしておいでですね」

終始冷静な皇女の態度に感心したように教授はうなずいている。

そこへ執事のトマスが入ってきた。彼は教授に一礼してから主である皇女に向き直る。

「殿下。フォレストリアから代官が参っております。火急の用だと申しておりますが」

フォレストリアはユーゼリカの母の出身地であり、今はユーゼリカが領主の役割を務めている地である。時折様子を伝えに来させているが、火急というのが気になった。

「教授、お話し中に申し訳ありません。ここへ呼んでもよろしいでしょうか？」

「それはもちろん。私は外しましょう」

「いいえ、お気遣いなく。すぐに済みます」

トマスに目をやると、彼がすぐに出て行く。間もなく、よく見知った男を連れて戻ってきた。

皇都に暮らすユーゼリカに代わり、現地で采配を振るっているのが彼だった。ユーゼリカの母の遠い親戚筋にあたり、一応は貴族階級にありながら偉ぶったところはなく、領民の代表という感じの気さくな男である。その彼が珍しく深刻な顔をしていた。

「――先週の大雨で橋が壊れましてね、人も荷物も領内を行き来できずに不自由しています。そのせいで流された家の復旧もなかなか進まなくて」

領地での業務はユーゼリカも内容を把握しているし、基本的に代官に一任して動いてもらっているが、こうして災害が起きたり大きな予算が動く時は意見を仰ぎにくるのだ。型どおりの挨拶をして早速話に入った彼に、無駄に問い返すことなく傍らの執事に指示をした。

「トマス、すぐに橋の修繕《しゅうぜん》を手配して。――他の被害状況は？」

代官が差し出した紙束を受け取り、目を通す。最後まで見ると、いくつか紙を入れ替えた。

「家をなくした者は宿屋に？」

「はい、いつもどおりに。この村だと宿屋は三軒ですが、それで事足りましたんで」

「そう。なるべく急いで家を建ててあげて。宿屋には特別給金を。避難している人が不自由しないようにね。麦畑の被害をもう少し詳しく調べて。税率を決め直すわ。場合によっては今年は免除にして。その分は補填をするから」

「はい、ただちに」

「そもそも川の上流に問題はなかったのかしら。確か以前も大雨で決壊した被害があったでしょう。今後のためにも調べておいて。関連はあるのかどうか」

「はい、上流の調査と、ええと、決壊被害との関連ですね」

紙束を返された代官はその順番を確認しながら繰り返す。報告書が優先順位をつけて入れ替えてあるのだ。そこに指示されたことを必死に書き付けている。

「それから」

「はいっ」

「ヨアヒムとアナに子どもが生まれたそうだけど、祝いの品は贈ったのかしら？　まだならそれもお願い」

「はい、祝いの品…………えっ？」

急に違う方向の指示が来て、ぽかんとしたように代官が顔をあげる。

ユーゼリカは彼が持つ紙束を指さした。

「最後の頁に書いてあったわ。大雨の中大変だったわね」

「……あっ、はい、そうなんでさ！　産婆さんもなかなか来ないしみんな大わらわで、無事生まれてほっとしましたよ。で、何を送りましょう？」

記していたのを自分で忘れていたのか代官が少し照れくさそうに頭をかく。領地では子が生まれると領主に報告することになっているのだ。

「祝い金と、肌着を多めに、あとは母親の滋養になるものを……そうね、とりあえず半年分」

「はい、畏《かしこ》まりました！」

急いで書き付けた代官は、照れ隠しもあってなのか少し大げさな調子で続けた。

「いやあ、さすが殿下です。ヨアヒムもアナも喜びますよ。よその領主様じゃこうはいかない。生まれたばかりの赤ん坊がいるってのに、綺麗な晴れ着や記念品なんかもらったってしょうがないですからねえ。いや、いただけるだけでもよその国よりはましですけど、殿下の贈り物は格別です。みんなの欲しいものをわかっていらっしゃるし、何よりお心がこもってますから」

おだてられたというのに、ユーゼリカはにこりともせず椅子の背に身体を預けている。

「あなたが以前教えてくれたのよ。何を贈れば喜ばれるかを」

「……へ？」

「残念ながら私には出産直後の家族に必要なものがわからないけれど、毎月出産報告をしてくれるあなたならよく知っているものね。助言をくれて助かったわ」

出産報告をしてくるということは、そのぶん赤子を持った家族と接しているということだ。当然いろんな話をしているだろう。何が必要か、何に不便を感じているか、ならばどうしてほしいか、などなど。

代官の頬が徐々に赤くなっていく。覚えていてくれたのかと、喜びに染まっているのが傍目からもわかった。

「いっ……いやいやぁ！　そんなんでよかったらなんでも聞いてください。自分にできることならなんでもお役に立ちますんで！　わははは」

「よろしく頼むわ」

「はい！　では、自分はこれで！」

失礼します、と頭を下げてから代官は弾んだ足取りで部屋を出ていった。入ってきた時とは別人のような明るい表情をしていた。

見送ったユーゼリカは、待たせていた人へとあらためて向き直る。

「お話し中に失礼しました、教授」

「いえいえ。お忙しいことですなあ。それに素晴らしい手腕だ。感服しましたよ」

一部始終を見ていた教授は、感じ入ったように何度もうなずいている。

「素早い指示、的確な判断、領民を労る優しさ、それに代官の顔を立てる姿勢。なかなかどうして、そのお若さでできるものではありませんよ。先ほどの彼など完全に殿下に心を掌握《しょうあく》されている」

「お褒めにあずかり恐縮です。やれることをしているだけですわ」

「またそんな、ご謙遜《けんそん》を。フォレストリアの民は殿下が領主でいらっしゃって幸せですね」

なぜか彼まで、ほくほくと嬉しそうな顔で微笑んでいる。

対するユーゼリカは無表情といえるほどに冷静な顔をくずさなかった。

壁にかかる小さな絵画を一瞥《いちべつ》し、つぶやく。

「……皇族としての義務ですから」

誰にも奪われないために、必死でやっているだけだ。

六年前の、あの時のように。

＊＊＊

教授との面会を終えて送り出すと、ユーゼリカは西の館へと向かった。

森緑《しんりょく》の宮は主に三つの館から成っており、それぞれ渡り廊下で繋《つな》がれている。中央の館は応接間や客間などの公的な場、東の館はユーゼリカの居館《きょかん》、西の館はシグルスの居館《きょかん》となっていた。

一つ一つはさほど大きな建物ではないが、そうして離れて寝起きしているため、顔を合わせるのは夕食の時くらいだ。だが実のところ、シグルスとは一週間ほど会っていなかった。こちらは領地の経営やその他もろもろで忙しく、弟は勉学に勤しんでいるとのことだったからだ。

そう。だから邪魔をしないよう、夕食の席に現れずともとやかく言わずにきた。「最近アカデメイアのほうはどう？」なんて鬱陶《うっとう》しく探りを入れるのも控えていた。「勉強は大事だけどほどほどにね。友人や恋人を作るのも良い経験よ」などと余計な世話と罵倒されそうな説法だって一度たりともしたことがない。しかし、それが逆にいけなかったのか──

「邪魔するわ」

バターン、と扉を開けていきなり登場した姉を、長椅子に寝そべっていたシグルスは眉をひそめて迎えた。

「ノックくらいしろよ。唐突だな」

ユーゼリカは開けたままの扉を軽く拳で叩き、繰り返す。

「邪魔するわよ」

「もうしてるだろ、さっきから」

一体なんなんだと言いたげにこちらを見つつも、起き上がろうとはしない。長い足を椅子の手すりからはみ出させたまま、分厚い本を開いて胸に置いている。

ユーゼリカはつかつかと歩みより、横になったままの彼を見下ろした。

はかない光をまぶしたような銀色の髪。宝石のごとき紫の瞳。そのどちらも母と同じ特徴を継《つ》いでいる。青年になりかけの今、端整な顔立ちに精悍《せいかん》さがそなわってきたせいか、母の面影は薄れつつあった。それが少し、寂しいように思える。

(……ううん。母上はもっと優しいお顔だった)

こんなひねくれた表情、母とは似ても似つかない。たとえ可愛い弟だろうと言うことは言わねば。

「サンダース教授が見えたわ。白紙の件も聞いたわよ」

ずばり本題に入ると、シグルスは目をそらした。胸に置いていた本を持ち上げ、わざとらしく顔の前に持っていく。聞こえないふりでもするつもりらしい。

「成績は優秀で授業態度も熱心なのに、将来どうするか決めていないのはどういうことかと先生も戸惑っていらしたわ。いえ、決めかねているのが悪いわけじゃない。それならそうと『まだ決めていません』と説明すればいいだけでしょう。その労を惜しんで白紙で出すなんて、怠慢にもほどがある。わざわざ教授に訪ねてこさせて、年配者に動いてもらうなんて恥ずかしいと思わないの？」

「あはは。まだ五十代の紳士に向かって年寄り扱いとは。怒られますよ、姉上」

「おだまり。もののたとえよ。あなたより四十も年上なのは事実でしょう」

まぜっかえす弟ににこりともせず応じ、さらに言い募る。

「しかもその件を追及されたらアカデメイアにも顔を出さなくなったんですってね。ご心配をおかけした上に失礼な振る舞いをするなんて。せめてもう少し真摯に対応をなさい。今からでも全然遅くはないわ。卒業後どうするのかちゃんと考えて――」

「じゃあ言わせてもらうけど」

がばりとシグルスが起き上がる。さらさらと銀髪が光を弾いて揺れ、険しい目見《まみ》をのぞかせた。

「将来って一体なんなんだ？　そんなものは金や、親なんかの確固とした後ろ盾のあるやつが夢見れるものじゃないの？　だったら俺には呑気にそんなものを考える資格はないじゃないか」

「俺ですって？　あなた、どこでそんな言葉使いを」

小言を言いかけたユーゼリカを、シグルスが苛立ったように遮《さえぎ》る。

「姉上」

「……もう母上はいない。母上の生家の援助も期待できない。父上の寵愛《ちょうあい》だってとっくになくなった。何も持たない、なんの価値もない皇子が、どうやって明るい未来を描けっていうの？　肩書は皇子でも俺は他の兄弟たちと違う。ぺらっぺらの軽い存在なんだから」

「……」

「皇族の情けで入学させてもらったけど、アカデメイアを出たらそれもお終いだ。この上さらに他の大学で研究だとか留学だとか、どの面下げて言えっていうんだよ。周りに疎《うと》まれながら学者を目指すなんて、俺は御免だ」

皮肉げに吐き捨てた弟を、ユーゼリカは黙って見つめた。

年頃になって世間を知った彼が鬱屈を抱えるのも理解できる。けれど励ますことはできても根本を解消してやることはできない。自分も同じ、母を亡くし父の寵愛《ちょうあい》をなくした子なのだから。

「そんなふうに卑下するものじゃないわ」

静かに声をかけると、シグルスは拗《す》ねたように顔を背けた。

「だって事実だろ」

「ええ、母上が亡くなったのも父上の寵愛《ちょうあい》がないのも事実ね。だけど他のことは変えられる」

「何が変わるっていうんだ。後ろ盾もないのに、俺なんかが――」

「おだまり。ないものに期待するなんて時間の無駄よ。欲しがったところでいつになっても手元には転がってこないわ」

ぴしりと弟の愚痴をはねつけ、ユーゼリカはようやく椅子に腰を下ろす。やりとりを見守りつつも一言も発することなく有能な侍女が茶を淹《い》れてくれたので、それを手に取った。

「けれど、存在が重かろうと軽かろうと、あなたが皇子であるという事実に変わりはない。だったらそれを利用すればいい。よほど人の道に外れたことでなければ、誰も文句は言わないわ。皇子の名を大々的に出して論文を発表するなり、学会の権威の先生方に顔を売りまくって人脈を広げるなり、それくらいのことでは罰は当たらないでしょう。研究がしたいけど他のところでは嫌だというなら、自分で研究所や学校を作ってしまえばいいのよ。皇子の名のもとにお金を集めてね」

すらすらと言うと、カップを口へ運ぶ。温かい茶が喉を潤《うるお》し、花の香りが鼻腔を通り過ぎていく。

涼しい顔で茶を飲む彼女をシグルスは唖然として眺めたが、やがて眉をひそめた。

「本気で言ってるの？　俺にそんなみっともないことをしろって？」

ユーゼリカはカップを傾ける手を止め、二拍ほど黙ってから傍らの侍女に目をやる。

「私はみっともないことを言ったかしら？」

「めっそうもない。姫様のお言葉は大変勇ましくかっこいい限りですわ！」

侍女のリラがにこやかに答える。皇女付きの彼女はユーゼリカの熱烈な信奉者だった。

それをよく知るシグルスは、また始まったと言いたげに、がしがしと髪をかき回した。息をつき、横を向きながら椅子の背にもたれる。

「姉上はいつもそうだ。にこりともせず好戦的なことばかり言う。いっそ男に生まれてたら皇太子争いに加われたかもしれないな」

「私は好戦的なことを言ったかしら？」

「めっそうもない。でも姫様がもし皇子でいらしたらと思うととっても燃えますわ！」

「ちょっと黙ってろ」

繰り返す主従のやりとりに顔をしかめて突っ込むと、シグルスは呆れたようにまた嘆息した。

「そんなことしたってうまくいくとは思えないね。皇子としても価値がないと思い知らされるだけだよ」

「そうかしら。自分の価値というのは自分で作るものよ。確かに、少しは恥をかくこともあるでしょうけれど」

カップを戻し、ユーゼリカはゆっくりと弟を見つめる。

「でもそれが何？　どれだけ恥ずかしい思いをしようと、最後に笑う者が勝ちなのよ。馬鹿にする者たちを恐れて実力を出さないなんて、もったいないことをしないで」

「……」

「あなた、アカデメイアで優秀な成績を修めているのならそれなりの知恵は持っているでしょう？こんなところで無駄にくだを巻いているなら、もっと建設的なことを考えなさい。サンダース教授が無能な人間のためにわざわざ訪ねてくるような暇な方じゃないのはわかっているはずよ」

シグルスは黙り込む。反論するべく考えているようだったが、それも諦めたらしい。

リラが淹《い》れた茶に仏頂面で手を伸ばし、彼はふと思いついたように意地悪な笑みを浮かべた。

「そんな氷みたいな冷たい顔してるくせに、兄弟の中で一番勝ち気なのは姉上かもな。知ってる？宮廷じゃ、あいつら姉上のことを『氷柱《つらら》の皇女』って呼んでるらしい。言い得て妙だよな」

二杯目の茶を飲もうとしていたユーゼリカは、手を止めて侍女を見る。

「センスのない二つ名に思えるけれど、褒められているのかしら？」

「もちろんですとも。他を寄せ付けない高貴な佇《たたず》まい、そして切れ味鋭い舌鋒《ぜっぽう》で心を突き刺し打ち砕き、皆をひれ伏させる……。褒め言葉に決まってますわ！」

「悪口なんだよどう考えても。おまえはもういい」

皮肉が通じず、シグルスはむすりとしてカップをあおった。ずれたやりとりに毒気を抜かれたのか、その顔からは先ほどのようなとげとげしさが薄れている。それを見てとり、ユーゼリカもまたカップを口へ運んだ。

「資金が必要なら早めに言いなさい。どんなことにどれくらいかかるか、明細も添えて」

「……は？」

「あなたの将来のための蓄えがあるから、それを使って好きにやればいいわ。ただし、お金にあかせて下手を打たないこと。努力と綿密な作戦あってこその資金ですからね」

無駄遣いはしないでちょうだい、と言い結んだ姉を、シグルスはしばし見つめていた。

何か言おうとしたようだが、結局は口をつぐみ、決まり悪げに菓子をぱくつき出す。

ユーゼリカもそれ以上返事を求めたりはしなかった。何事もなかったように窓の外に目をやり、今日は天気がいいわね、なんてことを考える。

しかし無言のお茶会はそう長くは続かなかった。音もなく現れた執事のトマスが、うやうやしく一礼して告げたからだ。

「そろそろお時間でございます。御支度を、両殿下」

菓子を頬張っていたシグルスが、怪訝《けげん》そうに目をやる。

「え？　なんだっけ？」

「これから皇帝陛下のお茶会でしょう。忘れたの？」

月に一度、皇帝が主催する茶会には、妃と皇子皇女全員が出席することになっている。

とはいえ忙しい身の皇帝は顔を出さないことも多く、招かれた側も公務や私用で欠席することは珍しくない。ユーゼリカも領地からの陳情だのを理由に欠席したことは一度や二度ではなかった。

ところが今日は、皇帝が久々に臨席するため必ず出席せよと厳命が下っている。こんなことは初めてで戸惑いはあったが、そういわれては知らん顔はできない。

「めんどくさい。行きたくない」

「おだまり。さっさと着替えなさい」

案の定しぶい顔になった弟を叱りつけ、ユーゼリカは立ち上がった。自分も普段着から皇女の正装へと衣装を替えねばならないのだ。

「皇子の特権を失いたくないなら、最低限のことはしないと。こんなことで足下をすくわれたら馬鹿らしいわ」

些細なことで足の引っ張り合いをする者たちがはびこる宮廷で、隙を見せれば命取りになる。目立たずひっそりしているのは当然として、与えられた責務を放棄することは許されないのだ。たとえそれが皮肉と嘲笑と侮蔑の飛び交う集まりだとしても。

そこまでは説明せずとも理解しているのだろう。シグルスは肩をすくめ、

「あー、めんどくさい」

もう一度そうぼやくと、さっと立ち上がって部屋を出て行った。

彼を任せるべく執事にうなずいてみせると、こちらも部屋を出る。

「久々のご正装ですわねえ。今日はどんなドレスで姫様をお飾りしましょうかしら。瞳と合わせたすがすがしい翠色？　それとも華やかな桃色？　でもでも、情熱的な深紅で大人っぽさを演出するのも捨てがたいですし……。ああっ、考えただけで燃えますすわぁ！」

どこか場違いな侍女のはしゃぎ声を聞きながら、ユーゼリカは皇帝の茶会に思いを馳《は》せた。

何かはわからないが、胸騒ぎのようなものを覚えながら。

＊＊＊

鏡の間と呼ばれる大広間には、高貴な人々が集い、あちこちに歓談の輪ができていた。

その名の通り、壁面を鏡で覆われたそこはあらゆるものを反射してきらめいている。

緋石と呼ばれる動力を持つ貴重な鉱石を使い、煌々と輝くシャンデリア。長いテーブルの上に配されたきらびやかな燭台の数々。妃やお付きの貴婦人たちのつけた宝石。皇子たちのまとうロイヤルガウンを留める装身具や、皇女たちの髪をいろどる華麗な飾り——

むせかえるほどのまばゆさの中、現れた銀髪の男女に、先着していた人々の視線が注がれる。

菫色のドレスをまとい、髪には同じ色の宝石をちりばめた飾りをつけたユーゼリカは、その視線に気づかないふりをして傍らへ目をやった。皇子の正装に深緑のロイヤルガウンをまとったシグルスが仏頂面をしている。楽しい場所でないのは嫌というほど同意なので、もっと愛想良くしろなどという無理な要求はやめておいた。

「本当に全員来てるの？」

「上の姉上お二人以外はね」

シグルスのつぶやきに、同じく小声で答える。第一皇女と第二皇女はすでに嫁いでおり、今日の茶会は特例で欠席とのことだった。

皇帝直属の女官が席に案内してくれるのを辞退し、二人はゆっくりとそちらへ向かった。

茶会の席順は決まっている。皇帝の席に近いほうから妃たちが座り、長いテーブルの両側に皇子と皇女が分かれて年齢順に陣取るのだ。もっとも、まだ席についている者は少なく、ほとんどの者たちが立ち話に花を咲かせている。

ツェルバキア帝国には今、皇后がいない。妃たちは嫁いだ順に第一皇妃、第二皇妃と呼ばれてはいるが、先に嫁した者が年長者として敬われるというのはあっても、立場も権力も皆同等とされている。同様に皇子皇女にも年齢以外の序列はつけられてない。他ならぬ皇帝がそう宣言しているため、妃同士が醜く寵を争うこともなかった。——一応、表向きは。

けれどその中でも上下関係を作り出そうとする者はいる。母親を亡くした皇子皇女を軽んじる風潮があるのは、ツェルバキアが周辺諸国と政略結婚を繰り返してきたからだった。つまり妃のほとんどが、かつての王女や公女、高位貴族の令嬢なのだ。そんな彼女らの祖国も今はこの帝国の一部となっているが、諸侯として国内での権力は保ち、彼女たちの後ろ盾となっている。

妃である母も、後ろ盾になるその祖国もすでにない姉弟は、自分たちで己の身を守るほかないのだった。

「挑発されても、乗ってはだめよ」

席に向かいながら、ユーゼリカは隣を見やった。シグルスが冷めた顔で前を見たまま、鼻で笑う。

「さあね」

相変わらず覇気のない態度だったが、これなら喧嘩になることもないだろう。そう思いながら視線を前に戻した時だった。

突然、横から誰かがぶつかってきた。さほど強い力ではなかったが、不意を突かれてよろけてしまい、ユーゼリカはその場にうずくまった。

「姉上」

「あっ……、申し訳ありません！」

頭上からシグルスの息を呑んだような声と、知らない男の慌てた声が降ってくる。

一瞬顔をしかめたものの、ユーゼリカは俯いたまま素早く確認した。

(怪我は――していない。刺客ではないわね。恥をかかそうと故意にやった？　それにしてはうろたえているようだけれど)

「大丈夫ですかっ？　お怪我は？」

ぶつかってきた男が気遣いながら手を差し伸べてくる。それをシグルスが鋭く払いのけた。

「どこの者だ？　無礼だろ、皇女に向かって」

「シグルス」

ユーゼリカは急いで止めると、弟の手を借りて立ち上がる。こんなことでシグルスに喧嘩を売らせてはいけない。自分が無様に転んだせいでただでさえ注目を浴びているのに。

「ルディアス卿？　どうなさいましたの？」

「それが、皇女殿下に失礼をしてしまって……あ」

男は誰かに話しかけられておろおろしている様子だったが、ユーゼリカは構わず背を向けて歩き出した。視界の端に眼鏡をかけたその男がこちらを見ているのが映る。

細身だが上背のある体格に、ぴしりと着こなした礼服や明るい色のつややかな髪。どこぞの貴婦人に甘えたような声で気遣われているところからして有力貴族の子息というところか。ちらりとそう思ったが、すぐに人に紛れて見えなくなった。

「いやだわ、みっともない。あれで皇女を名乗るなんて」

「履き慣れない靴で苦労しているのよ。正装するのも久しぶりなんでしょう」

ひそひそと笑いが広がる中、他の皇女たちが馬鹿にしたようにこちらを見ている。久々に会うので挨拶でもするかと思ったが、目が合った途端、皆、つんと知らん顔をして背を向けてしまった。

（言葉を交わすのも嫌なようね）

挨拶の手間が省けたとばかりにユーゼリカはその場を離れようとしたが、今度は堂々と行く手に立ち塞《ふさ》がった者がいた。

「へーえ、珍しい。今日はご出席ですか、お二人とも」

高慢さを絵に描いたような声とともに現れたのは、茶色の髪の少年だ。

年の頃は十三、四。ユーゼリカたちより明らかに年下なのだが、その態度は大きすぎるほどに傲然としている。足を止めたのを見てふふんとせせら笑う表情はなんとも小憎らしい。

「ここ数回は来ていなかったのに。さすがに父上のご命令には逆らえないのかな？　そうですよね。父上の不興を買っては城を追い出されるかもしれないもの。そうなったら行くところがないし、大変だものなあ」

鼻の穴をふくらませてにやにやとこちらを見ているのは、末弟の第十一皇子である。二人の境遇を当てこすっているのは明白だったが、彼を一瞥《いちべつ》したユーゼリカは表情も変えず皇女の礼をした。

「ごきげんよう、ヘンドリック殿下。アカデメイアにご入学と聞いたけれど、昨年のご成績はいかがでしたかしら？」

途端、ヘンドリックの顔が目に見えて動揺した。

「妙な噂を伺ったわ。アカデメイアに詳しい知人に聞いたのだけれど……落第の文字がちらついているとかいないとか……」

隣で〝アカデメイアに詳しい知人〟であるところのシグルスが皮肉げに唇をほころばせたが、ユーゼリカは気づかぬふりでたたみかける。

「もちろん、いつも自信満々なヘンドリック殿下がそんなわけはないと断言しておいたわ。けれど、赤点を撤回しろと先生方を脅しただの、それが失敗して学内に蛮行を張り出されただの、一連の諸々をお母上に知られまいと必死の画策をなさっているだの、信じられない話ばかり耳に入ってきて。まさかそんな、皇子ともあろう人が」

「そ……そんなわけないじゃないか！　なんだよ、弱みでも握ったつもり――」

「あら、イザベラ妃殿下」

ヘンドリックが飛び上がる。

その背後――鬼のような形相でたたずんでいる彼の母妃に、ユーゼリカはお辞儀をした。

「ごきげんよう。ご健勝のようで何よりですわ」

イザベラ妃はユーゼリカの挨拶に応じなかった。いや、応じる余裕がなかったのかもしれない。青ざめて引きつっているヘンドリックの首根っこをつかむと、ずんずんと引きずって人々の輪を抜けていった。

見送ったユーゼリカは、顔色も変えずシグルスを促す。

「行きましょう」

早く席につくに限る。ぼうっとしていても他の誰かに因縁をふっかけられるのは目に見えているからだ。

と思った矢先、早速予想通りの展開がやってきた。

「相変わらず陰険だな。ユーゼリカ」

ユーゼリカは目線だけでそちらを見やる。やってきた二人組が誰か気づくと、仕方なく向き直った。

「ごきげんよう、ベルレナード殿下、アルフォンス殿下。陰険とはどういうことでしょう？」

「わざとらしいやつめ。おまえのことだからこんな時のためにヘンドリックの周辺をこそこそと調べたのだろう？　陰険以外の何者でもないだろうが」

顔をしかめて言い放ったのは、第四皇子のベルレナードだ。

金色の髪をゆるく肩にたらした華やかな容貌に、垂れ気味の目が女心をくすぐるのか、女性の噂が絶えない貴公子。ただその噂の内容は良いことばかりではない。

「聞くところによると、女だてらに領地の経営に励んでいるそうだな。領民と直接話をしたり、逐《ちく》一《いち》要望を聞いてやっているらしいが……。そこまでして税を取り立てねば暮らしていけないのか？可哀相に」

なあ、と同意を求められ、第六皇子のアルフォンスが忍び笑いをもらす。

濃い茶色の髪に同色の瞳を持つ彼も皇子にふさわしい優れた容姿をしているが、尊大な表情と『腰巾着』と陰で呼ばれるほどベルレナードにくっついている日常のせいなのか、残念ながらその美点が生かされていない。第四皇子と同じく派手な私生活を送っているらしいが、こちらは異性関連ではなく金銭の絡む遊行を好んでいるとの噂だ。

「まったく、信じられませんね。しかし仕方ありませんよ。そういう労働をしてもその日暮らしがやっとなのでしょう。館ではいつも使用人のようなぼろをまとっていると聞きましたよ」

「やれやれ。皇族とは名ばかりだな。聞いているこっちが恥ずかしいぞ」

「いっそのこと街へ出て割の良い職を求めたらどうだ？　城にいても金は入ってこないだろ？」

母親の違う兄弟だが、よほど気が合うのか彼らは大抵いつも一緒にこうしていびってくる。

仲良しで結構なことだと思いながらユーゼリカは侮蔑の視線を受け止めていたが、一通りやわらかな罵倒が終わったようだとみるや礼を返した。

「仰るとおり、領地の経営に苦心しておりますわ。いくら時間を費やしてもできることは限られていますし、税収など微々たるものです。もっと時間があればよいのに……。ところでベルレナード殿下は恋人が大勢いらっしゃるそうですね。お暇がたくさんおありで羨ましいですわ」

うっ、と首を絞められたようにベルレナードが息を詰める。

「大勢と同時に交際なさるとは器が大きいというのかしら。どのようにしたらそんなにお暇を作れるのでしょう。お暇をひねりだすその素晴らしいお知恵が知りたいものです」

暇と連呼しつつ、うやうやしくユーゼリカが言うと、彼の背後が不穏にざわめき始めた。

近頃皇宮では醜聞が飛び交っていた。いわく、女性との交友関係が華やかになりすぎた彼が同時にいくつも修羅場を起こしたというものである。

その当事者には妃の取り巻きの貴婦人やその親族も含まれているらしい。つまり今日の出席者の中にもいるのである。この場で蒸し返された今は、針のむしろ状態といってもいいだろう。

事実、方々から白い目を向けられ、ベルレナードは動揺で顔を赤くしている。彼から視線をはずし、ユーゼリカはアルフォンスにも礼をとった。

「アルフォンス殿下も、ご心配ありがたく存じますわ。そういえば殿下も先頃、城下でお勤めをなさったとか。賭博屋？　賭博場？　世間知らずゆえよく知りませんけれど、ずいぶんたくさんの資金を投じていらっしゃるそうですわね。私もご教示いただこうかしら」

アルフォンスがぎょっと目を見開き、周囲を見回す。ユーゼリカは彼を見つめて言い募った。

「賭け事……というのは一体どんなお勤めなのかしら。もちろん皇族にふさわしい崇高なものなのでしょうけれど。確か、負けても諦めず続けることが大事なのですわよね？」

さりげなく彼の〝信条〟を出すと、アルフォンスが青ざめてぷるぷる震えだした。

皇子でありながら賭博に手を出し、しかも大金をすってしまったという不名誉な噂があるのは公然の秘密だった。しかし彼のうろたえぶりからして単なる噂話というわけではないようだ。

ひそひそとさざ波のように声が広がる中、ベルレナードとアルフォンスは憎々しげにこちらをにらみつけている。

それまで無言だったシグルスが、呆れたように小声でぼやいた。

「俺には挑発に乗るなとか言っておいて。一番喧嘩っ早いのは姉上じゃないか」

ユーゼリカは素知らぬ顔のまま、ささやくように応じる。

「私、何か悪いことを言ったかしら？」

「よく言うよ、まったく」

「久々に会ったから近況報告でもしようと思っただけなのだけど」

こちらは耳にした噂話をしただけで誹謗中傷などをしたわけではない。彼らが勝手に絡んできて勝手にしどろもどろになっているだけだ。

「ま、先に侮辱してきたのは全部向こうだものな」

シグルスが愉快そうにつぶやくと、それが聞こえたかのようにアルフォンスが険しい顔になった。

しかしそれも一瞬で、ふと笑みをたたえる。蔑笑ともいうべき表情のまま、彼はベルレナードに目をやると、わざと声を張るように言った。

「兄上、仕方ありませんよ。あんな端っこの宮殿に追いやられて、貧乏な暮らしをしているのです。性根が曲がってしまったのでしょう。何せ母親も父上に見捨てられたくらいですからね。あんなに惨めなのはあいつらくらいなものです」

隣でシグルスが殺気立つのを感じた。

ユーゼリカは振り返り、咄嗟《とっさ》に弟の袖《そで》をつかんで引き留める。

「シグルス」

嫌みや皮肉でやり込めるのはいい。だが真っ向からもめ事を起こすのはだめだ。

紫色の瞳に怒りをたぎらせ、シグルスはアルフォンスをにらみつけている。アルフォンスのほうもそれに気づいたらしい。いい気味だと言いたげになんとも嫌な笑みを浮かべてこちらを見ている。

彼は言ってはいけないことを言ってしまった。ただの侮辱ではない、もっとも心の深い場所にある傷に触れたのだ。弟の怒りは正当なものだ。

けれどもこの場で手を出そうものなら非難されるのはこちらだ。何しろここは半年ぶりに皇帝が出御する、皇族全員が集った茶会の席なのだから。

（暴れて憂さを晴らすのは簡単だわ。でもそれではシグルスの将来が――）

好奇と軽蔑の目が集まる中、なおも飛び出そうとしかける弟を袖《そで》をつかむ力だけで押しとどめながら、ユーゼリカが思いをめぐらせた時だった。

――コツ、コツ、コツ。

ざわめきのただよう中を、なぜか鮮明な靴音が響いて。

「おやおや」

いやに明るい呑気な声が、緊迫する空気をやぶった。

「みんな、悪かったね。先に席についていてくれてもよかったのに」

陽光を集めたような金色の髪。深い湖のごとき神秘的な翠の瞳。優れた容貌をもつと謳《うた》われる皇帝の子どもたちの中で、もっとも美しいと自他共に認める青年が、にこやかにあたりを見渡す。

「わざわざ私の登場を待っていてくれたなんて！　フフ、困ったな。これじゃ誰が主役かわからないじゃないか。そんなに熱望されては父上に叱られてしまうよ」

まったく困った様子もなくにこにこしているさまは、場違いなほど優雅で楽しげだった。

実際、それまでただよっていた空気にまったく気づいていないようで、堂々と人の輪の中央に出ていく。アルフォンスらとユーゼリカたちがにらみ合っていた、そのど真ん中へと。

「フッ」

注目を浴びるのが心地よくてしょうがないといった様子で、気取った微笑を横顔に見せた彼は、くるりとこちらを振り返った。その顔には満面の笑みが浮かんでいる。

「ユーゼリカ！　ずいぶんと久しぶりじゃないか。私が待っているというのにおまえときたら茶会を欠席してばかりで。本当にいけない子だな。どれだけ寂しい思いをさせれば気が済むんだ」

ぺらぺらと口上を述べながらつかつかと歩み寄ってくる。

笑顔のまま、大きく両手を広げながら――

「いや、お説教はここまでにしておこう。ようやく会えたのに拗《す》ねられてはかなわない。とにかくまずは再会の挨拶を……」

さっ、とユーゼリカは身体を引いた。抱擁《ほうよう》をかわされ、彼の腕が宙を掻く。

数歩引いて距離を取ると、ユーゼリカはあらためて居住まいを正した。

「ご無沙汰しております。アレクセウス殿下。ご健勝のようで何よりです」

自身を抱きしめるような形になってきょとんとしていた彼が、ふっと微笑する。

「相変わらずの照れ屋だな」

「殿下こそ、相変わらずのご様子で」

「こらこら。兄上様と呼ばないか」

つん、と額を指でつつかれた。ユーゼリカは無表情のまま視線を返す。

「ご冗談が過ぎますわ。アレクセウス殿下」

「えー。冷たいー」

大げさに悲しい顔をされ、思わずため息が出た。

(本当に相変わらず……。いつになっても接し方がわからないわ)

軽んじてきたり距離を置いたりという兄弟姉妹が多い中で、この第二皇子だけは異質だった。

馴れ馴れしいというか、暑苦しいというのか、顔を合わせるたびにこうして親愛の情をぶつけてくるのだ。罵倒や嘲笑を向けられないのはいいのだが、これはこれで胡散臭《うさんくさ》いことこの上なく、困惑するしかない。

「まあいい。せっかく会えたんだ。特別にエスコートしてやろう」

一瞬で立ち直ったアレクセウスがにこやかに手を差し伸べる。席はすぐそこだが、彼が誘導してくれるとなると場の注目を集めるのは間違いない。これ以上目立つのは御免だ。

「エスコート役ならおりますので」

シグルスの腕を取り、軽く会釈《えしゃく》をすると、アレクセウスはようやく弟の存在に気づいたようだった。いや、気づいてはいたが構う順番を取っておいたというべきか。

「おまえもだぞ、シグルス。ユーゼリカと一緒になって毎回茶会に出てこない。しかしまあこれもお説教はやめておく。フッ。では二人まとめてエスコートを――」

「結構です」

そっけないシグルスの一言にも、アレクセウスはめげた様子もなくにこやかなままだ。

「まったく……姉弟そろって照れ屋なことだ」

「アレクセウス」

彼の背後から声がかかった。見れば、白金色の髪に蒼の瞳をした青年が冷めた顔をしている。

「相手の顔をよく顔を見ろ。鬱陶《うっとう》しいと書いてあるだろ」

「鬱陶《うっとう》しい？　どういう意味だ？」

「これ以上話しかけるなという意味だ」

本気でわからないと言いたげなアレクセウスに真顔で返したのは、彼と同い年の第三皇子オルセウスである。アレクセウスが陽光なら、冷たい印象のある端整な容貌の彼は月にたとえられようか。見た目も性格も対照的だが、気が合うのかよく行動を共にしているようだ。

「ごきげんよう。オルセウス殿下」

ユーゼリカの挨拶にオルセウスは「ああ」と短く応じ、シグルスとも目線で会釈《えしゃく》を交わすと、アレクセウスに目を戻した。

「いいからそのへんにしておけ。もう父上がお出でになる」

その一言でようやく姉弟を解放する気になったらしい。

くるりと背を向けるとアレクセウスは横顔だけで振り返った。おそらくは彼のもっとも誇れる角度なのであろう。ふっと満足げに笑みを浮かべて。

「ではまた後ほどな」

それだけ言って、すたすたと席のほうへと行ってしまった。

あっけない幕切れに、やれやれと見送っていると、彼は次の標的を見つけたらしい。

「アルフォンス！　最近は狩りに行っているのか？」

「え？　はい、まあ」

「あれ以来なかなか私を誘ってくれないな。まあ、私がいると誰より目立ってしまうから狩りにならないというのはあるだろうが。しかしそんな時は私の美貌を愛でる会にすればいいだろう？　だからまた誘ってくれ」

「ええっ。は、はあ……」

いきなり話しかけられたアルフォンスがへどもどしているのが見えた。第四皇子にくっついて嫌みばかり言ってくる彼も、アレクセウスの謎理論にはついていけないようだ。

始まる前からどっと疲れてしまった。すでにもう自分の宮殿に帰りたくてたまらない。

シグルスも同じだったのか、うんざりした顔で見ている。

「なんなんだよ。なんであんなに構ってくるの」

知らないわ、と返そうとしたユーゼリカは、ふと気づいてそれを呑みこんだ。

アレクセウスの登場によって諍《いさか》いの空気は霧散した。周囲で見ていた人たちももう何を揉めていたかなんて忘れてしまっただろう。第二皇子の華やかさと有無を言わせぬ独壇場のおかげで。

(まさか、揉めているのを聞きつけてわざとあんな絡み方を……？)

だからだろうか。去り際がやけにあっさりとしていたのは。

さっさと席について周囲の人たちと談笑している彼を、困惑しながら見つめたが——

「皇帝陛下のご入場でございます」

ベルの音とともに宣言が響き渡り、はたと我に返る。

ユーゼリカは大広間の入り口を一瞥《いちべつ》し、足早に自分の席へと向かった。

いよいよ、半年ぶりの皇帝臨席の茶会が始まるのだ。

周辺諸国を政略や武力によって併呑《へいどん》してきたツェルバキア帝国は、広大な国土を誇っている。

東は海峡まで。西は大陸の果て。北は氷に覆われた山脈の際。南は海洋の諸島群も。

それらを治める皇帝レオナルダス二世は、当然ながら多忙で知られていた。諸侯と視察に回ったり時には親征することもあり、城にいることのほうがもしかしたら少ないかもしれない。

そんな彼が臨席するというので、大広間は緊張と高揚に満ちていた。

入場した皇帝を迎えるため、席についていた皇族たちが一斉に立ち上がる。

「ご健勝をお喜び申し上げます。皇帝陛下」

華々しく着飾った妃、皇子、皇女、そしてお付きの貴婦人たち一同が礼を取り、祝いを述べるさまは圧巻である。壁一面の鏡に反射し、空気までもがきらきらとまぶしいほどだ。

その壮麗な眺めにも表情一つ変えることなく、レオナルダスは淡々と彼らを見回した。

「皆も変わらないようだな。――座りなさい」

低いながらもよく通る威厳に満ちた声。礼をして腰を下ろす一同を見守る瞳は湖水のような翠色。

五十に手が届く年齢でありながら輝かしい金髪にも陰りはない。

美しい子どもたちの父である彼もまた美しかった。年齢を重ねたぶん、深みと憂愁《ゆうしゅう》を乗せた容貌は若い時分とは違った魅力を醸《かも》し出している。

特に体格に恵まれているわけでもなければ、武勇に優れているわけでもない。それでいて他国との交渉や前線で指揮を執る折には、すさまじい支配力を発揮するのだという。大帝国の頂点に君臨するのに値すると相手に思わせる何かを生来持っているのだろう。

「顔を見るのは久しぶりの者も多いな。余が留守の間、面白いことがあったのなら聞いてみたい」

彼が妃たちに目をやると、年かさの者たちが競うようにして近況を話し始めた。

皇后のいない後宮で、宮廷についていかに把握しているか自己主張するのに必死の様子だ。年若い妃たちは笑みをたたえてうなずきながらそれを聞いている。

一通り聞き終えると、まだ話し足りない妃たちを軽く制し、皇帝は目線を移した。

「次は皇子に聞こう。エレンティウス、どうだ？」

まず指名されたのは子どもたちの中でもっとも上座にいる第一皇子だ。栗色の髪をした物静かな皇子は突然名を呼ばれて驚いたのか、どぎまぎしたように瞬いて父帝を見やる。

「は、はい、父上。そのぅ……、ええ、特に、変わったことはありません。政務も……滞りなかったかと思います」

ぎこちない口調と実のない内容に羞恥を感じたのか、言い終えたエレンティウスは申し訳なさそうに目を伏せた。控えめで口数の少ない彼の性格を承知しているようで、皇帝は特に何も言わず次を促す。

「他の者は、何かあるか？」

「ふっ。では私が」

エレンティウスの隣にいたアレクセウスが優雅に手を挙げる。皇帝がうなずくと、彼は満面の笑みで立ち上がった。

「先日の舞踏会で、私と踊りたいという令嬢が殺到しましてね。この美貌を間近で見つめながらダンスをしたいというのです。当然の要求なので仕方ないなと思ったのですが、私をめぐって喧嘩を始めてしまって。もめ事を起こして怪我でもしては大変だと、私は身を挺して仲裁に入りました。

ダンスなどせずとも、ここで長椅子に寛いでいるから、いくらでも取り囲んで私を愛でるがいい、と。おかげで誰も怪我をすることなく、皆仲良く愛でてくれました。ところがそれが大好評でまた参加したいとのことで。考えた末、これから週に一度、私の美貌を愛でる会を開くことにしたのです。父上もお手すきの時にどうぞいらしてくださ……え？　なんだ？」

ぺらぺらと語るアレクセウスを隣のオルセウスが肘でつついている。いい加減その口を閉じろと言いたいようだ。アレクセウスのほうはわかっていないらしく首をかしげている。

相変わらずだと思ったのか皇帝は少し笑ったようだが、感想を述べるでもなくまた目線を移す。

「では、他には？」

あちこちで手が挙がった。皇帝と直々に話ができる機会とあって張り切っている者も少なくない。挙手して指名された皇子や皇女らが次々発言していく。己の優秀さをさりげなく宣伝したり、父と会えて嬉しいと微笑ましく語ったり、嫁いだ姉たちとの交流や舞踏会で踊る相手について報告したり。内容はさまざまだ。

そんな兄弟姉妹たちの話を聞き流しながら、ユーゼリカは事務的に茶を飲んでいた。

この報告会は自己申告制だ。ああして手を挙げない限り、指名されることはめったにない。第一皇子は例外だったが、そもそもが子どもたちの積極性を見ようという皇帝の思惑があるため、その意志がない者は特に声をかけられることはないのだ。

それを察した時からユーゼリカはいつも気配を消すようにしてやり過ごしてきた。とにかく茶を飲んで時間の経つのを待ち、他人事のように聞くに徹するのだ。

向かい側、末席のほうに目をやれば、シグルスが退屈そうにテーブル上のカップを眺めている。アカデメイアで首席を取ったとでも自慢すれば兄弟たちを出し抜けるだろうに、その気はさらさらないようだ。一瞬、自分が代わりに弟の手柄を報告しようかと思ったが、すぐに考え直した。

（言ったところで、ああして流されるのが目に見えている。そうなったらシグルスがますますひねくれるわ）

子どもたちの言葉に皇帝が感想を述べたり質問をしたりすることはない。会話にならず、ただ一方的に聞いているだけなのだ。

もちろん父帝なりの目的はあるのだろうが、反応のない人に話をするのがむなしいように思えて、ユーゼリカはいつになってもこの集まりに意義を見いだせずにいた。

（これではいつもと同じだわ。必ず出席しろというから特別なことがあるかと思ったのに）

早く帰って報告書を読みたい。橋の修繕《しゅうぜん》の見積もりや先月の経費の計算をしたい。

そう心の中で愚痴りながら、給仕が注いでくれた何杯目かわからない茶を口に運んでいると、皇帝の声が聞こえた。

「他にないようなら、余から話がある。皇太子についてなのだが」

しん、と沈黙が落ちる。突然繰り出された重大発言に誰もが驚いて口をつぐんでしまったのだ。

一同を見回し、皇帝が続けた。

「宮廷と、そして帝国の安定のためにも、そろそろ決めておかねばならない。三年後に立太子式を執り行おうと思っている」

人々が目を見交わし、動揺したようにささやきあう。まさに寝耳に水といっていい発言だった。

「あの……、陛下。一体、どなたを皇太子にご指名なさいますの……？」

妃の一人がおそるおそる訊ねる。

これまで特定の誰かを気に入って可愛がったり重用したりということを皇帝はしてこなかった。

良くも悪くも平等に扱ってきたのだ。その意味では有力候補というべき皇子はいないといえる。

固唾《かたず》を呑む妃たちを一瞥《いちべつ》し、皇帝はおもむろに口を開いた。

「皇太子たる者は、次期皇帝としての度量と心構えを備えておかなければならない。よって」

ごくり、と誰かが唾をのむ音。

「これから三年の後、もっとも財を築き、国と皇宮を豊かにした者を皇太子として指名する」

朗々とした宣言に。

場内は水を打ったように静まりかえった。

（……え……？）

ユーゼリカは瞬いて皇帝を見つめた。

それは、およそ予想していたものからかけ離れた条件だった。

彼女だけではない。大広間にいた全員が当惑したといってもいいだろう。

言葉の真意を測りかねて問うこともできないまま、沈黙の中でただ皇帝を見つめている。

「選定の規則は次の通りだ」

唖然とする人々に、皇帝は淡々と言葉を継いでいく。

「選定中は他の候補者を傷つけることは禁止とし、これを破った者は失格とする。もし争いが原因で命を落とす者があれば、危害を加えた側は即刻失格、ならびに皇籍を剥奪する。豊かにする手段は問わないが、あくまでも皇族の品位を落とさぬものであること。そして何より、民を虐げたり脅かしたりはしないこと」

一人一人の表情を確かめるかのように見渡しながら。

「それらを守り、国と皇宮に富をもたらすことのできた者が余の後継者となる。——この選定に参加する者はいるか？」

戸惑いと動揺が、さざ波のように広がった。

ユーゼリカは提示された規則を頭の中で繰り返す。それからすばやく視線を走らせた。

泰然と構えたままの父帝。訂正する様子はないし、どうやら冗談で笑わそうというつもりではないようだ。そもそも普段から冗談など言うような人ではない。

続けて皇子たちへ目をやる。呆然としている第一皇子エレンティウス。虚を衝《つ》かれた顔で黙っている第二皇子アレクセウス。浮き足だったように母妃と目線をかわしている第四皇子ベルレナード。

その他の皇子の反応も様々で、第九皇子である弟のシグルスもわけがわからないといったように眉をひそめていた。

彼らの中から選ばれるのか。次代の皇帝となる人物が。

(この帝国を統べる人が……この中から？　本当に？)

それぞれに諸侯たる母の生家を後ろ盾に持った高貴な生まれの兄弟たちだが、とてもじゃないが父帝の代わりが務まるような者は見当たらない。

もう一度頭の中で規則を繰り返しながら、ユーゼリカは椅子の背にもたれて考える。

皇帝はなぜ突然こんなことを言い出したのか。後継者を指名するのはよいことだが、それにしても唐突すぎる。健康上に不安でもあるのかと一瞬よぎったが、しかしそんな情報は入ってきていないし、仮にそうだとしたらもっと堅実な方法で皇太子を選ぶはずだ。

(なぜなの？　本当にわからない……)

いろんな可能性をあげてみるが、答えが出ない。

低いざわめきの中、さまざまな思惑のこもった視線や表情が交錯している。

皇帝は何も言わずそれらを見ていた。

まるで観察するように。それでいて高みから楽しむかのように。

ひそかに窺っていたユーゼリカは、それに気づくと、きゅっと唇を引き結んだ。

ふつふつと、身体の底からわきあがってくるものがあった。

『――ユーゼリカ。大丈夫よ。父上がお帰りになれば、きっと……――』

途切れ途切れの声が脳裏に甦る。

力ない微笑。けれどもそれを信じ切っていた紫の瞳。痩せ衰えた指で手を握って――

遠い席に座る父帝を見据え、ユーゼリカは心でつぶやく。

(……嘘つき)

一つ深呼吸をした。そして、ゆっくりと肘を折って挙手をする。

皇帝の茶会でユーゼリカが手を挙げたのは、これが初めてのことだった。

「それは、皇女にも参加権はあるのでしょうか？」

さほど声を張ったつもりはなかったが、ざわめきをぬってよく響いた。

一斉に視線が向けられる。誰の発言なのかと怪訝《けげん》そうだった顔が、再び困惑に染まっていく。

いつもいないもののように目立たない皇女が、よりによって皇帝の宣言に最初に反応したのだ。

どういう意図なのかと穴の開くほど見ている者もいる。

皇帝がこちらを見た。発言の主を確認しても、彼の表情だけは変わらなかった。

「もちろんだ。男女の別も問わない。条件は先ほど述べた通り。しいて付け加えるとするなら、これに挑もうという気概を持つ者、だな」

一同が息を呑み、ますますざわめきが広がっていく。

皇太子、すなわち皇帝となれるのは皇子だけという慣例をあっさり撤廃されたのだ。他人事だった皇女たちが、どうしたものかと顔を見合わせている。

三拍ほど置いてから、ユーゼリカは悠然と立ち上がった。

「……承知しました。皇帝陛下」

名乗りを上げることに、迷いはなかった。

他の誰のことも目に映らない。ただまっすぐに皇帝を見て表明する。

「第五皇女のユーゼリカが、皇太子指名選に立候補いたします」

父帝と目が合ったのは数年ぶりだと、ぼんやり思いながら。

第二章

皇太子指名選が行われる旨は、ただちに宮廷に発表された。

大臣たちが対応に追われる中、立候補した者は別室に移された。誓約書に署名するためである。

その後、一通りの注意事項が伝えられて解散となった。

それでようやく森緑《しんりょく》の宮へと戻って来たのだが、のんびり寛ぐ暇は用意されていなかった。

シグルスが険しい顔で待ち構えていたからである。

「何を考えてるんだよ！　なんであの場で姉上が出て行くのか意味がわからない。まさか俺の言葉でその気になったなんて言わないよな？　あんなの冗談に決まってるだろ」

弟の罵声を聞きながら、ユーゼリカはロイヤルガウンを脱ぎ、髪飾りをはずしていく。どれもいわばよそ行きなのだ。一つずつ侍女のリラに渡すたび、身体が軽くなるようだった。

「本当に信じられない。今からでも撤回してこいよ。きっと大臣たちだってそれを待ってる。皇女の発言だからって遠慮して断れないだけだ。ほんの気の迷いだったって言ってやればいい」

言い方はきついがその表情は真剣で、かつ焦りを帯びていた。姉の所業に明らかに動揺している。

彼だけでなく、隅に控えた騎士たちも心配そうな顔で見守っていた。母の故郷であるフォレストリアから遣わされた彼らは、皇帝に仕える騎士と違い、私的な従者の側面が強い。主家の姫であるユーゼリカを案じないはずがなかった。

「姉上！　聞いてるの？」

さらさらと落ちる銀の髪にリラが櫛《くし》を入れてくれる。鏡越しにシグルスがにらんでいるのをユーゼリカはちらりと見た。

「あなた、本当に参加の意思はないのね？」

「当たり前だろ、なんで俺が」

「だったらいいわ」

髪の手入れをやめさせ、立ち上がって振り返る。

十一人いる皇子の中で、指名選に立候補しなかったのはシグルスだけだった。そして六人いる皇女の中で立候補したのはユーゼリカだけだった。

「安心した。あなたと敵同士になって争わなくてすむもの」

「姉上、いい加減に――」

「私は引かない」

ぴしりとした宣言に、シグルスが怯《ひる》んだように口をつぐむ。

「なんで……そこまで」

姉の本気を感じ取ったのだろうか。つぶやいた彼は困惑した顔でこちらを見ている。

ユーゼリカは壁にかかった小さな肖像画へと目をやりながら、静かに言った。

「これは敵討ちなの。リーゼロッテのね」

はっとしたようにシグルスも肖像画を見上げる。

額縁の中で、八歳のままの妹が丸い頬を見せて笑っていた。


順調に領土を広げ大帝国となったツェルバキアにも、危機が訪れたことがある。

六年前、皇帝が大陸北部に親征した時のことだ。

いつものように交渉し、とある王国を帝国の傘下に入れるはずだった。ところがそれがこじれにこじれ、武力で衝突することになってしまった。しかもなかなかの難敵という。そこで事態を重く見た皇帝が自ら征伐に乗り出したのだ。

時を同じくして、妹のリーゼロッテの病が悪化した。理由のわからない熱にさいなまれ、寝台から動けないほどになった。母は父帝に助けを求めたが、父帝は医師に治療をさせるからとなだめ、戦場へ向かった。なるべく早く戻ると約束をかわして。

けれども、そこからすべてが悪いほうへと動いてしまった。

戦が思いのほか長引き、宮廷の人々が不安を覚え始めた頃、ツェルバキア軍が敗走し皇帝が戦死したという報が流れた。正式な知らせではなく悪意ある噂に過ぎなかったが、それがわかったのは後になってからのこと。敵が攻めてくるのではと城の人々は恐れ、この森緑《しんりょく》の宮からも使用人が次々に逃げ出した。宮廷貴族の中にも避難した者が多かったという。

悪いことは重なるもので、妹の看病で無理をしていた母が、皇帝戦死の報を聞いてとうとう倒れてしまった。ほとんど使用人がいなくなり、生活が立ちゆかなくなった中、ぎりぎりのところで耐えていた彼女も心が折れてしまったのだ。

ユーゼリカは当時十二歳だった。妹と母の薬、そして自分たちの食料をまかなうため、城の薬品庫や食料庫におもむき、分けてくれるよう交渉した。本来なら皇女のやることでないのは言うまでもない。だがそんなことは気にしていられなかった。同情して分けてくれる人もいたが、徐々に状況は厳しくなり、城内では手に入れるのが困難なまでになった。

その頃には、傍に仕えているのはフォレストリアから出てきていた数人だけになっていた。困窮しているのを伝え聞いた母の生家が寄越してくれたのだ。彼らを供にし、城外へ薬や食料の調達に行くようになった。

だが城外へ出てわかったのは、民の暮らしも厳しいという現実だった。

このままでは何もかも手に入れるのが難しくなる。そう思い、知恵をしぼった。そして種や苗を庭に植え、薬草や野菜を育て始めた。弟や従者たちと懸命に世話をした。これさえあれば大丈夫だと、必死に自分を鼓舞《こぶ》して。

しかし、それからまもなく妹は亡くなった。庭の薬草が役に立つことはなかった。

皮肉なことに、父帝の戦死が誤報だったとわかったのはその数日後のことだった。

父帝が無事帰還するとの知らせを聞いた母も、妹の後を追うように息を引き取った。ユーゼリカとシグルスを託せる人が戻ってくると思ったのだろう、安心したような死に顔だった。けれどその身体は心労だけでなくひどい病魔に冒されており、夜着の下は無残なほどに痩せ衰えていた。

子どもだったユーゼリカは、そんな母の病状に気づいてあげられなかった。

そしてそれに気づいた瞬間から、一番つらい時に不在にしていた父を許せなくなった。

「……あの時に決めたのよ。人を頼らず強くならねばならない。母上は亡くなったけれど、あなたのことを守って——そしてリーゼロッテの敵討ちをすると」

家財を持って使用人が逃げ出し、その日食べるものにも事欠く生活を送った。寒々しい部屋。嘘のように一気に貧しくなった日々。味方がどんどんいなくなり、このまま虐げられて城を追われるのではと怯《おび》えていた。

その懸念は父の帰還によってなくなった。けれど、本当にただ追われずに済んだだけ。

母も妹も亡くなったというのに満足に弔《とむら》いもせず、ろくに顔を出さなくなった父帝。母が生きていた頃は三日とあけず訪ねてきて穏やかな時間を過ごしていたというのに。

生前は一番の寵姫だと羨まれていた母が可哀相で仕方がなかった。最期に父に抱きしめてもらえなかった妹が不憫でならなかった。

「敵討ち……って」

驚いたようにつぶやいたシグルスが、ふと表情をあらためる。皮肉ばかり言う彼がめずらしく神妙な顔をしていた。

「そんなもの、誰に向かってするつもり？　リーゼルは病気だったんだ。暗殺とか、何かに巻き込まれて死んだわけじゃない。天命だったんだ」

姉の心の内を知って、なんとかなだめようというのを感じる。彼が妹を懐かしい愛称で呼んだことも微笑ましく、ユーゼリカは一瞬唇をほころばせたが、それでも引かなかった。

「なら、天に敵討ちするわ」

「はあ？　何言って――」

「リーゼルの寿命も母上の病気も陛下の敗走も、天が勝手に決めたのよ。私は全然納得していない。運命なんてものは信じない。とことん抗ってやるわ」

その思いが今日までの原動力となっている。あの日からずっと変わらない。

今まではそれを表に出す機会がなかっただけのことだ。

「ツェルバキアではまだ女帝が即位したことはないでしょう。それが天の定めたことなら私がやぶってみせる。初の女帝になって、それ見たことかと笑ってやる。天にも思い通りにならないことがあるのよってリーゼルに報告してあげる」

それが敵討ちであり、弔《とむら》いだ。

シグルスは圧倒されたように黙り込んでいる。ユーゼリカは静かに彼を見つめて告げた。

「もう決めたの。止めないで」

自分にはもう彼しか家族はいない。この城で生き抜くために帝位を目指すのも悪くない。そうすればいつまでも弟を守ってやれる。

言い切った姉に、それなりの覚悟を感じたのだろうか。

シグルスは戸惑ったように見つめてきたが、それ以上何も言わなかった。

翌朝。森緑《しんりょく》の宮にはそわそわした空気がただよっていた。

原因は当然というべきか、主であるユーゼリカが宣言した皇太子指名選である。忘れ去られていたはずの皇女が突然時の人となったことは、宮廷から遠く離れたこの館にも届いていた。

「昨日の件……姫様は本気なのでしょうか？」

主の起床を居間で待っていた従者たちの間で、その話題が持ち上がるのも当然のことだろう。

心配そうに言ったのは眼鏡をかけた若い騎士だ。黒髪に青い瞳をした彼はロランといい、皇女とは年も近く供をする機会も多い。幼なじみのようなものであり、それもあって思い入れの深さは人一倍だった。

「本気のようだったぞ」

落ち着きなく寝室のほうを窺っている彼に、年かさの騎士が短く答える。長身に黒い短髪、鋭い目つきの彼は、護衛騎士の最年長であるラウルだ。

「いや、しかし、それだと困ったことになりますよ」

「なんで？　うちの姫様が女帝陛下になるなんて、リラじゃないけど燃えるだろ」

軽口を挟んだのは金茶の髪をゆるくなでつけたキースだ。いかにも女性にもてそうな甘い顔立ちで楽しげに笑う彼に、ロランが目をむく。

「ふざけてる場合じゃないですよ。こんな争いに加わるなんて、危険な目に遭いまくるに決まってます！」

「ま、そうだろうけど」

「姫様がお決めになったことだ」

キースは肩をすくめ、ラウルは言葉少なに述べた。ロランは頭を抱えている。

「はぁ……。言い出したら聞かない方だとは思ってたけど……」

主が大事なのは皆同じ。そして彼女を止められないことも皆わかっているのだ。

寡黙《かもく》なラウル、人当たりがよく調整役のキース、童顔を気にする年下のロランと個性はばらばらだが、忠誠心の強さだけは共通していた。その意味では互いを認めており、信頼し合っている。

彼らはそもそも、フォレストリアのかつての国王であった人の騎士だった。彼の娘でありユーゼリカたちの母になった人が困窮していると聞いた国王が、手助けせよと宮殿へ派遣したのが六年前のことである。

その国王も亡くなり、一族の傍系が継ぐのを許さなかった皇帝の命により、フォレストリア王家は事実上消滅した。彼らが忠誠を捧げることができるのは、主家の血を継ぐ姉弟だけになってしまった。貧しい暮らしや危険の迫る日々を共に乗り越え、成長した二人。当時の名残で倹約に励む皇女も日がな本ばかり読んでいる皮肉屋の皇子も、騎士たちにとって大事な主だ。

宮廷では忘れ去られていようと、ここは平和で穏やかな空気が流れている。それがずっと続くと思っていたのに——

「まさか皇位継承者に名乗りを上げるなんて。本当に、まさかすぎる……！」

がくりと壁に手をつくロラン。日頃から皇女に振り回されがちな彼だが、この事態は想像もしていなかったのだろう。ぽん、とその肩をキースが叩く。

「しょうがないって。なるようになるさ」

「うむ」

「二人とも楽観的すぎますよ！　だいたい、他に十人も皇子が立候補したのに、女の身で参加した姫様がなるようになるわけないでしょう。妨害されたり誹謗中傷されたりとんでもない目に遭うに決まってる」

「まあまあ。落ち着けよ。姫様だって策もなしにあんなこと言うはずないだろ。きっと、ふかーいお考えがあるのさ。まとめたら披露するって昨夜も仰ってたろ」

「ふかーい、お考え……？」

「ああ。今にあそこから出てきて教えてくださるはずだ。涙が出るくらい素晴らしい作戦をな」

もっともらしく言いながらキースが寝室に続く扉へ目をやる。ロランも半信半疑といった顔つきでそちらを見た。

まるでそれが合図だったかのように、扉が開いた。


「おはようございます、皇女殿下」

挨拶した騎士たちに、現れたユーゼリカは軽くうなずいて応えた。

「おはよう。何か変わったことは？」

「ございません」

「姫様が皇太子指名選に立候補したこと以外はね」

ラウルの生真面目な返答にキースがすかさず付け加えた。

ロランがはらはらした様子で一歩踏み出す。

「姫様、お考えを変えるおつもりはないのですか？　本当に、皇太子になりたいと……？」

ユーゼリカの目の下にはくっきりと隈が出来ていた。身なりは整えているが明らかに疲労が濃い。

気づいた三人がそれぞれ案じる表情になるのをよそに、皇女は手にしていた紙を掲げてみせた。

「ええ。夜なべして計画も考えたわ」

「な……、皇女殿下が、よ、夜なべだなんて」

「そもそも陛下がなぜあんなことを言い出したのか？　答えは一つよ。大きな戦も乗り越えてきた皇帝としては、安穏と暮らす子どもたちが国を治めていけるのか不安なのでしょう。これほど巨大な帝国を統べるにはそれなりの器量がいる。何を使い、誰を使い、どのように国と皇宮を豊かにするか。それを見ることで帝国の頂点に立てる器かどうか判断なさるのよ」

「豊かにするというのがどういった意味かよくわかりませんが……、初代陛下の故事にならって、ということもあるのでしょうか？」

「それもなくはないでしょうね」

ツェルバキア帝国の起こりは少し変わっている。

もとは大陸の一王国に過ぎなかったのだが、領地の運営や宮廷の資金繰りのため、初代は商売に乗り出した。それが大成功し莫大な富を得たのだという。

その後も政略や買収などによって他国を傘下に入れ、国土を広めた。後の国主が皇帝を名乗り、武力によって領土を確保することも増えていったが、帝国の始まりは平和なものだったのだ。

　今になって父帝がなぜ初代と同じことを求めるのかという疑問は残る。が、そもそも父帝の考えなど今までも理解できたことがないのだ。悩むだけ無駄なような気もしていた。

「ともかく、陛下がそういう点をご覧になりたいのならやることは決まっている。根性のあるところを見せつけ、実績を残すまでよ。儲けまくって存分に豊かにしてやるわ」

「こ、皇女殿下が根性って」

「しかし、どうなさるんです？　他の殿下方は資金だの領地だの、資産を増やすための先立つものをたくさんお持ちでしょうが……。フォレストリアはあくまで皇帝陛下の持ち物ってことになってますよね。領主として運営なさってるのは姫様ですけど」

　ロランの突っ込みを無視し、キースが真面目な顔で口をはさむ。

　ツェルバキアに併呑《へいどん》された国は帝国の一領地扱いになるが、その国出身の妃が領主となるのが慣例だ。といっても妃は宮廷に住んでいるので、実際に領主を務めるのは諸侯に降りたその国の元国王や王族ということになる。

　ところがフォレストリアにはもう出身の妃はおらず、元王族もすでにない。皇籍にあるユーゼリカらはそこには含まれないのだ。そして本来なら母の領地を継ぐはずである弟のシグルスはまだ成人していない。そのため名目上は皇帝のものになっているのである。

　ユーゼリカが領主として務めているのは母がいたころの名残と、領民の希望によるものだった。

それについて父帝からとやかく言われたことはないので、今日までそのままになっている。

しかし皇太子指名選に乗り出した今、公式にフォレストリアのものを使うのは憚《はばか》られる。皇帝のものなのにと他の候補者から攻撃される隙を与えることになりかねない。

「フォレストリアを巻き込むつもりはないわ」

「……となると、他に姫様がお持ちの財産って……確か皇都の郊外に小さな土地があったよな？」

「皇都の中にもお屋敷をお持ちだ。まだ妃殿下のご名義だから姫様が継《つ》がれても問題ない」

「妃殿下の遺された御物もありますよ。宮廷の金庫に入っていたのを、陛下が帰還された後で返還されたでしょう。宝物庫にしまってあります」

騎士たちが口々に確認しあう。ユーゼリカはようやく椅子に腰を下ろした。

「よく把握しているわね。その通りよ。だからそれらを使っていかに儲けるかを考えてみたわ」

「え……、使えます？　金儲けに」

「売ってお金に換えるにしても……郊外の土地はさほど大きくないですし、お屋敷も何年も使ってないので傷みが結構ありますよ。妃殿下の御物は手放すわけにはいかないでしょうし……」

キースが面食らったように言い、ロランも遠慮がちに意見を述べる。それだけで皇宮を豊かにするのはとてもじゃないが無理な話だ。

「売るわけがないでしょう。せっかく使えるものを、もったいない」

「じゃあ、どうやって」

「人材を育成するのよ」

「――は？」

三人が同時に声を発した。儲け話の手段を語っていたはずが、なぜ人材育成？

ユーゼリカは手にしていた紙をテーブルに広げ、策の説明を始める。

「いずれ大成するであろう人材、つまり私のためにお金を儲けてくれそうな才能を持つ者を集めるの。そしてその才能が花開く日まで庇護し、支援する。将来大成した折には彼らからお返しをもらうことを条件にね」

「………………」

「衣食住はこちらで持つ。もちろん家賃も取らない。皇都の屋敷を貸家として改築し、そこに住まわせるわ。私が自ら彼らを管理し、厳しく指導する。見込みがなさそうだと思ったら随時入れ替えていく。――これで三年後には大金が舞い込むと思うのだけれど、どうかしら？」

騎士たちは無言になっていた。ラウルは厳しい顔で紙面を見つめ、キースはなんとも言えない様子で髪をかき上げている。そして呆然としていたロランは――

「……って、思いっ切り他人任せの博打じゃないですか！」

我慢できずに突っ込みを入れた。しかしユーゼリカの顔色は変わらない。

「人を使ってはいけないという規則はなかった。皇族の品位を落とさない範囲でというお言葉にも、反してはいないはずだけれど？」

「いや、それにしてもですねえ！」

「才能が育てばそれがいずれは豊かさを生むはず。そうして国力を伸ばすのはいけないこと？　もう武力で領土を広げていく時代じゃない。私はたとえ皇帝になってもその手法は絶対にとらない」

三人が、はっとしたように彼女を見る。六年前、戦のためにどれほどつらい思いをしたか、共に当時を過ごした彼らは嫌というほど知っていた。

「陛下の仰る豊かさがどういうものか、正解はまだわからない。でもこの策が成功すれば人材も豊かになり、財を築くという意味でもきっと叶う。私はどちらの意味でもやろうと思っているわ。人の才能や才覚でそれができるなら、こんなに平和なことはないもの」

「……」

「皇子たちと違ってただでさえ手駒が少ないのだから、当たり前の方法を考えたって勝てるわけがない。手駒がないなら作ればいい。自分たちでそれを探すのよ」

見つめられたロランは怯《ひる》んだように黙った。皇女の覚悟のほどに気がついたのだろう。反論ではなく、心配するようにため息をつく。

「……ですが、姫様。それはやはりあやふや過ぎませんか？　三年後に誰も結果を出せなかったらどうします？　衣食住を持つということはそのぶん負債がたまるということですよ。その負債分しか残らないようなことになったら？」

「確かにそれも考えたわ。三年というのは長いようで短いのかもしれない。けれど大事なのはその間に何を成せるかよ。もし出来なかったとしても、そこで終わらなければいい。皇帝になれなくても私は続けるわ。選ばれた他の誰かの策が本当に優れているとは限らないもの。その時は私が育てた人材を送り込んで皇宮を豊かにし、天と陛下にぎゃふんと言わせてみせる。彼らがいずれ何かを成し、皇宮に貢献できれば、即位できなかったとしても私の勝ちよね？」

冷静な顔で勝ち気さを全身にまとっている皇女に、ロランが途方に暮れたようにつぶやく。

「よね？　って、姫様……どれだけ負けず嫌いなんですか……」

「ていうか、ぎゃふんて。いやもう……とにかく勝ちたいんですね」

おかしそうに笑いをかみ殺し、キースがラウルの肩に腕をのせる。

「だってさ。どうするよ？」

「私はもとより姫様の仰せに従うつもりだ」

生真面目な口調でラウルが答える。厳しい顔で紙を見ていたのはユーゼリカの計画書を読み込んでいただけだったらしい。

笑いすぎて出てきたらしい涙をぬぐい、キースが晴れやかな顔で皇女を見る。

「そこまでお考えならしょうがない。俺も従います。それで、何をすれば？」

ユーゼリカはうなずき、計画書の二枚目を差し出した。彼らは自分に賭けるしかないのだ。それもわかっている。だからやるしかない。

「まず、人材の募集をかけて。生活費や家賃は無料という条件を大々的に押し出し、身上書に職業や能力について書かせるように」

「御意」

「次に、皇都の屋敷の修繕《しゅうぜん》を。どれくらいの傷み具合かすぐに調べて。とりあえず人が暮らせる範囲だけ整備しましょう。あとは段階を追ってやればいいわ」

「じゃあ俺がそれ行きます」

ラウルがうやうやしく一礼し、キースが控えていた執事に目配せする。

着々と話が進むのを呆然と見ていたロランが、焦ったように一同を見回した。

「無料だの屋敷の整備だのと仰いますが、そんなお金がどこにあるのです⁉」

「フォレストリアの経営で得た余剰分を貯めてあるわ。いわば私のへそくりね」

「へ……へそくり」

「まあ、苦労して貯めましたよねえ。農地が富むように改良させたのも、そこで出た利益を商人に投資して増やしたのも、日頃から油やロウソクを倹約して皇族費を貯めているのも、全部姫様のご指示だし。それを返せだなんて無体なことはさすがに皇帝陛下も仰ったりしないでしょうよ」

苦笑するキースに、ユーゼリカは表情を変えず応じる。

「へそくりは大事よ。お金はいくらあっても困るものじゃないと六年前に身にしみたの」

「そのために貯めてたのかよ」

呆れたような声に振り向くと、シグルスが扉に寄りかかって立っていた。昨日の今日で彼も心配して様子を見に来たらしい。

「あなたの学資金は別に取ってあるわ。安心して」

「どうでもいいよそんなことは」

仏頂面で入ってきた彼は、テーブルに広げてあった計画書に気づくとそれを拾い上げた。目を通して、深々とため息をついている。

「なんなんだよ……。一晩寝たら気が変わるかと思ってたのに」

変わるどころかやる気満々なことを悟ったらしく、紙面をうつろな目で追いながら黙り込んでしまった。ラウルとキースが彼の背をなだめるように叩いているのを横目で見やり、ユーゼリカは三人目の騎士に指示を出す。

「ロラン。あなたは面接する場所を探して押さえてきて。城とは無関係の場所にしてちょうだい。書類審査はもちろんだけど、面接も私がやるから」

「姫様が直々にですって⁉　いけません！　皇女殿下とばれたらどうするおつもりですか！」

「そんなもの、ばれないようにするに決まって――」

答えかけたユーゼリカは、ふとロランの顔に目を留める。

「あなた……、これ、少し傷んでいるわね。傷が目立つわ」

「は？　あ、はい、それが何か？」

彼女が見ているのはロランがかけた眼鏡だ。黒い縁の何の変哲もない代物である。

「護衛なのに支障が出たらいけないわ。新調しなさい。公費を使っていいから」

「いや、まだ全然使えますから。というか公費なんてもったいない……え、ちょ、姫様っ？」

じぃっと近くで見つめられ、ロランが焦ったように瞬く。

「いいから新調して。そしてこちらは私に貸して。これも任務のうちよ」

「はい？　な、なんですか、一体……ひゃぁ！」

そっと眼鏡を外され、ロランが悲鳴じみた声をあげた。

頬を赤らめてどぎまぎした様子の彼に、眼鏡を失敬したユーゼリカはかすかに笑みを返した。

「とても大事な任務よ。皇女の変装のお手伝い」

それはもうとっくに忘れてしまったはずの、悪戯めいた微笑で。

「では皆、お願いね」

他にも変装の小物を探すべく、ユーゼリカは踵《きびす》を返して寝室へ向かう。

騎士たちがなんとも言えない表情になったことには気づかなかった。

＊＊＊

破格の待遇の下宿が店子を募集しているという噂は、たちまち皇都中を駆け巡った。

もちろん自然に流れただけでなく、意図的に広まるように仕向けたのである。指揮を執ったラウルは皇都に宿を借りて泊まり込み、そこで応募者の書類受け付けに忙殺された。

締め切りの日、それらを担いで戻った彼を労《ねぎら》い、ユーゼリカは即座に書類選考に入った。

何百という応募者の中からこれはと思った者を選んでいったが、そのうち大半はキースによって却下された。彼曰く胡散臭《うさんくさ》いものに鼻が利くらしい。「こいつは文章からしてあやしい」「こいつは下心がありそう」などとよくわからない理由によってばんばん落選させてしまった。

「姫様直々の面接に譲歩したんですからね。事前に不審者を取り除くくらいはさせてもらいます」

真面目な顔でそう言われては反論できなかった。護衛騎士として当然の心境なのは理解できる。

そんなこんなでなんとか十数名まで絞り込み、面接の日を迎えたのだが――

「はぁ……。皇女ともあろう御方が、こんな……。……はぁぁぁ……」

面接会場となった宿屋にて、ロランはため息ばかり吐いていた。

机について応募書類を検分していたユーゼリカは、訝《いぶか》しげに彼を見上げる。

「朝から元気がないわね。何かあったの？」

「いや、元気です、元気はあります！　というか何かあったのじゃありませんよ。なんなのですか、そのお召し物は⁉」

急に勢いづいたように言われ、今度は自身の身なりを見下ろしてみた。

「どこかおかしいかしら」

「おかしいところだらけですよ！　そんな、地味なっ、皇女たる御方がこんなにみすぼらしい恰好をなさるなんてっ」

銀の髪は二つに分けて編み込み、古ぼけた男物の帽子で隠している。毛羽だった上着とズボンも男物だ。足下はごつごつした軍靴。濃いめの色の粉をはたいた顔にはロランのお下がりの眼鏡。館中を回ってかき集めた品々である。

「完璧な変装だと思うけれど」

「完璧……っ、ええ、完璧ですとも、まさか皇女殿下だなんて天地がひっくり返っても思えませんからね！　しかしそれとこれとは別で、姫様がそんな粗末なものを身につけておられるなんてもう胸が塞《ふさ》がりそうというか本気で泣きそうというか」

ロランの嘆きを聞きながらまた書類の検分をしていると、さっと扉が開いてキースが入ってきた。

応募者たちの控え室を窺いに行ってきた彼はなんともいえない笑みをたたえている。

「いやー、やばそうなのばっかり来てますねー」

「やばそう、というと？」

「うーん……。個性的、って言えばいいんですかねえ」

「まさか、姫様に危害を加えそうなやつらという意味ですか!?」

「いや、それはないと思うけど。――どうします？　もう呼びますか？」

ユーゼリカは書類を揃《そろ》え、彼に頷いてみせた。

「そうね。始めましょう」

面接の順番は申し込み順となっている。一人目はエリオット・アンバー。アカデメイアを優秀な成績で卒業した『発明家』だと書類には記してある。

（発明家とは何かしら。初めて会う職種だわ）

ひそかにわくわくしながら、ユーゼリカは一人目が入室してくるのを見守った。


「――それでですね、この取っ手をぐるぐると回すわけです。すると、なんと！　こんなふうに風が起こるんです！　どうですか、この、私が発明した手動送風機！　すごいでしょう？　ほら、ほらほらほらっ！」

白衣を肩から引っかけた灰色の髪の男が、はあはあと興奮気味に解説している。

彼が取っ手を回すと、花びらのような形をした四枚の羽根がくるくると動き、停滞していた空気が風になって動いた。なにがしかの絡繰《からく》りによって動いているのは理解できたが――

「え？　なんですか、その呆れたようなまなざしは？　ああ、はいはい、あれですね。これくらいの代物、皇帝様の宮殿あたりにはいくらでもあるよと言いたいんですね」

いきなり皇帝の名を出され、それまで面食らっていたキースとロランがぎょっとする。

「……確かに。宮殿には既に存在しているでしょうね。きっととても高価でしょうけれど」

ただ一人冷静に見守っていたユーゼリカは初めて口を挟んだ。それまでこの発明家の男は質問する隙も与えないほどしゃべりまくりながら発明品を披露していたのだ。

「そう！　そうなんですよ！　しかしですよ、お金持ちがお高い便利な機械を買えるのは当たり前です。私は誰でも手に入れられるものを作りたい。それが私の使命なんです！」

「………………」

「それに、それにですよ。いくら皇帝様のお持ち物といえど、せいぜいがそよ風を送る程度の機械でしょう？　真夏の暑い時なんて、そんなそよ風で我慢できます？　できませんよね？　何を隠そうこの私自身、めちゃくちゃ暑がりなんです。そこで作ったのがこれというわけです！　そよ風だけじゃ満足できない、なんと風の強さを調節できるんです！　いきますよ、うおおおおお」

発明家が雄叫びを上げながら取っ手を高速で回し始めた。それに連動して風が強くなっていく。机の書類が飛びそうになり、皇女の帽子が外れかけるのを、二人の騎士が慌てて両側から押さえた。

確かにすごい風だ。強風といってもいい。というか、目も開けていられないくらいだ。

ユーゼリカが前髪全開のうえ薄目になっているのに気づいて、ロランがはらはらしたように手で遮《さえぎ》ってくれる。

「も、もうやめさせましょう、危ないですし――」

バキッ！　と大きな音がした。

「うおおおわあああっ!?」

雄叫びが途中で悲鳴になり、自称発明家がごろんごろんと床を転がっていく。

驚いて見れば、彼の手に握られた取っ手は直前まで送風機にくっついていたものだ。どうやら回しすぎて取れてしまい、勢いあまって彼まで飛んでいったらしい。

ロランとキースが呆然と見ていると、床に倒れ伏していた発明家は、むくりと起き上がった。

その顔は平然としていたが、思い切り鼻血が出ているのだった。

「大したことはありません。これしきの失敗、よくあることです。何事も経験を積まねば成功には至りません。むしろ改良の余地があるとわかってよかった。次こそ完成品が出来上がるはずです。それを市販すれば売れるのは間違いない……次の発明の資金も入るはず。私は諦めないぞぉ……」

ぎらり、とユーゼリカの目が光った。

「さっ、では送風機はこれくらいにして次に参りましょう。えーと、どれにしようかな～」

「いや、アンバーさん、もう結構です」

「そうですか？　まだ披露したい発明品がいっぱいあるのにな～」

キースに止められ、残念そうに言いながらもエリオット・アンバーはごねることなく退室していった。その後からラウルが彼の発明品をてきぱきと運び出していく。

「いやぁ……、初っ端から濃い人が来ちゃいましたねえ」

「本当ですよ。書類審査を突破したのが信じられないです」

なんともいえない顔で苦笑しながら、キースとロランがユーゼリカに同意を求める。

その視線が彼女の手元の書類に落ち——二人は同時に目をむいた。

『エリオット・アンバー　合格』

なんとも力強い筆跡でそう記してある。なぜか花丸付きで。

「いや、ちょっ……、姫様!?」

驚愕したようなロランの叫びに、ユーゼリカは怪訝《けげん》な思いで顔を上げた。

「どうかした？」

「や、さっきのあの人、合格ですか!?　全然そんな要素が見当たりませんでしたけど！」

「しかも花丸付きで……」

つぶやいたキースも面食らった様子だ。

「彼には素質がある。失敗しても心が折れるどころか挑戦し続けているし、何より儲けようという気概があるわ。きっと大成するはずよ」

「……ってまさか、お金の匂いにつられたってことですか!?」

皇女ともあろう人が、と愕然《がくぜん》となるロランに、何を今さらと視線を返す。

「当然でしょう。そもそもお金を儲けるためにやっていることよ」

「な――」

「では次に行くわ。呼んでちょうだい」

書類に目を落とす。次の応募者はアンリ・インゲル。実業家兼、役者という肩書だ。

（この名前……それに肩書も気になる。実業家なのに役者とはどういうことかしら？）

これまた初めて会う職種だ。面白い話が聞けそうだと、期待を込めて扉を見つめた。

現れたのは大層美しい顔立ちの青年だった。

年の頃は二十代半ばか。細身で中性的な雰囲気があり、こざっぱりした恰好をしている。

「アンリ・インゲルと申します。よろしくどうぞ」

にこやかに挨拶した彼に、さっそく質問を始める。

「実業家というと、それなりに稼いでいらっしゃると思うのですが。この下宿に応募したのはどうしてでしょう？」

「ははは。恥ずかしながら、商売でちょっと失敗しまして。手持ちが少ないため、お話に飛びついたというわけです」

言葉とはうらはらに悪びれもせずそう言って、彼は逆に質問してきた。

「募集要項に何か一芸に秀でていればなお良しとありましたが、失業した実業家ではその価値はないでしょうか？」

「そんなことはありません」

ユーゼリカは書類から目をあげ、彼をまっすぐ見た。

「ただ、気になることが。あなたは詐欺の容疑で皇都及びその周辺で手配されていますね。似顔絵と名前が書かれた手配書を見たと報告がありました。よくある名前とは思えませんし、あれはあなたのことで間違いありませんか？　アンリ・インゲルさん」

当の報告をしてきたラウルが厳しい目でアンリを見据えている。その非友好的な態度にも気づいたのだろう。アンリは驚いたような顔をしたが、やがて微笑を浮かべた。

「仰るとおり、あれは私です。あの下手くそな似顔絵じゃ見つかりっこないと思っていたのに。まさかこんなところで役人に突き出されることになるとは思わなかったな」

「役所には連絡しません。ただ、どういう経緯で手配されることになったのか、それは聞いておかねばなりません。詐欺の容疑というと具体的にはどういうことですか？」

詐欺師を店子にして他に累が及ぶようなことがあっては困る。そもそも手配中の人間を書類審査に通すなと言われればそうなのだが——もちろん騎士たちには散々忠告された——万が一にも同姓同名ということがあれば確認すればいいと思ったのと、彼の『仕事』について興味があったため、会って話がしたいと押し通したのだ。

アンリは意外そうな顔でユーゼリカを見つめ、しばし考えるように目を伏せてから口を開いた。

「結果的には、結婚詐欺ということになりますかね」

「結婚詐欺」

「といっても、そのつもりはまったくなかったのです。以前……私には恋人がいました。田舎で出会って……とても幸せだった。結婚の約束もしていました。ただ、彼はその地方の有力者の息子でした。彼の父親が大反対して、私たちは引き裂かれた。彼は……私のことを守ってはくれませんでした。連絡が取れなくなり、私は仕事も住む場所も奪われてしまいました」

「……」

「それで泣く泣くその地を離れました。ところが皇都に来てみると、なぜか結婚詐欺師として手配されていた。彼の父親がそうして訴えたようです。大事な息子を傷物にされたと怒り心頭でしたから、その仕返しといったところでしょう。困りましたが、撤回させる方法がない。それで手配犯に甘んじているわけです」

悲しげに微笑みかけた彼は、何か諦めたような目をしていた。先ほどまでのにこやかさとは別人のようだ。ユーゼリカが次にかける言葉を捜していると、キースが遠慮がちに口を開いた。

「その恋人って……『彼』とか『息子』とか仰るからには、男なんですよね？　つまり男性と結婚の約束を……？」

その一言でユーゼリカもやっと気づく。話の内容に注意を向けていてそこを聞き流していた。

こちらの驚きが伝わったのか、アンリが笑っている。静かに、そして楽しげに。

「私は、嘘は申していませんよ？」

その完璧な笑みからは、彼の告白が真実なのかどうかはわからなかった。

美しい詐欺師は、少し悪戯っぽくユーゼリカを見つめる。

「つらい過去を告白しましたが……、それで、私は合格できましたか？　お嬢さん？」

騎士たちの空気が、さっと張り詰めた。

面接にあたり、ユーゼリカは男装している。服だけならまだしも顔も粉をはたいて色黒にしているし、見ただけでは女とはわからない。だからこそロランも嘆いていたのだから。

声の高さや話し方にも気をつけていた。会場となった宿の者たちや応募者たちにもずいぶん若い面接人だとは思われただろうが、女だと指摘したのは彼が初めてだった。

そう、彼はあえて指摘したのだ。しなくていいことをして、出方を見ようとした。手配中だとばれたのを知って次の一手を探っているのだ。

緊迫する騎士たちをよそに、しかしユーゼリカは彼の視線を平然と受け止めた。

「私の変装もまだまだだったようね。反省するわ」

「ふふ。そんなにお可愛らしいのに、男に化けるなんて無謀ですよ」

言葉使いを変えたことに驚いた様子もなく、彼は笑みをこぼす。きらきらとこぼれるような、華やかな表情。ゆっくりと足を組み直す仕草もさまになっている。本当に結婚詐欺師だとしたら、これまで餌食になった相手は片手では足りなそうだ。

「こちらを引き込んでしまう演技力は見事だわ。役者だと職業欄に書いたのも納得ね。でも実業家というのはちょっと説得力に欠けるかしら」

「恐れ入ります。実は昔から役者を目指していましたので」

ぎらり、とユーゼリカの目がまたも光った。

「……インゲルさん。他に現在進行形の詐欺はなさっているの？」

「えっ？　いえ……今は、何も」

思いがけない問いだったのかぽかんとしてから、彼は少し慌てたように答えた。

「そう。では今後、詐欺師は廃業なさったほうがよさそうね。あまりむいていないみたいだわ」

「おやおや。ではお嬢さんの目には、私は何にむいているように見えるので？」

取り繕うようにゆったりと笑みを浮かべた彼を、ユーゼリカは冷静な顔で見つめた。

「先ほどあなたが自分で仰ったわ。役者を目指していたと」

アンリが虚を突かれたように口をつぐむ。

「役者としてどこかの劇団に所属できるよう努力していただくわ。それでもよければ引き続き選考に残します。こちらの要求は以上よ」

そう言うと、ユーゼリカは彼の応募書類にすばやくペンを走らせた。

『アンリ・インゲル　合格（花丸）』

「また花丸……」

「ちょっ、だめですってさすがに！」

つぶやくキースの横で、ロランが目をむいている。

ユーゼリカは構わず「お見送りして」とラウルに命じ、応募者を送り出した。

毒気を抜かれたような顔でアンリが退室すると、次の書類に目を落とす。

「大した度胸だわ。それにあの外見。容貌といい立ち姿といい雰囲気といい、ただものじゃない」

「そりゃまあ、詐欺師やってるくらいですから……」

「埋もれさせるにはもったいない。磨けば国を代表する役者になれるはずよ」

「って、本気でそのおつもりで採用を？　お気持ちはわからなくもないですけど……」

「手配されてるのは事実なんですよ！　たとえ廃業に同意したとしても、過去がなくなるわけじゃないんですから」

ロランに必死の形相で言い張られ、ユーゼリカはしばし沈黙する。

「……彼の過去のことを詳しく調べておいて。先ほどの婚約破棄の件も含めて」

あの話が作り話であれ真実であれ、対応は必要だ。貴重な人材を逃したくはない。

「では次の方を」

書類はまだ十枚以上残っている。自分の知らない才能を持つ人材がまだまだ大勢いるはずなのだ。

ユーゼリカの期待どおりに、そしてロランたちの心配どおりに、その後もやってくるのは変わった人ばかりだった。

「あの……。控え室で聞いたのですが、応募された方は皆さん、特技をお持ちの方ばかりとか。すみません。わたし、そういったものが何もないのですが……」

申し訳なさそうにそう言ったのは、したたるほどの美貌を持った女性だった。

傍らには小さな子どもを連れている。夫を亡くし、子と二人暮らしということだった。

「シェリル・ウンベルトさん。これまでは何かお仕事を？」

「郷里では菓子職人をしておりました。皇都に来てからは庭師を少々」

それはそれで変わった経歴だ。しかし一芸に秀でているという感じはしない。

ユーゼリカは彼女の書類を見下ろし、それから二人をじっくりと見つめた。

出身は大陸北部の街。その街の名が気にかかった。

「姫様はなぜこの人を書類通過させたんでしょう？」

こっそり小声で訊いたロランに、キースが無言で肩をすくめる。女性の応募者は他にもいたが、それぞれ特筆すべきところを持っていた。彼女たちではなく、ユーゼリカはこの未亡人のほうを通したのだ。

「控え室でお話しした方たち、皆さん素晴らしい特技や才能をお持ちみたいで。すみません、本当に。わたしみたいな者が応募してしまって。あまりにも待遇が良いと聞いたもので、つい……。空気が読めず、本当にお恥ずかしいですわ」

しきりに恐縮する彼女の横で、小さな息子が大人しく座っている。残念ながら彼のほうにも特技らしきものはなさそうだ。首からかけたペンダントのようなものを退屈そうにいじっている。

「わたしみたいなのを厚顔というのですわね。ああ、すみません、もうお暇《いとま》しますので。貴重なお時間をいただいて申し訳ありませんでした。――さあ行きましょ」

彼女は怒濤《どとう》の勢いで何度も頭を下げると、息子を促して風のように部屋を出ていってしまった。たおやかな外見からは想像できないほどのすばやい身のこなしに、止める間もなかった。

書類を見ていて引き止めるのが遅れてしまい、仕方なくユーゼリカはため息をつく。

「では次の方を……」

言い終わるよりも早く、バーンと勢いよく扉が開き、ずかずかと誰かが入ってきた。

現れたのは派手な赤髪の青年だった。案内役のラウルが怖い顔で後ろからついてくる。

「住むところ探してたら、ちょうど話を聞いたからさ。まあ別に金には不自由してねえけど」

入ってくるなり、彼はどっかと椅子にふんぞり返った。机に足までのせたのを見てロランが目をむいている。

ユーゼリカは青年を一瞥《いちべつ》し、書類をめくった。

「イーサン・エバーフィールドさん。小説家志望だそうですね」

「まあな。いずれ大流行作家になってがっぽり稼いでやるぜ」

「作品を読ませていただいても？」

「いいけど、いくら出す？」

「……いくら、とは？」

「この俺様の本を、まさかただで読ませろなんて言わねえよな？」

ちら、とユーゼリカが目を上げると、彼はにやりと笑って返した。

「冗談だよ。いいぜ、今日は特別だ」

偉そうなことを言いつつも本心は読んでほしいのだろう。しっかり用意してきたらしい紙の束は清書されたように綺麗だった。ユーゼリカはそれを受け取り、さっそく目を通す。

手持ち無沙汰になったからか、イーサンはつまらなそうに部屋の中を見回していたが、やがて不満げにロランたちに訴えた。

「なあ、茶も出ねえの？　暇なんだけど」

「な……」

「あと菓子もな。八番街のミーナって店の焼き菓子しか食えねぇから。五秒以内に買ってこいよ」

「……こいつ、一体何をしに……っ」

あまりの態度に怒りでぷるぷる震えるロランを、キースが「まあまあ」となだめている。

やりとりをよそに、読み終えると、ユーゼリカは顔を上げた。

「大変参考になりました、エバーフィールドさん。もうお帰りになって結構です」

「もう読んだのかよ？　どう、すげえ面白かっただろ？」

「お帰りください！」

嚙みつきそうな顔でロランが立ちはだかり、すごい勢いで彼を追い出した。その間にユーゼリカが力強く花丸をつけたことは残念ながら目に入らなかったようだ。

その後も面接は続き、ようやく最後の一人が終わった頃にはさすがに疲労がのしかかっていた。

だがその疲労が本格的に襲ってきたのは――主に従者たちにとって、だが――翌日のことである。


「姫様⁉　どういうことですか、これは⁉」

翌朝。下宿館にする予定の屋敷へ視察におもむいた皇女に、馬で追いついたロランは書類を突きつけた。

「昨日来てた連中のほとんどが合格になってますが⁉　しかも変人度の高いやつばっかり！」

面接の結果、落選した者も中にはいる。それが比較的まともな人物たちだったのが彼には納得いかないようだ。

「公正な審査をしただけよ」

「公正の基準を教えていただきたいですね！　あの態度のでかい小説家も、後からきた全然しゃべらない絵描きも、最初のほうの発明家もみんな変なやつでしたよ⁉　あと詐欺師はやっぱり賛成できません！」

「基準はもちろん、才能があって稼げるかどうか。皆それを満たしていたわ。エバーフィールドさんの小説は荒削りだけれど将来性が感じられたし、バルメールさんの絵は表現力がすばらしかった。アンバーさんの発明も発想力と行動力は支援の価値がある。インゲルさんの秘めた素質も見逃せない」

「だ……だからって、あいつらを一緒に集めて生活させるなんて、問題が起こるに決まっています。性格や行儀がいいとはお世辞にも言えませんでしたし！」

ユーゼリカは昨日の面接を思い出し、一つため息をつく。

「確かに私も驚いたわ。まさか初対面の相手を前に、机に足をのせる人がいるなんて……。これが弟なら小一時間は説教していたところよ」

「あ、やっぱりそれは気になったんですね」

キースが苦笑する。昨日の皇女は応募者たちの素行については何も言及しなかったのだ。

「でも俺も一つ気になってます。才能があって稼げるかどうかと仰いましたけど、あの子連れの未亡人も合格になさってますよね。他の皇宮医官とか植物学者とか、選ばれたのに納得いく人もいましたが、彼女は姫様の基準に満たないんじゃ？」

「まさか……詐欺師と同じで見た目が良いからとか仰いませんよね」

疑いのまなざしになったロランに、ユーゼリカは真顔で応じた。

「わかっているなら話は早いわ」

「ちょ、姫様！」

「あれほどの美貌、皇都でもなかなか見かけないわ。さらなる付加価値をつけて財を成すべきよ」

ロランは目をむいて絶句した。まさかただそれだけで合格にしたのか——

「ご冗談ですよね？」

困惑したようにキースが言う。一応は見守る体《てい》の彼だが、騎士として年長者として、正すところは正さねばならないというのが信条である。しかし真意を測りかねているようだ。

ユーゼリカはしばし黙った。彼女を書類審査に通したのはもちろん理由がある。ただこれは誰にも言っていない。というより言えそうになかった。

しかしそれとは別に、あの面接で合格にしたのは他の理由があった。

「私が気になっているのは彼女ではなく子どものほうよ」

「あの子が？　何か才能ありそうでしたっけ」

「……どこかで見たような気がするの」

違和感というのか、既視感というのか。自分でもよくわからないが引っかかってしまい、気づけば合格にしていた。

「おまえ、見覚えある？」

「いえ……。なかったと思いますけど」

キースとロランがひそひそ話しているのが聞こえ、我に返って歩き出す。

「館の修繕《しゅうぜん》は始めているのよね？」

「あ、はい。職人を入れて最低限のところだけは終えてます。もちろん依頼主も修繕《しゅうぜん》に来たこと自体も固く口止め済みです。今日はラウルが先に入って掃除やら片付けやらしてるはずです」

何しろ皇太子の地位がかかった作戦だ。大々的に修繕《しゅうぜん》をしては皇子たちの耳に入るかもしれず、そうなると策がばれる恐れもある。そのためできるだけ秘密裏に進めようということにしていた。

屋敷は小高い丘の中腹にあった。周囲には職人の工房が点在しており、その合間には果樹園や広大な畑が広がっている。緑豊かで見晴らしも良い。ここより上には似たような屋敷がいくつかあり、貴族の別荘地となっている。

そんな環境だから人の目につくことはあまりないのだが、残念ながら交通は不便というべきか。丘をのぼる道は整備されているものの、そこから屋敷までは道幅が狭く、通常の馬車は入ることができない。おかげで皇女もせっせと歩いて向かわねばならないというわけだ。

(母上もここへ通われたそうだけど……)

皇帝から賜《たまわ》ったという屋敷を母は気に入っていたらしい。だがユーゼリカは訪れた記憶がなかった。子を産んでからはそんな余裕がなくて来ていなかったのかもしれない。

（もっと便利な街中か、風光明媚《ふうこうめいび》な郊外の屋敷をあげればいいのに）

皇都にあって街には近いが、丘にあるせいで微妙に通いづらい。そんな屋敷を贈り物に選んだ父帝に辛口の心情がこみあげる。母が喜んでいたと聞いたから余計にそう思った。

本道から入って小路を少し歩くと、大きな木が茂っているのが見えた。

屋根のごとく庭や建物の一部を覆っているが、あざやかな黄緑色をした葉のせいで暗い印象はなく、むしろはっとするほど目にまぶしい。

それらに彩られた屋敷は赤い煉瓦造りの立派なものだった。

「おおー……」

ロランが感嘆したように息をはく。

二つある建物は二階建てで、渡り廊下で繋《つな》がれている。その前は広場になっており、両脇にも庭があるようだ。端には大小の小屋がある。周囲は頑丈な壁で囲まれ、その上には侵入できないよう鋭い突起が巡らされていた。

やはり本邸とするには小さく、館と呼んだほうがよさそうな規模だ。造りもしっかりしており、さぞかし別荘として重宝されたことだろう。――手入れが行き届いていれば、の話だが。

「ね、ぼろいでしょ？」

キースが言ったので、呆然としていたユーゼリカは瞬いた。

「見たことはないけれど『幽霊屋敷』という言葉が頭をよぎったわ」

「ですよねー。これでもましになったんですよ。最初はこんなもんじゃありませんでしたから」

白茶けて汚れた煉瓦の壁。そこに絡まる蔦は誰も取り除く者がいなかったのだろう、ほぼ一面を覆うほど成長している。窓もあちこちが割れ、玄関に続く石段も端々が欠けていた。庭は雑草が伸び放題で、庭園の相を成していない。

「入居者の数だけは部屋を修繕《しゅうぜん》して確保してあります。家具もなんとか揃《そろ》いそうなんで、あとは綺麗に掃除すればいいかと。他は共同の場所ですね。厨房《ちゅうぼう》やら食堂やら風呂やら……そのへんはまだ手つかずで」

キースの説明を聞いていると、表の気配に気づいたらしく玄関扉が開いてラウルが出てきた。

騎士服の上に大きな前掛けをし、髪を布で覆っている。その恰好で生真面目に一礼したのでキースが吹き出した。

「あんな感じで、毎日やってます」

ユーゼリカはラウルに目線でうなずいてみせ、振り返った。

「ご苦労様。これからは私もやるわ」

「えっ。やるって、何をです？」

おそるおそるというふうに訊ねたロランに、小首を傾げて答える。

「ここで茶会でもすると？　掃除と片付けに決まっているでしょう」

「姫様が掃除ですって⁉　だっだだだだだめですだめですだめですっ！」

目をむいて取り乱すロランを置いて、すたすたと中へ入った。

広い玄関ホール。洒落た壁紙や天井の模様は今もあざやかだ。しかし隅には蜘蛛の巣が張り、まるで物置のように家具が無造作に置かれていた。

時が止まったかのような、寂しい空気。よどんだそれが塵《ちり》とともに積もって——

ユーゼリカは無言であたりを見ていたが、やがて奥へ目をやると、おもむろに歩き出した。

(母上の大事な思い出も、私が守ってみせる)

これまでできなかった分までそうしよう。そう心に決めて。


その日、件《くだん》の館では。

「姫様っ、それは箒です、調度品のお掃除ならこのハタキをお使いくださ……、いや振り回しちゃだめです、使い方が違います！　うわ、バリンって！　ひぃぃぃ国宝の壺割っちゃっ……、え？　ぞうきんがけですか？　うわわわ、びっちょびちょですよ、もっと強く絞ってください！　いや、そのびっちょびちょでソファを拭かないで！　いやいや、ぞうきん振り回さないでっ！　これで空気も綺麗になるでしょって、そんなわけないでしょうが！　ちょ……姫様———っっ!!」

夕方遅くまで、従者の悲鳴が消えることはなかったという——

皇女と従者たちの尽力により、なんとか下宿館の入館の日を迎えた朝。

ユーゼリカは騎士のラウルを呼び、二人きりで向き合っていた。

「今日を迎えられたのは、先だって動いてくれたあなたのおかげよ。感謝しているわ」

「もったいないお言葉」

「本当よ。昨日だって一日中館にいて、入居者の面倒を見てくれた。滞りはなかったようね」

「はい。一人入居が遅れると連絡がありましたが、その他は全員無事に引っ越しを済ませました」

畏まって答えたラウルが、遠慮がちに顔を上げた。

「姫様。そのお召し物ということは、やはりあちらへお出ましになるのですか?」

朝だというのに――そして仮にも宮殿内だというのに、ユーゼリカのいでたちは皇女のそれからかけ離れたものだった。

生成りのブラウスに紺色の前掛けドレス。足下は長い編み上げ靴。二つに分けて編み込んだ髪にはつばの広い地味な帽子をのせ、今日もロランのお下がりの眼鏡をかけている。

「ええ。管理人として店子たちの意識調査をしなくては。生活態度にせよ才能を伸ばす手段にせよ目を配っておきたいの」

頼むから男装だけはやめてくれとロランに泣かれたため、新たに考えた変装がこれだった。

こちらはこちらで、「皇女ともあろう方がそんな粗末な恰好なんて」と彼は不満たらたらのようだったが、仕方がない。まさか華麗なドレス姿で赴くわけにはいかないのだから。

「あなたも不満？」

黙っているラウルに問うと、彼は真顔で首を横に振った。

「いえ。それも一理ございます。三年という期限がある以上、彼らをただ野放しにしておくわけにはまいりません。姫様が管理なさるのであればそれもよろしいかと。我らがお守りすればよいだけですので」

ユーゼリカも真顔になる。それについて彼には大事な話があるのだ。

「昨日の話、了承してくれるかしら」

「……私に、宮殿に残れというお話ですね」

彼の表情は変わらない。だがそれについて一晩考えあぐねたのだろうというのは、なんとなく察せられた。

「ええ。私の傍付きにはロランとリラを連れていく。宮殿と館の連絡役はキース。あなたはここで、シグルスを守ってほしいの」

これからずっと館に住むわけではないが、まさか毎日ここから通うこともできない。そのため一旦あちらへ行けば一定期間は宮殿を留守にすることになる。

心配なのは、その間シグルスの身に何か起きはしないかということだった。彼を置いて手練れの騎士三人とも引き連れていくのはとてもできない。

「フォレストリアからは他にも騎士が来ているけれど、日が浅い者や不慣れな者もいるわ。年長で優秀なあなたがシグルスの傍にいてくれたら、私も安心できる。身の危険にさらされているという点でいえば私よりあの子のほうが上よ。だって皇太子指名選に立候補していないのだもの。つまりあの子は、他の候補者を傷つけてはならないという規則から除外されることになる。私を蹴落とすためにあの子を狙う者が出るかもしれない」

ラウルは黙ったまま話を聞いている。そのあたりは彼もとうに思いをめぐらせていたのだろう。

「私の正体を知らない者ばかりの下宿館よりこの宮殿のほうが危険だわ。そうでしょう？」

見つめられたラウルは視線を受け止めていたが、やがて目を伏せた。

「実を申せば、今朝になるまでお断りしようかと逡巡していました。ですが姫様の仰ることはごもっともです。皇子たちにつけいる隙を与えてはならない。若君の御身を危うくするのはなんとしても阻止せねばなりません」

ユーゼリカはほっとして息を吐き出す。母の代から仕える彼にとって、自分だけでなく弟も忠誠を捧げる主なのだ。それをきちんと自覚している彼にますます頼もしさが増した。

「……私にはもう、あの子しか家族はいない。お願いだから守ってね」

切ないほど願望がこもった言葉を、ラウルが真剣な顔で受け止める。

「御意」

丁寧に一礼したのを見届け、ユーゼリカは表情をあらため、部屋をあとにした。

いよいよ、三年後の指名選に向けた本番勝負の始まりだ。

皇女を送り出すと、ラウルは懐から畳んだ紙を取り出した。下宿館の店子たちの簡単な身上書だ。

・エリオット・アンバー（発明家。白衣着用。発明と称して下宿を破壊しないか要注意）
・アンリ・インゲル（詐欺師↓役者。胡散臭《うさんくさ》い。姫様に手を出さないか要注意）
・シェリル・ウンベルト（未亡人。元菓子職人。姫様にあやしい菓子を食べさせぬよう要注意）
・ルカ・ウンベルト（未亡人の息子。姫様は見覚えがある？　要注意）
・イーサン・エバーフィールド（小説家志望。態度が大きい。姫様に無礼を働かないか要注意）
・レン・バルメール（画家。寡黙《かもく》、人間嫌い？　姫様のお言葉を無視しないか要注意）
・リック・カルマン（皇宮医官。医者の卵。城勤めのため姫様の正体を知られぬよう要注意）
・フィル・ウェルフォード（植物学者。アカデメイア勤め。姫様の正体を知られぬよう要注意）

あやしいといえばどれもあやしすぎる者ばかり。
（この中に姫様を害するような者が本当におらねばいいが……）
だいぶ主観の入った目録を、ラウルは険しい顔でにらみつけた。

＊＊＊

そのころ、従者らに要注意人物認定されまくりの店子たちも、条件の良すぎる下宿館に不信を抱いて食堂に集っていた。

「なあ、やっぱりあやしいよな？」

小説家志望のイーサンが眉をひそめて一同を見回す。

「家賃はタダ、生活に必要なものは全支給、なんなら食費まで毎月出るっていうんだぜ。こんなに都合のいい話ねえだろ。いやタダにつられて応募したんだけどよ」

確かに、と同意したのは向かいに座ったアンリだ。綺麗な指を顎にかけ優雅に考え込んでいる。

「おんぼろな感じはあるけれど、もとは立派なお屋敷みたいだしね。古いけど由緒あるものみたいだ。家具も装飾も手が込んでいるからね」

「ですね。てっきり郊外にあると思っていたのに皇都の真ん中だし。ここからなら仕事に通うのに便利でありがたいですが」

落ち着いた口調で述べたのはリックだ。皇宮で医官見習いをしている彼は数少ない〝まとも〟な店子の一人だった。緑がかった薄い茶髪が理知的な印象である。

「それに店子に合格したって報せが来た後、男が訪ねてきただろ？　あれがなんか、いやーな感じしたんだよな。経歴とか家族構成とかいろいろしつこく聞いてきたり、住んでた部屋じろじろ眺め回したり。調べられてる感がすごかった」

「下宿人の身上調査にしては変だよね。この下宿はそもそも家賃無料なんだから、家賃が払えるかどうか、仕事についてるかどうかを調べる必要はないし」

「な、なんだか、不気味に思えてきました……」

未亡人のシェリルがつぶやいた。青ざめているのに今日も見とれるほど美しい。

「私はぜーんぜん気になりません。発明品を置く倉庫まで貸してもらえるそうで嬉しい限りです」

発明家のエリオットが機械いじりをしながらのほほんと宣う。楽天的なのは彼だけのようだ。

「なあ、もうすぐ管理人が挨拶に来るだろ。みんなで一回ちゃんと問い詰めてみねえ？」

深刻な顔で提案したイーサンに、皆の注目が集まる。

「俺さ、聞いたことあるんだよ。身寄りのない人間を集めて待遇のいい生活させて、ころころ太らせた後で息の根を止める……やばい金持ちの道楽の話」

「『マリオネットたちの黄昏』だ」

アンリがぴんと指を立てて指摘する。役者を目指していただけあって戯曲には詳しいらしい。

リックは苦笑したが、瞳には不安が浮かんでいる。

「芝居の話でしょう？　だいたい、その金持ちはなぜ太らせた後で殺すんです？　目的は？」

「変態なんだよ。大金持ちすぎておかしくなってんの。太った人間に特殊な薬品を施して、地下室に吊るして飾るわけ。それを眺めて楽しむのが目的」

「ひっ……」

シェリルが悲鳴をあげて横にいた息子のルカを抱きしめた。カップを抱えていた彼はジュースがこぼれて不満げに母親に目をやる。それを拭いてやったアンリが、咎《とが》めるように目線を戻した。

「あまりご婦人を脅かすなよ」

「いや、だけどよ、ほんとにあやしいじゃん。絶対裏があると思うんだよ。さすがに地下室でマリオネットにはしないかもだけどさ」

「もしかして逆なんじゃないですかぁ？」

呑気な声が割り込み、一同の目がそちらに向いた。

嬉々として機械をいじりながら、発明家が含み笑いしている。

「私たち、きっと大金持ちの娘の婿を選ぶために集められたんですよ。だから待遇はいいし身上調査は厳しいし、何か特技を求められた。優秀な跡継ぎが欲しいのかもですねえ。そのうちご令嬢がやってきて、気に入った誰かが指名されるのかも………なーんてね、うふふ」

冗談なのかどうかわからない発言に、沈黙が落ちる。

それぞれ自分の中でかみ砕いていたようだが――

「いや、俺はだめだぜ！　そ、そんな見知らぬ女となんてだめだめ！」

「へええ、君、意外と純情なんだ？」

「うるせえよ。おまえこそどうなんだよ？　女を騙すのは得意なんだろ。良い気分にしてやればご指名がいただけるんじゃねえの」

「遠慮しておくよ。誰だっていいわけじゃないんでね」

「私も……そういうことならちょっと困るなぁ」

イーサンとアンリが言い合う横で、リックが真面目に悩んでいる。唖然と眺めていたシェリルも、はっと目を見開くとルカをさらに強く抱きしめた。彼も婿候補なのかと考えたのだろう。

「とにかく、みんなで問い詰めようぜ！　大勢でやればきっと……、あれ、来てないの誰だ？」

「画家の彼は部屋に閉じこもってる。もう一人はまだ入居してないよ」

「じゃあ画家も引っ張りだすぞ。人数多いに越したことはねえし！」

言うが早いか個室のほうへと向かう。その後に他の者も慌てて続いた。

あやしい家主に対抗するべく、彼らは入居二日目にして早くも一致団結していた。

＊＊＊

食堂へ入ると、そこは異様な空気に満ちていた。

ユーゼリカは訝《いぶか》しげに見渡した。大きなテーブルが真ん中に置かれた室内、その周りに座った店子たちの視線がいやに熱い。開館の挨拶をするから集まってくれと知らせは出していたものの、それにしても食い入るように見すぎではなかろうか。

(歓迎ではないわね。敵意……とも違う。……探りを入れられている？)

一人一人の表情を眼鏡越しに観察して、ひそかに首をかしげた。なぜこんな奇妙な表情で見つめられなければならないのだろう。

「……皆さん。本日、開館の日を迎えました。集ってくださったことを嬉しく思います。後で注意事項の説明を行いますが、今日はお祝いということで酒肴を用意しています。まずはそれを召し上がって――」

「酒だって？　そんなもんでごまかすつもりかよ」

とりあえず始めた挨拶は、ぶしつけな声に遮《さえぎ》られた。

発言したのはイーサンだ。非友好的な厳めしい顔でにらみつけている。

「お酒はお嫌い？」

冷静に問うたユーゼリカに、イーサンがゆっくり立ち上がって答える。

「その前に、聞きたいことあんだけど」

「どうぞ」

「つうかさ、あんたが挨拶するってことは、あんたがこの下宿を始めた張本人なのか？」

「ええ。それが何か？」

何を聞かれるのだろうと思いながら答えると、イーサンがしばし沈黙した。こちらをまじまじと見て思案しているようだ。その表情は困惑と何やら怯《おび》えのようなものがまじっている。

「頑張れ、小説家」

アンリの小声での声援に、イーサンは我に返ったように表情を戻した。

「ず、ずばり言わせてもらうぜ。あんたはあやしいんだよ。めちゃくちゃな！」

びしっと指を突きつけられ、ユーゼリカは瞬いた。

「あやしい、とは？」

「この下宿だ。家賃はタダ、他に費用もかからない。それどころか逆に毎月金くれるって？　そんなうまい話、生まれてこの方聞いたことねえよ。絶対何か企んでるだろ。俺たちを集めて何をしようとしてんだ？　あんたの魂胆《こんたん》はなんなんだよ？」

まくしたてたイーサンの背後で、他の店子たちも窺うように見守っている。

ユーゼリカの後ろに控えていたロランとリラは、すばやく主《あるじ》に視線を走らせた。

皇女の策があやしまれている。ここで騒ぎ立てられ、よそに口外されては面倒だ。回り回って皇太子指名選の候補者の耳に入ることもあるかもしれない。それでは秘密裏にやってきたことが無駄になる。場合によっては、彼女の立候補も取り消さざるを得なくなる。

彼らに疑われてはこの策は使えない。しかしどう説明すればよいのか——とロランが緊迫の面持ちで考えているのをよそに、ユーゼリカは顔色も変えずイーサンを見返している。

そして、おもむろに口を開いた。

「皆さん、怖がっておいでのようね」

ぎくっとしたようにイーサンの表情が動いた。他の者も動揺した様子だ。

「一体、何をそんなに恐れていらっしゃるの……？　参考のためにぜひ教えていただきたいわ」

彼らが何を言いたいのかさっぱりわからないが、大切な金の卵たる人材だ。怯《おび》えているならそれを取り除いてやりたい。

そんな思いから、落ち着かせようと低い声を出したのがいけなかったのか。それとも安心させようとうっすら笑みを浮かべたのが悪かったのか。

残念なことに、それらが『氷柱《つらら》の皇女』の魅力を引き出してしまったらしい。

「なっ……、なんだよ！　俺はまだ結婚とかするつもりねえし！　婿選びなら他でやれよな！」

「私も御免被りますよ。まだ一人に縛られたくないので」

「わ、私もです！　急に婿だとか困ります！」

三人の男性が一気に青ざめ、口々に主張してきた。自らの身を守るかのように身体を寄せ合い、必死の様子だ。ユーゼリカは彼らを三拍ほど眺め、傍らのリラへ目をやった。

「私は婿選びなど催《もよお》していたかしら？」

「いいえ。まだ一度もなさっておりませんわ」

「そうよね。記憶違いでなくてよかったわ」

リラののにこやかな答えに、真顔でつぶやく。いつの間にかそんな裏計画が進んでいるのかと少しだけ心配してしまった。

ユーゼリカは再び、うっすらと笑みを浮かべた。彼らをもっと安心させたくて。

「何か誤解があったようだけれど、これで解けたかしら？　では次に――」

「ま、待てよ！　じゃああっちか？　俺たちを太らせたあげく地下室に吊るして鑑賞するほうの変態ってことか？　見かけによらねえって思ってたけど、その顔見たらやっぱやりそうだぜ！　い、いい言っとくがあんたの思い通りにはならねえからな！　のんびり殺されてやると思うなよ！」

ますます青くなったイーサンが意味のわからないことをまくしたててきた。アンリとリックの顔はこわばり、シェリルは息子を抱きしめている。発明家のエリオットは呑気なままだが画家のレンはうつむいたまま震えているようだ。

ユーゼリカは瞬いて彼らを見つめ、今度はロランに目をやる。

「この館に地下室はあったかしら？」

「いいえ、ありません」

「吊るして鑑賞する変態……？　よく理解できないのだけれど。ロラン、翻訳して」

「私にもさっぱり理解できません‼」

きっぱり言い放ったロランは青筋を浮かべてイーサンをにらみつけている。無礼発言を連発する彼らに怒り心頭のようだ。

「あ、もしかして戯曲のやつじゃございません？　ええと、マリオネットたちのなんとかっていう。道を外した大金持ちの不気味な道楽のお話ですわ。こわーいやつです」

リラが明るく言い、店子たちの何人かがこくこくとうなずく。

その戯曲と重なる部分があって疑惑を持たれたということなのか？　この顔がそんな変態に見えるというのか。いまいち納得できないながらも、ようやく少し話が飲み込めた気がしてユーゼリカはまた彼らに向き直った。

「興味深い内容ね。一度観てみたいものだわ。ただ言えるのは、私にはそのような思想も趣向も暇な時間もないということね。皆さん安心なさって」

真顔でそう言うと、彼らは半信半疑のように顔を見合わせた。どうする？　と目で言い合っているように見える。

一体何をそんなにあやしんでいるのだろう。こんなにも良い条件を揃《そろ》えたのに何が不満なのか。

不思議に思いながらユーゼリカが見ていると、ひそひそ話し合っていた彼らは結論を出したらしい。代表してイーサンが警戒したように口を開いた。

「だったら何のつもりなんだ？　タダにつられて応募したくらいなんだから、大して金はもってないやつばっかりだぜ。俺は違うけど。そんなやつらを集めてどうするんだよ？　納得いく話がなきゃ出ていくからな！」

ロランとリラが目を合わせる。これほど好条件な下宿を蹴って出て行くとは、損をするのは間違いなく彼らのほうだ。しかしそうされてはいささか困ることになる。言いふらされて噂が立てば、また面接をして店子を集めるということもできなくなるかもしれない。

二人の間にまた緊張が走ったが――

「そういうことなら、白状するしかないようね」

ユーゼリカがあっさりと応じたので、ぎょっとして目をやった。

「あなた方がお疑いのとおり、実は一つ企みをしているわ。私の素性や生家に関するちょっとした野望があるものだから」

「ちょ、ひ……っ」

まさかばらすつもりかと止めようとしたロランが、慌てて自分の口を押さえる。こんな場所で姫様呼ばわりしては一大事だ。

彼の視線の圧力などないもののように、ユーゼリカは店子たちをまっすぐ見ている。

「こう見えて私は良家の跡取り娘なの。ただ、跡を継ぐには様々な条件がある。そのうちの一つが金儲けよ」

身構えていた店子たちの間に奇妙な空気が流れた。

やっと真相が聞けると固唾《かたず》を呑んだろうに、予想外の単語に困惑を隠せない様子だ。

「金……儲け？」

「父は金の亡者なの。跡を継ぐには父に金儲けの才を認めさせねばならない。けれど事情があって商売に手を出すことはできないの。そこで必要になってくるのが皆さんの才能よ」

「………」

「皆さんが非凡でいらっしゃるのは承知したわ。あなた方を見込んで全面的に支援するから、成功したら倍にして返していただきたいの。たとえ芽が出なかったとしても受けた支援は一切返す必要はないけれど、住むからには才能を伸ばすべく最大限努力すること。それに納得できないなら出ていってもらっても構わないわ」

しん、と食堂内が静まりかえる。

「遠慮はなさらなくて結構よ。私もあなた方を利用して金儲けを企んでいることに違いはないから。もちろん敬意は払っているけれど。――これで納得できたかしら？」

あけすけな告白に店子たちは唖然とし、リラは笑顔のまま無言で瞬きし、ロランは頭を抱えた。

（ぶっちゃけすぎじゃないですか姫様――!?）

ふざけるなと怒り出す者や、これ幸いと寝食だけ貪って集る不届き者が出たらどうするのか。

しばしの沈黙が流れたが、ロランの心配とうらはらに、意外にも反発の声はあがらなかった。

「そういうことだったのかよ……。はらはらして損したぜ。早く言えよな」

イーサンが額を拭いながら息をつくと、アンリがからかうように笑う。

「まったくだよ。地下室に吊られるなんて想像力が豊かすぎる。さすがは小説家志望だね」

「うるせ……っ、おまえだって怯《おび》えてただろ！」

「要するに、うまい話はないってことだ。でもそういう裏があるほうが合点はいくかな」

「まあ、つまり俺の才能を認めたってことだろ？　見る目あるじゃん」

イーサンとアンリは早くも受け入れたようだが、そうでない者も当然いるようだ。

「しかし、ありがたいお話ですが、必ず結果を出せるとは限りませんよね。かなりの賭けというか……。最終的に損をすることになるかもしれませんよ」

リックが真面目な顔で発言すると、横にいたシェリルも遠慮がちにうなずいた。

「そもそもわたしは才能どころか特技もありませんし……。お返しできるとは思えませんわ。この年で才能を伸ばすと言われても、どうしたらいいのか……」

「私は大丈夫です！　お任せください。今に素晴らしい発明をして国を潤《うるお》す商品を連発してみせます。がっぽがっぽ稼ぎますよ〜！」

「……」

「うるせえよ発明家。てか画家はちょっとはしゃべれよ」

謎が解けたことで不安も氷解したのか、先ほどと打って変わって賑やかになる。

そのことにほっとしつつ、ユーゼリカは困惑を口にした二人を見つめた。

「カルマンさん。それは初めから覚悟の上だから、お気遣いは不要よ。あなたはご自分の才能を伸ばすことだけを考えてくだされればいいわ。ウンベルトさん。あなたに特技がないとは思えないけれど、たとえそうであっても引け目に思う必要はないわ。困っているご婦人を助けるのは当然のことだから。それに、もしかしたらご子息は目を瞠《みは》る何かをお持ちかもしれないし」

「はあ……、わかりました」

穏やかな言葉に、リックは躊躇《ためら》いながらもうなずき、シェリルは複雑そうな顔でルカに目をやる。

イーサンたちと違って急に気持ちを切り替えることができないだけで、出て行くという選択を考えているわけではなさそうだ。

「では皆さん、このまま下宿を続けていただけるわね。部屋の環境や設備はいかがかしら？　何か不備があればなんでも言ってちょうだい。――彼に」

「私に⁉」

急に手で示され、ロランが目をむく。だが皇女に苦情受け付け係をやらせるわけにはいかないと思ったのだろう。「ええ、私にお願いします……」と引き受けた。

ユーゼリカは立ち上がり、彼らを見回す。

「では、あらためて。この館の大家兼管理人のリリカよ。これから皆さんの努力を間近で見させていただくわ。怠惰な方には厳しく指導するつもりなので、よろしく」

「えっ、監視すんの⁉」

聞いてないと言いたげに顔をしかめる者もいたが、それには知らないふりをしておく。

こうして、皇女の下宿館はめでたく開館を迎えたのである。

＊＊＊

皇宮と館の二重生活が始まった。

毎日行き来するのは負担がかかるし、警備面でも危ないと言われているので、当面は館に滞在することにした。もちろん皇宮の面々はユーゼリカが留守にしているとは知らない。皇宮の外れの森《しん》緑《りょく》の宮でひっそり暮らしていると思っているはずだ。

「皇女殿下なのにこんな粗末なところに寝起きされるなんて涙が出そうです。質素な食事もさせられません。掃除だなんてめっそうもない。お手を痛めてしまわれます」

などとロランは不満たらたらのようだが、ユーゼリカは館内の掃除と店子の観察で忙しく過ごしていた。開館までにできるところはやったが、まだ手を入れていない場所も多いのだ。

この日も、壊れたままの二階の部屋の扉を修繕《しゅうぜん》しようと奮闘していた。

「キースはまだ来ませんね。そろそろ報告にあがる時間なのに」

金槌で釘を打っていたロランが思い出したように言い、廊下の奥を窺う。館には彼の他にも騎士が数人来ており、ひそかに周辺を警備している。いつもなら彼らのうちの誰かがキースの来訪を取り次ぎにくる頃なのだ。皇宮の様子やシグルスのことなど毎日報告に来てくれるのである。

「彼もあまり頻繁に行き来しないほうがいいわ。人目につくことがあるかもしれない。これからは控えるように伝えて。何か有事の時だけ来るようにと」

もちろん慎重に行動し変装もした上でのことだが、念には念をいれたほうがいいだろう。

板を押さえながらそう答えた時、誰かが廊下を歩いてやってきた。見れば、取り次ぎの騎士ではなく小説家志望のイーサンだ。修繕《しゅうぜん》中の二人を見つけると、彼はぶらぶらと近づいてきた。

「大変そうだな。手伝ってやるよ」

いかにも暇を持て余しているといったふうの彼は、二人が何も言わないうちに傍にしゃがみ込んだ。板きれや外れた蝶番《ちょうつがい》などを手に取って玩《もてあそ》んでいたが、ユーゼリカの脇に道具箱が置いてあるのを見ると、にやりと笑った。

「こんな力仕事までするなんて、ほんとに良家の娘なのかよ？　やっぱりあやしいぜ」

ユーゼリカは表情も変えず、その笑みを見返す。

「あやしい娘の手伝いをしてくれるなんて親切ね。ところで小説のほうは進捗《しんちょく》はいかが？」

手厳しい返しに、彼はうっと怯《ひる》み、慌てた様子で立ち上がった。

「進捗《しんちょく》、は、いいぜ、順調だぜ！　ちょっと気分転換してただけだ。さぁて、執筆執筆！」

早口に弁解すると、わざとらしく口笛を吹きながらそそくさと行ってしまった。

「ごまかし方へたすぎますね」

ロランが白い目をしてそれを見送っている。もともとイーサンに対して良い感情を持っていないらしいが、こんなやりとりも一度や二度目ではないため、好感度が地に落ちているようだ。

小一時間ほどかかってなんとか修繕《しゅうぜん》を終え、扉を取り付けると、二人は階下へと向かった。

一階は厨房《ちゅうぼう》や食堂、風呂や共同の居間の他に、個室が四つある。そのうち店子が入っているのは三つで、残りの者は二階の部屋をそれぞれ使用している。

静かなので皆留守なのかと思いきや、一階に下りたところでこそこそと歩く人影を発見した。

「ごきげんよう、バルメールさん」

ユーゼリカの呼びかけに、若き画家はびくっとしたように立ちすくんだ。長い髪で顔が隠れ、俯いているため表情はわからないが、おどおどした様子で横顔を向けている。

面接に来た時から彼はこの調子だった。しかし口下手なだけで見せてくれた絵画はどれもすばらしいものばかりだった。本人の出した身上書によれば、売れなくて貧乏暮らしだったそうだが、心を打たれたユーゼリカは彼の才能を買うことにしたのである。

(売り込みが苦手ならこちらが手を貸せばいい。彼の才能が知られれば大勢の出資者がつくはず)

そしてその出資者たちの後押しによって、彼の絵は大陸中に羽ばたいていくはずなのだ。

しかし入居以来、というより面接の時もほとんどそうだったが、彼と会話した覚えがない。これはゆゆしき問題だ。いかにして売り出すか、どんな絵が得意かなど打ち合わせることは山ほどある。

「ちょっとよろしいかしら。この後、少し話を――」

瞬間、彼の姿が消えた。

いや、正確には廊下をすごい速さで走って逃げたのだ。屋外なら土埃が立ちそうなほどの勢いで。

突然のことに目を見開いて立ち止まったユーゼリカは、二拍ほど考え、ロランを振り返った。

「私は彼に嫌われているのかしら?」

「めっそうもない。彼は誰にでもああなんです！」

皇女の言葉を無視するなんて無礼など言いたげに、ロランは廊下の奥をにらんでいる。追いかけてまで話すことではないので、また次の機会にすることにして、先へ進んだ。

食堂の前を通りかかると、シェリルがルカに食事をさせているのが見えた。こちらに気づいたらしく、微笑んで会釈《えしゃく》してきたので、なんとなく中に足を踏み入れてみる。

「ご自分でお作りになったの？」

テーブルにはスープの入った椀や炙《あぶ》ったチーズをのせたパン、それに果物の皿が並んでいる。食事はめいめい調達することになっているが、自炊している者を見たのは初めてだった。

「作ったというほどでもないので、お恥ずかしいですけれど。他の方のようにお弁当を買ってくるのもいいのですが、せっかく厨房《ちゅうぼう》があるので使わせていただいています」

シェリルは恥ずかしそうに笑い、席を勧めてくれた。

彼女には聞きたいことがあるが、ロランが一緒だから今はできそうにない。だがそれを置いても個人的な話をする好機だ。ユーゼリカは遠慮せず彼女たちの向かいに腰掛けた。

「厨房《ちゅうぼう》の使い勝手はいかがかしら。不便がおありなら改善するわ」

「不便なんて。立派な厨房《ちゅうぼう》で逆にもったいないくらいです。この子に温かいものを食べさせられて、ありがたい限りですわ」

彼女は息子を愛おしげに見やる。彼のほうはきちんと匙《さじ》を握り、芋《いも》のミルクスープを口に運んでいた。行儀がいいのも、そのくせ口の周りがスープで汚れているのも微笑ましい。

ユーゼリカはしばし彼を観察した。面接の時に感じた既視感のようなものの正体を知りたくて。

（こんな小さな子どもに面識はないはずなのに。どこで見たと思ったのかしら……）

記憶を探って考え込もうとしていると、ふいに朗らかな声が割り込んできた。

「これはこれは、美しい方がお揃《そろ》いで。我ながら良いところに来たものです」

謳《うた》うように台詞を吐きながら登場したのは、詐欺師のアンリ・インゲルだ。許可もしていないのにユーゼリカの隣にするりと腰を下ろしたので、ロランが目をむいている。

「うーん、美味しそうな匂いだ。食欲を刺激されるね。奥さん、私にもぜひ一杯いただけますか」

図々しくも食事まで所望してきた。シェリルが面食らっているので、ユーゼリカは代わりに答える。

「彼女はここの料理人ではないわ。食事がしたいならご自分で調達なさって。そのお金は渡したはずよ」

「おっと。これは手厳しいですね。しかしごもっともです。失礼をお許しください、奥さん」

素直に謝った彼に戸惑いながらも、シェリルが苦笑している。

「奥さんと仰いますけれど、夫はおりませんから、なんだか落ち着きませんわ」

暗にやめてほしいと言いたかったのだろうに、何を誤解したのかアンリはずいと身を乗り出した。

「確かにそうですね。ではシェリルとお呼びしても？」

「はい？」

「ふふふ。実はここへ来たのもお近づきになりたかったからなのです。食べ物につられたわけではありません。もっと仲良く……いろんなことをお話ししたくてね」

妙に熱っぽい目でシェリルを見つめたかと思うと、今度はユーゼリカのほうを向く。

「あなたともです。いつも掃除だなんだと飛び回っていらっしゃる。私がどれだけ切なく口惜しくそのお姿を遠くから眺めていたか。まったく罪な方だ。管理人さん……いいえ、リリカ」

今にも手をとらんばかりに近づき、流し目を送ってくる。二人同時に口説こうとはなんとも調子の良い詐欺師だ。

ロランの殺気が爆発しそうなので、ユーゼリカは冷たく話題をぶち切った。

「館内異性交遊は禁止よ」

「ええっ。そんなぁ」

「それよりインゲルさん。いずれかの劇団に所属する件は進んでいらっしゃるのかしら？」

途端、彼は勢いよく立ち上がった。

「あっ、はい、その件ですか。ええ、もちろんですよ、おかげで今とても忙しくてね。では失礼」

早口に言ったかと思うと、まるで風のように食堂を出ていってしまった。

「まったく、どいつもこいつも逃亡してばかり……っ」

ロランが憤怒の形相で毒づいているのをよそに、ユーゼリカは真顔でアンリを見送る。

彼についてはラウルに引き続き調査を頼んでいた。実際に指名手配はされているが、他に事件を起こした形跡はないという。まだ表沙汰になっていないだけかもしれないから用心するようにとラウルは言っていた。

（どうやら何か秘密があるようね）

家賃無料の下宿に応募してきたくらいだから、皆何某かの事情を抱えているだろう。

おそらくは彼女もそうではないだろうか。ユーゼリカはシェリルに目を戻した。

「困ったことがあればすぐに私に仰って。今の彼のような件も含めて」

彼女ほどの美貌なら、おそらく今までも望まぬ男に言い寄られたことはたくさんあったはずだ。

こんな男ばかりの下宿に住まわせている以上、大家として責任がある。

シェリルは言われた意味に気づいたのか、感謝するように一礼し、微笑んだ。

「大丈夫ですわ。この子がいますもの」

そう言って彼女は愛おしそうにルカの頭を撫でた。

（この子……って）

年齢は五つだと聞いている。こんな幼子が彼女を守ってくれるというのだろうか。

よほどお腹が空いているのか、大人たちのやりとりなどお構いなしでチーズがのったパンを頬張っている彼を、しげしげと見つめてしまった。

『姉上……』

ふいに、耳の奥で声がよみがえった。

ユーゼリカは凍り付いたように彼を凝視した。

見たことがあると思ったが、そうではなかったのだ。ただ、彼は——

「どうされました？」

ロランが眉をひそめて見ている。ユーゼリカは我に返り、首を横に振ってから立ち上がった。

「そう仰るなら余計な気は回さないわ。でも有事の際は遠慮しないでちょうだい。管理する義務があるから。ではごきげんよう」

「あ……はい」

急に話を切り上げたのを不思議に思ったようで、シェリルがぽかんとしたように返事をした。背中でそれを聞きながら足早に食堂を後にする。

「姫様。どうなさったのです？」

ロランが小声で言いながら追いついてきたので、ユーゼリカは歩みを遅め、立ち止まった。今の態度は変だったと自分でもわかる。従者の彼が心配するのも無理はない。

「彼を見たことがあると言ったけれど……勘違いだったわ」

息を整え、冷静さを顔に貼り付けながら打ち明ける。

「……ただ、リーゼルに似ていただけだった」

パンを頬張る丸い頬。無心な瞳。妹が元気だった頃の面影が重なって、いたたまれない気持ちになってしまった。病に倒れた後の顔しかもう覚えていないと思っていたのに。

「姫様……」

虚を衝かれたようにロランが見ているのに気づき、再び歩き出す。

別に心に痛手を受けたわけではない。ほんの少し感傷的になっただけ。

「今日まだ会っていないのはアンバーさんね。何をしているのかしら」

「……部屋に閉じこもって出てきません。寝ているのでは？」

話を変えたのを察して、ロランがなんともいえない顔で答えた。店子たちの活動を日々把握することにしているが、だいたい毎日こんなふうなのだ。

「小説家も詐欺師も怠けてごまかしてばかりですし、画家とはまともに会話もできない。張り切っていた発明家もほぼ引きこもり。普通に仕事をしているのは医官見習いの彼だけです。このままでは先が思いやられますよ」

嘆くのを背中に聞きながら、ユーゼリカはまっすぐ前を見つめて歩く。

思い通りにはいかないものだ。でも、絶望的というほどではない。

「……まだ始まったばかりだわ」

従者を窘《たしな》めるように、そして己を鼓舞《こぶ》するかのようにそう答えを返した。

＊＊＊

翌日は外で作業をすることにした。庭の草むしりや石ころの撤去、作業小屋の整備に庭木の剪定など、やることは山ほどある。

とりあえず草むしりから着手することにしたのだが、今日もロランの嘆きは激しかった。

「皇女ともあろう御方がまた男物のズボンなど穿《は》かれて……。おまけに不恰好な頬被りまでされるなんて……っ」

部屋にいる時から庭に出た後も、ずっとぐちぐち言い続けている。庭作業をするのだからドレスでできるわけがないだろうと言って聞かせたのに、まだ納得できないらしい。

「不恰好とはご挨拶ね」

「いいえ、姫様がじゃありませんよ！　あくまでもその類被りがです！」

「陽に当たりすぎると肌が赤くなるからとリラが用意してくれたのよ。昔からそうなのだからあなたも知っているでしょう？」

「そ……それは、そうですが……」

「皇女だなんだと口走るのも控えて。誰かに聞かれたら事だわ」

「はあ……、……いやっ、そもそも姫様が草むしりなどなさることがですね――」

一応配慮したのかロランが小声でまくしたてるのを聞き流しながら、ユーゼリカはせっせと手を動かしていた。森緑《しんりょく》の宮でも庭仕事をしたことはあるし、草むしりの経験もある。さすがにここまで膨大な量の雑草は相手にしたことがないけれど、やりがいのようなものが感じられて意外と楽しい。長らく眠りについていた母の思い出の館を自分の手でよみがえらせるのだと思うと使命感すらある。

無心で続けたせいか、昼近くには抜いた雑草の山がいくつも出来上がった。

「――そろそろお食事にしましょう。あまり励まれてはお身体に障ります」

ロランに進言され、夢中でやっていたユーゼリカは作業の手を止めた。

「向こうの草捨て場に運びますので、姫様は先にお戻りください」

「こんなにたくさん、あなた一人で？　草を抱えて運ぶだけなら私にもできるわ」

「いえ、人力では時間がかかりますから、手押し車を持ってきます」

「その手押し車とやらは、もちろん二台あるのでしょうね？」

内心わくわくしながらユーゼリカが訊ねると、伝わったのかロランが引きつった顔になった。

「まさか、やりたいと仰せなのでは……」

「そんな面白そうなものを一人占めはよくないわ」

「真顔で仰らないでくださいっ。……もう……」

ロランはため息をつき、周囲に目を走らせる。護衛についた騎士たちの姿を確認してから彼は踵《きびす》を返した。

「ではここでお待ちください。いいですか、くれぐれもお一人で移動なさらないでくださいね。急いで戻りますが、何かあったら大声で呼んでくださいよ」

しつこいくらいに念を押し、皇女がいちいちうなずくのを見届けると、彼は庭の奥のほうへ走っていった。

この機に乗じて従者をまいて一人歩きしようだとか、困らせるつもりは毛頭ない。おとなしく待つつもりだが、日差しが少しまぶしかったので直接当たらないように木陰に入ることにした。

昔から肌が弱く、日光を浴びすぎると体力を消耗して熱が出たりするのだ。皇宮ならともかく、この館で寝込むわけにはいかない。

頭上でさわさわと葉擦れの音がしている。館と庭を覆うように茂る大木は、黄緑色の葉の隙間から静かに木漏れ日を落としていた。

ゆらめきのような光と温もり。さざめく濃淡の緑の音色。

何気なく顔をあげたユーゼリカは、いつのまにかそれらに見とれていた。

（……綺麗）

母の故郷であるフォレストリア。行ったことはないが、もしかしたらこんな風景が広がる場所なのかもしれない。

父帝と母は彼《か》の地で出会ったのだという。政略結婚の相手として城につれてこられるより前に、ただの青年と娘として知り合い、恋に落ちた。そんな経緯があったから母は父帝に大切にされていたし、寵姫として宮廷で敬われていた。

（そう聞いていたのに。あれも嘘だったということなの……？）

葉擦れの音。緑のゆらぎ。ざわざわと大きくなり、視界いっぱいの枝葉がぐるぐる回っているように感じる。思索が過ぎて目まいでも起こしたのかと、額を押さえた時、頭上で異質な音がした。

（――――え？）

回っているように感じたのは錯覚ではなかった。

枝葉がぐんぐんと迫ってくるのを、ユーゼリカは目を見開いて見つめる。

折れた枝が落ちてきたのだと気づいても、身体が動かなかった。このままいけばどうなるかもわかっているのに、ただ呆然と目が惹きつけられる。

ぶつかる、と思ったまさにその瞬間だった。

「っ！」

誰かに横から体当たりされ、身体が一瞬浮いた。

声をあげる間もなくごろごろと転がって、直後、ものすごい音とともに枝が地面に激突した。

土埃が舞い、鳥たちの鳴き声や羽ばたきが響く。誰かの叫び声。どれも耳に膜がかかっているかのように遠くのほうで聞こえている。

ユーゼリカは地面に倒れたまま、懸命に事態を把握しようとしていた。

よく目が見えない。怪我をしたのだろうか？　耳もよく聞こえない。ずいぶん派手に転がった気がするが、身体はあまり痛くない。いや痛いけれど実感が湧かないだけかもしれない。とにかく、間一髪、ロランが助けてくれたのは理解でき――

「大丈夫ですか」

落ち着いた声が耳元に落ちた。

抱きしめるようにして一緒に転がっていた相手が、ゆっくりと身体を離す。

息がかかるほどの距離から見つめてきた彼を、ユーゼリカは驚いて見返した。

（……ロランじゃ、ない）

従者とは似ても似つかぬ青年がそこにいた。

少し緑がかった蜂蜜色の髪。案じるように見つめる瞳は海の蒼。肌が白く北方の民を思わせる。

突然現れた彼に当惑していると、聞き慣れた悲鳴が耳に飛び込んできた。

「――うわああ!!　なんだよこれ!?　ひっ……姫様あああ！　ご無事ですかああ！」

今度こそロランだ。慌てふためくあまり、思い切り禁句を叫びながら走ってくる。

同時に門のほうからも護衛の騎士が二人、駆けつけてくるのが見えた。彼らが後《おく》れを取ったとは思えないから、枝が落下したのも助けられたのも本当に一瞬のことだったのだろう。

「ご無事ですか⁉」

「お怪我は⁉」

「何が起きたのです⁉」

わらわらと集まってきた騎士たちに助け起こされ、ユーゼリカはあらためてあたりを見回した。

離れたところに大ぶりの枝が転がっている。今いる場所からはそこそこ距離があった。かなりの勢いで飛ばされ、転がったらしい。人一人抱えてやるには相当力が要ったはずだ。

騎士たちに群がられているユーゼリカから離れ、先ほどの青年は頭上を見上げていた。冷静なその顔は状況を把握しようと観察しているかのようだ。静かな佇《たたず》まいも、長身だが細身の体格も、学者のような風体も、体を張って危機を救ってくれたのが信じられないほどだった。

(まるで騎士みたいな身のこなし……でも彼は確か……)

「一体何者の仕業だ⁉　急いで曲者を探します！　姫様は館の中へ」

「待って」

我に返り、ユーゼリカはロランを制した。彼の叫びに混じって何かが聞こえる。そういえばさっきも聞こえたと思いつつ耳をそばだてながら探すと、大木の途中の枝に人影を見つけた。

「す……すみません っ！　まさかこんなことに……、あ、あの、お怪我はないですか……わああ！」

動転したように言いかけた男が、途中で派手に落ちてきた。縄をつかんでいたものの足を滑らせたらしい。

先ほどの青年が、庇《かば》うように前へ出た。ユーゼリカは急いで立ち上がり、青年の肩越しに、落ちてきた男の顔を確認した。

「……カルマンさん？」

それは医官見習いのリックだった。鼻から下を布で覆っているが間違いない。

騎士たちがものすごい勢いで走っていき、彼を引きずるようにして戻ってくる。引き立てられたリックはあちこち血がにじみ、葉っぱにまみれて悲惨な姿だった。

「なんのつもりだ!?　まさか姫様のお命を狙って……っ」

「ロラン、落ち着いて」

よほど頭に血が上っているのか禁句を連発する彼を制し、ユーゼリカはリックを見つめた。

「カルマンさん、説明していただける？　あんなところで何をしていたの？」

両腕を掴《つか》まれていたリックが、ずるずると座り込む。自分のしでかしたことに腰を抜かしたらしい。真っ青になって彼は頭を下げた。

「申し訳ありません！　まさか木が折れるとは思わなかったんです。頑丈な枝を選んで登ったつもりだったのに、どうして」

「それはもういいわ。なぜ木に登っていらしたの？」

「……新薬の開発に使う材料を集めていたんです。この木……メリエダの葉が欲しくて。このあたりでは見かけないので、嬉しくて……。許可も得ずに、すみませんでした」

いろいろな意味でいたたまれないのだろう。小さくなってうなだれている姿は、普段真面目なところを見ているだけに痛々しいほどだった。

「許可を得る必要はないわ。この館にあるものはなんでも使って構わない。それに、故意にやったわけではないのはわかっているわ。もう気にしないで」

「ひっ……、いや、何を仰います！　なぜ故意ではないなどと」

また禁句を口走ろうとしたロランを目顔《めがお》で止め、ユーゼリカは大木の幹へ目をやった。

「彼はあそこに梯子をかけて登ったようね。でもこれだけの大木となると、梯子だけでは足場が心元ない。それであちこちに縄をかけて……命綱といったかしら？　それを自分で作ったのでしょう。確かに昨日私もその縄を見かけたわ。その時はなんだろうと思っただけだったけれど」

「はあ、それは私も見かけたような……。しかし、それがどうつながるのです？」

「つまり、今日私がここにいるのをたまたま見かけて枝を落とそうとしたわけではない。昨日の時点で彼はメリエダの葉を収集するという『仕事』をしていたのだから。そもそも私がここへ来たのはほんの偶然よ。あなたを待っていて、日差しがまぶしいから木陰へ入った。そんなこと、彼はもちろん私自身だって予想できなかったわ。庭の草取りをすると決めたのは今朝のことで、誰にも他言しなかった。何時に終わるのかも、手押し車を取りにいくあなたを待つことになるのも、日差しがまぶしくなるのも、予想なんかできるはずがない」

「……いや、しかしですねっ、あんなふうに顔を隠してるなんてあやしいですよ」

「私とあなたが朝から草取りをしている間、彼はずっと木の上で私が罠にはまるのを待っていたと？　そんな者は周到とは言わない。ただの暇人と言うのよ」

ユーゼリカの真顔での断言に、助けてくれた青年が吹き出した。しかしすぐ皆の視線に気づいたようで、ぱっと口を覆うと、すみませんと言うように肩をすくめて会釈《えしゃく》した。

緊張感のないその態度が逆に雰囲気を和らげるのに一役買ったようだ。ロランが渋々のように警戒を解いたのがわかった。

「それにしてもです。枝が落ちてきたのは事実なんですから。材料を集めていたにしても、もう少し気を配るべきでしたよ。こんな大きな枝を踏み抜くなんて、下に人がいないかちゃんと確認してからやらないと――」

「これ虫が食ってますね」

ふいに声が飛んできた。見れば、件《くだん》の青年が今度は枝の傍にしゃがみ込んでいる。彼は飄々《ひょうひょう》とした調子で折れた断面をこちらに向けた。

「ほら、こんなに。中が空洞になってます。ちょっと強い風が吹いたり大きめの鳥がのったりしただけでも折れるんじゃないかな。人為的に折られた形跡は見当たりませんよ」

「……メリエダの木は虫害に遭いやすいんです。それもあってなかなか街中では見かけなくて。それで念のために鼻と口を覆っていたんです」

「虫害⁉　ひめっ……、おおおお下がりくださいっ！」

口元の布を外しながらおずおずとリックが言い、のぞき込んでいたロランが飛び上がった。

頼まれなくても下がっていたユーゼリカは、離れたところから枝を観察しつつ口を開く。

「強い風も大きめの鳥も覚えがある。偶然の産物なのは間違いなさそうね。――カルマンさん」

突然名を呼ばれ、今度はリックが飛び上がる。青ざめたまま彼がおずおずとこちらを見た。

「あなたに責はないので気にする必要はないわ。このまま励んでくださるわね」

「あ……、ですが、いいんですか、本当に……」

「もちろんよ。それより怪我をなさっているわ。手当てしてあげて」

指示を受けた騎士がうなずき、申し訳なさそうにしているリックを館へと促す。彼らを見送ると、ユーゼリカは件《くだん》の青年に向き直った。

「助けてくださってありがとう。感謝します」

しゃがみ込んだまま折れた枝と頭上の枝葉を交互に見ていた青年が、微笑んで立ち上がる。

「いいえ。我ながら良いところへ来ましたね」

「それに、彼に罪がないことを証明する手助けもしてくださった。私と彼らだけでは気づけなかったことも多いわ」

「たまたまです。彼がいたあたりと折れた枝のあたりじゃ全然場所が違っていたので」

彼が指差した先を見てみれば、折れた枝の先端は空中にある。とてもじゃないが人間があそこへ行くのは無理だろう。縄を使って行けたとしても戻るのに時間がかかるに違いない。リックがいたのは幹の近くだった。やはり彼が故意にやったのではなかったのだ。

「確かにそうね。よく見ていたのね」

皆頭に血が上っていたし、誰も指摘しなかった。ユーゼリカもそこまで注意が向かなかった。

感心してつぶやいたのに応じるかのように、彼は少し笑った。

控えめだが人懐こい笑み。若いのに大人びた、不思議な表情で。

「これから同じ下宿に住む仲間になるんだし、助け合わないとね」

二拍置いて、ユーゼリカは軽く息をつく。

思わぬ騒動が起きてしまったが、そういえば今日は最後の店子の入居日だったのだ。

「ようこそ。大家兼管理人のリリカよ。お待ちしていたわ」

こんな出迎えになって申し訳ないと思いながら挨拶すると、青年は少し驚いた顔をした。若い管理者だと意外に思ったのだろう。だがすぐにまた笑みを浮かべ、懐から書状を取り出した。

「フィル・ウェルフォードです。入居が遅れてすみません。今日からよろしくお願いします」

彼の指先で、下宿館の合格通知書がひらりと揺れた。


フィル・ウェルフォードは植物学の研究者である。育てやすい野菜を作る研究をしているとのことで、将来性を見込んで採用したのだが、アカデメイアの寮から引っ越すため入居が遅れると連絡があった。そのめでたき入居日が今日だったたというわけだ。

彼を部屋に案内するよりも先に、ユーゼリカは傷の手当てを申し出た。

「気づいたのだけれど、私自身はほぼ怪我をしていないわ。あなたが身を挺して守ってくださったからよね？　頭はもちろん顔も手も足も、どこも痛まない。すべて包み込むように抱きしめられて転がったからだわ。違うかしら？」

「まあ、怪我させないようにできるだけ心がけはしましたけど……。あの、一応言っておきますが、よからぬ気持ちでそうしたわけでは……。ええと、じゃあ、お願いします」

というわけで、食堂にて手当てが行われることになったのだったが――

「……いや、ちょっとお待ちを、その薬は違いますっ。傷口に頭痛薬のせてどうするんですか⁉　消毒薬ですよ、そこは……いやいやいや、それは胃薬ですっ。今わざと消毒薬を回避しませんでした⁉　……え？　包帯を巻きたい？　ではここを持って……、ああぁっ、そんな勢いよく広げないで！　巻き戻すの大変なんですよ⁉」

案の定、大騒ぎになってしまった。

「あの……本当に大丈夫ですか？　僕、自分でやりますけど」

フィルは主従のやりとりにたじろいでいる。おかしな手当てをされるのではという懸念より振り回されるロランを心配しているようだ。

ユーゼリカは全部ほどいてしまった包帯をちまちまと巻き直しながら真顔で答えた。

「お気遣いなく、ウェルフォードさん。ご覧の通り私は不器用な質《たち》だけれど、彼は職業柄傷の手当ては得意なの。ちゃんと任務は遂行するわ」

「そうですよ。最初から私にお任せくださればいいのに……本当に好奇心旺盛なんだから……」

主への突っ込みで忙しかったロランは心なしか疲れた様子だ。館の掃除に来た時も散々突っ込まれたのを思い出し、ユーゼリカは黙りこんだが――

「ありがとうございます」

ふいにフィルが言ったので、思わず顔を上げた。

ロランに向けての言葉かと思いきや、彼はまっすぐこちらを見ている。一瞬戸惑ったユーゼリカににこりと笑いかけると、今度はロランの方を向いた。

「お付きの方なんですか？」

「え？　ええ……まあ」

「ああ、やっぱり。さっき姫様って呼んでいらしたから」

ぎくっとしたようにロランが身じろぎする。ユーゼリカもすばやくフィルの表情を窺った。

あれだけ連呼しては耳に留まって当然だ。こんなところで出てくるような呼び名ではないし、あやしまれるのも無理はない。緊張が高まったが、彼の表情はのんびりとしたままだった。

「よほどのお嬢様なんだろうなとは思ったんですけど、もしかしてツェルバキア語では違う意味なのかなと自信がなくて。ものすごく良家のお嬢様なら、それもあり得るんでしょうかねー？」

口調からして単に不思議に思って訊ねただけのようだった。だがユーゼリカはひっかかった。

「そう仰るということは、異国の言語に馴染みがおありなの？　身上書にはツェルバキア出身とあったはずだけれど」

ツェルバキアは多くの国を併呑《へいどん》して領土を広げてきた国だ。当然ながら各国の言語は元は違っていた。ただ時代が下るにつれてツェルバキア語を公用語とする教育や改革が行われ、今では領土のほぼ全土にそれが行き渡っている。公用語であるツェルバキア語と他の言語を比べるような言い方をするのは、それが公用語でない異国人か、言語を学ぶ学生や研究者くらいなのだ。

ユーゼリカの指摘にフィルは一瞬黙ったが、意味を解したのか少し慌てたように言った。

「誤解させたならすみません。ツェルバキア語にも古語とかあるでしょう？　そのことを言いたかったんです。ちなみに身上書のとおり、ちゃんと、ツェルバキアの出身です」

最後はあらたまって断言した。虚偽だと思われては追い出されるとでも思ったのだろう。

ユーゼリカはうなずいてみせた。こちらも別に、そこを追及したいわけではない。

「混乱させて申し訳なかったわね。けれど古語だのなんだのは関係がなく、姫様というのはただの愛称よ。私の父は金持ちで金の亡者なのだけれど、なぜか娘の私を姫と呼ぶように皆に強制するの。つまり単なる複雑な家庭環境のなせるわざだから、気にしないでくださる？」

「はあ……。なるほど」

力業で言いくるめたユーゼリカに、フィルは納得したようなしないような顔でうなずき、ロランはごくりと唾を飲んでいる。そんなことでごまかせるのかとひやひやしているようなので、一つ仕事を思い出させてやることにした。

「ロラン、手当てが済んだならお茶をお持ちして」

「はっ、はい」

ロランが慌てたように立ち上がり、周囲を確認してから厨房《ちゅうぼう》のほうへ向かう。この食堂とは続きの部屋になっていて見通しもいいので、主を置いていっても差し支えないと判断したようだ。

フィルは綺麗に巻かれた包帯を感心したように見ていたが、やがて顔をあげた。それから、まるで世間話でもするような何気ない口調で言った。

「さっきの庭での件ですが、狙われる覚えがおありなんですか？」

ユーゼリカは目を瞬き、思わず彼を見た。

あの場にいてそんなふうに感じたのか？　会ったばかりの、下宿人の彼が？

狙われる覚えがまったくないと言えば嘘になる。皇帝の出した規則があるとはいえ、皇太子指名選の立候補者の誰かが何か仕掛けてくる可能性はあるのだから。

けれどもそんなことは彼が知るはずのないことだ。

「ないけれど、なぜそんなことを訊くのかしら？」

素知らぬ顔で問い返すと、フィルは慌てたように軽く手を振った。

「あ、すみません。詮索《せんさく》するつもりではなくて。なんというか……刺客じゃないと必死に否定したいように思えて。彼はそんなことをしないというか、彼ではないというか……ご自分を納得させるために庇《かば》っておられるように見えたもので、それがちょっと気になっただけです」

ユーゼリカはどきりとした。そんなことを思っただろうか。あの時は夢中で覚えていない。

――いや、そうだ、夢中だった。というより、むきになっていたかもしれない。

リックは刺客ではない、だから彼を選んだ自分の目は節穴じゃない。そう証明するために。

「よく観察なさっているのね。でも、それは考えすぎだわ。カルマンさんの件はただの偶然よ」

なるべく穏やかな声を心がけ、そう答えた。ロランが茶を運んでくる。テーブルに置かれたそれを目線で勧め、口をつぐんだ。

自分は思っている以上に緊張しているし、警戒している。そして、失敗を恐れている。少しでも間違いを犯せば一瞬で指名選から引きずり下ろされると。

そう気づかされたことに、背筋が伸びる思いがした。

(これしきのことで動揺してどうするの。私が目指すのは女帝の座。何事にも動じてはならない)

リックが故意にやったのではないことも他意がないこともわかっている。だったら話はもうそこで終わりだ。これ以上浮き足立つ必要はない。

フィルはちらりとユーゼリカを見たが、それ以上追及することはしなかった。

ロランに礼を言って茶を飲んでから、思い出したように彼は言った。

「そういえば、厨房《ちゅうぼう》って使えるんですよね？　鍋もお借りできますか？」

「ええ。他の入居者と共同だけれど、空いていればいつでもお使いになって結構よ」

「よかった。僕、毎日スープを作ってるんです。作りすぎてこの前、鍋に穴が空いちゃって」

「……それは災難だったわね」

鍋に穴があくほどスープを作るとは、よほど好物なのかとユーゼリカが思っていると、彼は傍らに置いていた布袋を持ち上げた。

「研究過程で出来たものなんですけど、もったいないので廃棄せずに食べることにしてるんです」

布袋には人参《にんじん》や芋《いも》、蕪《かぶ》や葱《ねぎ》などがぱんぱんに詰まっている。どれも形はばらばらだがよく育って立派なものだ。転がり出た芋《いも》を掴み、フィルは人懐こい顔で笑った。

「これから作りますけど、よかったらお二人もいかがですか？　傷の手当てをしていただいたお礼に。ささやかですけど」

「スープを、私たちに……？」

「はい。これでもいろいろ工夫して調理してるんですよ。毎日たくさん使わないと消費できないので、飽きないように味を変えたり」

ユーゼリカはしばし彼を見たまま考えていたが、やがて、ぎらりと目を光らせた。

「ウェルフォードさん。そのスープ作り、私にも手伝わせてもらえないかしら？」

唐突な申し出に、ロランは目をむき、フィルも驚いた顔になった。

「それは構いませんけど……でもそれだとお礼じゃなくなっちゃいますね」

「そんなことはないわ。実のところ私はまともに料理をしたことがないので、教えていただかないとできないと思うの。それがお礼ということでどうかしら？」

もちろん礼が欲しいわけではない。だがそこをうやむやにすると話が進まないように思ったので、そういうことにしておく。

フィルは思案するようにユーゼリカを見つめてきたが、やがて目を細めて微笑んだ。

「お料理をなさってみたいというわけですね」

「あなたの将来を買った者として、その才能を実感するためにもこちらの野菜を食しておく必要があるわ。研究過程で出たものを無駄にせず食事に使っているというのが素晴らしいわね。それでひらめいたのだけれど、あなたの野菜を使わせていただいて、週に一度食事会を開いてはどうかと思うの。その時に店子の皆さんに才能の花開き具合を報告していただければ、こちらから逐一《ちくいち》探る必要もなくなる。皆さんだって多少なりとも交流があったほうが刺激を受けるのではないかしら」

「はあ……、週に一度の報告会というのは結構ですが、それがどうして料理を手伝うことに繋《つな》がるのです？」

ロランが訝《いぶか》しげに言うので、逆に不思議に思いながらユーゼリカは答える。ここまで言ってまだ通じないとは。

「その時に出す食事を作れるように、これから練習するのよ」

「はい⁉　姫様が手ずから⁉　りょ、料理をなさると⁉」

「私が開く会なのだから私が用意するのは当然だわ。ここには料理人がいないし、かといって誰かに作らせるわけにはいかないでしょう」

「だって、今までなさったことないでしょうっ。無茶です、お怪我でもなさったら！」

「だからウェルフォードさんに教えていただくのよ。一人で闇雲にやるわけではないわ」

慌てふためく従者を尻目に、ユーゼリカはフィルに向き直る。

「そういうわけだけれど、よろしいかしら？　ウェルフォードさん」

二人のやりとりをフィルは呆気にとられたように見ていた。

掌で芋《いも》をもてあそんでいたが、ユーゼリカのまっすぐな視線とぶつかると、表情をあらためる。

彼は手中の芋《いも》をテーブルに置き、口元をほころばせた。

「ではその前に、商売の話をしてもいいですか？」

「……商売の話？」

脈絡のない単語にきょとんとして聞き返すと、彼はもう一つの荷物からさっと何かを取り出した。細長い形のそれには丸い玉のようなものが棒にいくつも連なっている。

「その食事会で使うために野菜が必要なんでしょう？　練習用にもいりますよね？　てことは、しめて……これくらいかな？」

カチャカチャと音を立ててその玉を操ると、すばやく紙に数字を書き、彼はにこりと笑ってそれを差し出す。

「正規の野菜じゃないのでおまけしておきますね。一万クラインでいかがです？」

呆然と見ていたロランが目をむいた。

「いや、お金取るの⁉」

「えっ。まさか、ただで寄越せと？　僕や研究室のみんなが朝も夜もなく必死で開発した野菜を？」

びっくりしたようにフィルが言う。そう言われてはこちらが悪いような気がしてきた。反論するロランも心なしかしどろもどろだ。

「で、ですが、研究過程で出たものだと仰ってましたよね？　つまり市場に出せないようなものなんでしょう？　それに料金を払えというのは、ちょっと、あくどいのでは……」

「市場にはまだ出せませんけど、アカデメイアでは販売してますよ。もちろん研究中という注意書きをしてお安くですが、すごく人気があって毎回飛ぶように売れてます。地方から来た学生にとっては大事な食料なんです。それなのに余りものの不良品のような言い方をされるのは心外です」

「い、いや、さっきあなたも仰ってたじゃないですか。廃棄するのはもったいないとか、毎日たくさん消費しないといけないとかっ。そう言われたらそう思うでしょ――」

「しょうがない、ご縁が出来た記念に少しおまけします。九千クラインでどうです？」

「何勝手に進めてるんですか!?　それで『やったぁ』とか言うわけないでしょ！　待って、あなた商人じゃなくて研究者なんですよね!?」

「うーん、ちょっとこれ以上はまけられないなぁ」

「値引き交渉は求めてないんですよ！　なんかさっきから私がケチみたいな言い方してますけどっ、そもそもいきなりお金の話をするって非常識だと思わな――」

「ああ、そうか。他にも経費があるのを忘れてましたね」

ロランの抗議が終わらぬうちにフィルは再び先ほどの器具を操ると、何やら紙に書き足してからこちらに見せてきた。

「管理人さんにスープ指南をする講師代とその時間給ですけど、こんな感じでいいですか？」

笑顔で差し出されたそれには野菜の料金の下にさらなる数字が書き込まれている。

ロランが憤死しそうな顔で目をむいた。

「それもお金取るの!?　いや、ちょっ、お礼だとか言ってましたよね!?」

「スープを振る舞うところまでは手当てのお礼でしたけど、作るのを教えろと言われるとさすがに逸脱するというか……。正直、僕もあまり暇ではないんですよね。対価があれば考えますけど」

「はあああ!?　あ、あなたね、姫様に衣食住お世話になる身でありながらさらに料金を要求するなんて、そんな人でなしな振る舞いが許されると――」

「わかったわ」

ユーゼリカはフィルの手から紙を受け取り、目を走らせると、彼を見た。

「あなたの言い値で結構よ。取り引き成立かしら？」

「姫様っ!?　何を仰いますか、こんな悪徳商法に引っかかってはいけません！」

「いいえ、彼の言う通りよ。私はここの大家だけれど、そんなことはウェルフォードさんから無償で野菜を提供していただく理由にはならない。少なくともアカデメイアでは商品として流通しているのなら、ここでもそう扱うべきだわ。それが彼の努力を後押しすることにもなるのよ」

フィルがお金の話を始めた時は、確かに面食らった。その後に語られる理屈にも圧倒されて口を挟むこともできずにいた。

だが彼は間違ったことは言っていない。当然譲ってもらえるものだと思い込んでいた自分たちがおかしいのだ。皇族としての傲慢さが出てしまったのだと恥じ入る思いだった。

「あなたの才能を買ったのだから、才能の結晶である野菜にも代価を支払うべきだわ。そうよね？」

まっすぐ見つめたユーゼリカに、視線を受け止めたフィルが微笑を返してくる。

「お買い上げありがとうございます。あ、つけはきかないので、お支払いは品物と引き換えでお願いしますね」

「今すぐ金を持ってこいと!?　ああああなたね、恩人たる姫様に向かってどこまで傲岸不遜《ごうがんふそん》な――」

「えっ。貸家を経営するほど豊かなお家なのに、野菜の代金は払っていただけないんですか？」

「払わないとは言ってないでしょう払わないとは！　今すぐ耳を揃《そろ》えて払ってやりますよ！」

憤怒のあまり倒れそうになっているロランとあくまでにこやかなフィルのやりとりを眺めながら、ユーゼリカはひそかに思った。

（本業は商人ではないのにこのきっちり加減……。この人、できる……！）

ある意味、師と呼びたい逸材だ。

自分も金勘定に関しては自信があったのだが、甘かったのだと思い知らされた気分だった。


とりあえず材料の買い取り契約が結ばれ、支払いが終わったところで食事を済ませると、スープ作り教室が始まった。

「といっても、僕も別に料理が得意なわけじゃないんですよね。正直、スープとかシチューとか煮込み料理くらいしか作れないし……。必要に駆られてやるようになっただけなので」

「そんなにたくさん作れるなんて素晴らしいことだわ。自慢ではないけれど、私はお湯を沸かしたことすらないのよ」

「え……、ああ、そうなんですか」

「そもそも厨房《ちゅうぼう》に立ったことすらないわ」

「……。わかりました。じゃあ一緒に頑張りましょう」

あまりに堂々と言われて面食らったようだが、彼はしばし考えた末、野菜を取り出し始めた。

「野菜の種類はわかりますか？　これとか」

「さすがに人参《にんじん》は知っているわ」

「よかった。それじゃ一緒に出してもらえますか？」

ユーゼリカはうなずき、布袋から一つずつ野菜を取り出していった。

「これは芋《いも》ね」

「正解です。アカデメイアでは三つで百クラインで売ってます」

「これは蕪《かぶ》だわ」

「はい。二株で百五十クライン。ちなみにさっきの人参《にんじん》は二本で百クラインです」

いちいち値段を言ってくるので、取り出すのも何やら緊張してしまう。それだけの価値がつけられているのだと思うと、ただの野菜ではなく商品として見えてくるから不思議だ。

「格安でしょう？　でもこれを作るのに膨大な手間と時間と費用がかかってるんです。それでも正規の商品になるには至っていない。気の長い研究なんですよ」

苦労話を口にしながらも、野菜たちを見下ろすフィルのまなざしは優しい。先ほどまでいきいきとお金の話をしていたのとは別人のようだ。

「これは何かしら。初めて見たわ」

紫色の丸い野菜が出てきた。芋《いも》にしてはみずみずしい感じがするし、形も楕円をしている。

「赤大根です。市場には出回っていないので見慣れないでしょうね」

「赤大根って、こんなに大きいの？　小さいものなら知っているけれど」

「今開発している野菜なんです。こう見えて乾いた土でよく育つので、水が少ない環境でも作れます。雨が少ない地域向けだったり干魃時の対策だったり……主にそういう野菜を作ろうと研究してるんですよ」

ユーゼリカはあらためてそれを見つめた。

「素晴らしいわ。こんな野菜がたくさんあれば、気候による不作にも対応できるというわけね」

六年前の皇帝北伐時にもこれがあればよかったのにと、心から思った。あの頃は雨が少ないせいで作物が不作だったのもあって、なかなか食料が手に入らなかったのだ。皇宮にいた皇女の自分ですらそうなのだから、城下や地方の民たちはどれだけ苦労したことか。

あの時に限らず、世情が不安定になることはこの先も起こりうるだろう。それは想定しておかねばならないことだ。

「まだ開発段階ですけどね。量産できるようになるのはいつになるか、全然わからないんです」

手放しで褒められたからか、フィルが少し苦笑する。ユーゼリカはそれを真顔で見つめた。

彼の研究は間違いなく国の財産になる。なんとしても支援したいと思った。

「開発に取りかかっているだけでも大変な進歩よ。六年前にはこんなことをしている人はいなかった。いえ、いたかもしれないけれど、そんな人がいるということすら想像できなかったもの」

フィルが、ふと笑みを消した。

意外そうな表情で見つめ返してくるのに気づき、ユーゼリカはすっと目線をそらした。

「次は何をしたらよろしいの？」

「ああ、じゃあ皮むきの練習をしましょうか」

フィルは洗い場で手早く野菜の土を落とすと、作業台にそれを並べた。

「お手本を見せるので、よく見ていてください。こんな感じです」

包丁で芋《いも》の皮をむきはじめた彼の手元を、ユーゼリカは真剣な顔で凝視した。するすると皮がむかれていくので、なんだか自分にもできそうな気分になってくる。

「初めてでしょうから無理はしないで。やりやすいようにやってください」

そっと包丁を手渡され、緊張しながらそれを握りしめた。

フィルがやっていたように左手で芋《いも》を持ち、右手の包丁を当ててむこうとしたが、いざとなると要領がわからない。考えた末、芋《いも》をまな板に置き、皮をこそげ取るように包丁を入れてみた。

「うんうん。それでいいですよ」

フィルの声に励まされ、ぷるぷる震える手で包丁を動かしていく。ただ押すだけでは力を入れてもなかなか刃が入らず、前後に動かしてみたり、刃が入りやすい場所を探してあちこち突き刺したり、試行錯誤しながら続けること小一時間ほども経っただろうか。

なんとかすべての皮をむき終え、ユーゼリカは息を切らして身体を起こした。

「できたわ……。これでよろしいかしら、ウェルフォードさん」

達成感で頬を上気させながら、むいたばかりの芋《いも》を差し出す。

親指の先ほどの小ささになったそれを、フィルは動揺したように見つめた。

「管理人さん……」

「何かしら」

「全然だめです。不合格です！」

きっぱりと言われ、ユーゼリカは驚いて彼を見上げた。

にこやかだったはずの彼が、悲しげな表情でまな板の上を見下ろしている。

「なんなんですか、この皮の分厚さは。初めてにしてもひどすぎます。これじゃこの子が可哀相だ。この子の代わりに僕が泣いてしまいそうです。この子のことを大事に思っていればこんなことにはならなかったはずですよ」

芋《いも》のことをこの子呼ばわりされ、切々と訴えられてユーゼリカはたじろいだ。

小さくなった芋《いも》を大切そうに掌にのせて指で撫でているのは慰めているつもりなのか。愛玩動物のように思っているのか？　わからなすぎる。

「まともだと思ってたのに……やっぱりこの人もだいぶ変だ……」

ロランのわなわなとしたつぶやきに同意してしまいそうになった時、フィルが真面目な顔で見つめてきた。

「もっと野菜に敬意を持ちましょう。話はそこからです」

「わ……わかったわ」

気圧されるようにうなずいたユーゼリカに、彼はにこりと笑みを見せる。

とても爽やかな、人懐こい顔で。

「じゃあ宿題です。今日から一日十個ずつ皮むきの練習をすること。頑張ってくださいね」

「…………」

(厳しい……)

一つでも小一時間かかったのに十個やれとは、鬼教官すぎる。

しかし教えを請うたのは自分だ。やらないわけにはいかない。

彼の有無を言わせぬ笑顔にも押されてしまい、ユーゼリカはうなずくしかなかった。


それから、毎晩ひそかな特訓が始まった。

最初の食事会、つまりスープを披露する場は四日後に定めた。この館に来てからすでに一週間経っているため、一度皇宮に戻ったほうがいいと従者たちから言われている。皇女の留守が表沙汰にならないぎりぎりの期限が二週間だろうというのだ。

これまでの忘れ去られたような暮らしをしていた頃ならともかく、今は皇太子指名選に立候補している身である。注目を集めているだろうし、探りを入れてくる者もいるはず。それに弟のことも心配だ。なので、食事会の後に一旦皇宮へ戻るという案に異論はなかった。

とはいえ、準備期間が少ないのは事実なので、真剣に料理の練習に勤しんでいたのだが――

「今日の宿題はできましたか？」

夜。食事の後で食堂に待ち合わせたフィルに、ユーゼリカは持参したものを提出する。皮むきの練習済みの野菜たちだ。

「どうかしら。少しは上達したでしょう？」

我ながら頑張ったしうまくできた気がする。心持ち自慢げになりつつ見せたのだが、フィルは原型の半分以下になったそれらを見ると、ちょっと悲しそうに笑った。

「そうですね。一割くらいは」

まだまだお眼鏡にはかなわないようだ。初日と違ってお説教がなかっただけましになったというところか。

「ちゃんと野菜に敬意を払ってやったわ」

「そうですか……だったらしょうがないですね……」

「時間は早くなったのよ。一つにつき一時間半かかっていたのが五十分になったわ」

「それはすごい。頑張ってますね」

今度は拍手して褒めてくれた。自信をなくしかけたユーゼリカはほんの少し浮上した。

宿題の小さな野菜たちをまとめてざるに入れながら、フィルが思い出したように言う。

「どうしてそこまで食事会をしたいんですか？　管理人さんもそんなにお暇じゃないでしょう？」

「言わなかったかしら？　皆さんの才能の開き具合を報告していただくためよ。交流から刺激を受けることもあるでしょうし」

「んー。それだとあなたが料理を作る理由にはならないと思うんですが」

手を洗い、野菜も丁寧に泥を落としながらユーゼリカは真顔で応じる。

「私が少しでも料理の進歩を見せられたら、皆さんをせっつくことに説得力が出るかしらと思ったのよ。誰しも口だけの人間に指導されたくはないでしょうから」

何もしない者から働けだの才能を伸ばせだの言われても、店子たちだって良い気はしないだろう。家賃が無料といってもそこは人として別の問題になるだろうから。

その答えに彼が納得できたのかはわからなかった。フィルは微笑んで「なるほどね」とつぶやき、気を取り直したように作業台へとやってきた。

「じゃあ次は食材を切る練習をしましょう。またお手本を見せるので見ててください」

まな板の上に人参《にんじん》を置き、彼はそれに包丁を入れていく。

「まずは半分に。それをこうして向きを変えて、切りやすいようにして。それでこう……」

包丁が動くたびに、人参《にんじん》が細かく裁断されていく。一本丸ごと切り終えると彼は包丁をぬぐって差し出した。

「最初は固いので力を入れたほうがいいです。手の位置に気をつけてくださいね」

ユーゼリカはうなずき、緊張の面持ちで包丁を受け取る。初心者ということで気を遣ってくれたのか、細めの人参《にんじん》を置いてくれた。これならさほど力はいらないということだろう。

(でも、皮むきの時はどの野菜も固かったわ。細いからと侮ってはいけない。全身の力を手に集中させてやるべきよね)

恥ずかしながら力仕事らしいことをあまりしたことがない。やろうとすると誰かが慌ててやってきて代わってくれるからだ。いつもそれを離れたところで見ているしかなかった。

(力仕事といえば……そうだわ。薪を割る時のようにしてみたら力が込められるかもしれない)

それなら何度も見たことがある。同じようにやればできるはずだ。

ユーゼリカはごくりと唾を呑み、包丁を高く振り上げた。

「――――え？　管理人さ……」

ダンッ！　と鈍い音が響く。渾身《こんしん》の力で叩きつけた包丁は、人参《にんじん》を断ち割っただけでなく、まな板に深々と食い込んで大きなひびを作った。

そして、そこから嘘のように、ぱかっと真っ二つに割れてしまった。

「…………」

呆然として見ていたユーゼリカは、はっと目を走らせる。

(このまな板、確かウェルフォードさんの私物……)

同じく呆然としていたフィルが、おもむろに例の計算機を取り出した。

カタカタカタッとすばやく指を動かした彼は、紙に数字を書き付けて差し出した。

にっこり笑って、爽やかに。

「気にしなくていいですよ。これ、割れたまな板と欠けた包丁の代金です」

「…………」

受け取ったユーゼリカは、ひそかにがくりと肩を落とす。

練習を重ねれど支払金が増えていくばかり。まともにスープを作れる日は来るのだろうか。

＊＊＊

特訓のおかげで皮むきにかかる時間は少しずつ短くなり、調理器具もぎこちないながら扱えるようになった。準備期間が少ないのは懸念材料だったが、なんとか食事会を開けそうだ。

しかしそればかりをやるわけにはいかない。管理人の仕事は山ほどある。今日も館内の掃除をしつつ修繕箇所《しゅうぜんかしょ》の点検に向かった。

「姫様をこんな睡眠不足にさせるなんて……玉のようなお肌に隈を作らせるなんてっ。本当に許せません。一体何様のつもりなんですかね、あの学者っ」

ぐちぐち言いながらついてくるロランを、ユーゼリカはすばやく制した。

食堂のほうからにぎやかな声が聞こえてくる。誰かが遅めの朝食をとっているようだ。

扉のガラス窓から中を見ると、イーサンとアンリ、そしてフィルがテーブルを囲んでいる。食事をとっているのはフィルで、あとの二人はただ話しているだけのようだった。

「じゃあ、いつも自分で作ってんの？　面倒くさくね？」

「勤めてるんだから忙しいだろうに。外で食べてきたらいいんじゃないのかい？」

イーサンとアンリが珍しい生物でも見るかのような顔をしている。フィルの手製スープの話を聞いたらしい。

「外で食べる余裕がないんですよ。それに野菜を使わないといけないので」

「そんなに毎日使うくらい余ってんのか？　なんならもらってやってもいいぜ」

「ありがとうございます。野菜詰め合わせ三日分で千クラインでいいですよ」

爽やかな笑みでいきなり金額を提示され、にやにやしていたイーサンが目をむいた。

「は!?　なんで金取んの？」

「えっ。ただで持って行くつもりなんですか？　僕が手間暇かけて育てた野菜を？」

「い、いや、消費すんの大変なら助けてやろうと思ったんだよ。有料なら別にいらね――」

「えっ。食べないんですか？　僕が一生懸命育てたおいしい野菜を？」

「おまえめんどくせーな！　一体どうしてほしいんだよ⁉」

「まあまあ。とにかくこれを食べてみてください。この野菜で作った揚げ菓子です」

「はあ？　菓子なんていらねーよ。腹減ってねえし……」

流れるような手さばきで差し出された皿には、薄く切って揚げたらしい菓子が盛られている。笑顔で勧められ、イーサンは渋々口に入れたが、すぐに目をぱちくりさせた。

「……うまいじゃん」

「……ほんとだ」

同じく試食したアンリも驚いている。二人は頬を染め、競うように身を乗りだした。

「これ買うわ。売ってくれ！」

「私も！　二袋ほしい！」

「お買い上げありがとうございまーす」

フィルがにこやかに菓子の小袋を配っている。いつのまにか用意していたらしい。

「神聖なる姫様の貸家で小銭稼ぎに励むなんて……ッ」

あっという間に売買契約が結ばれ、おやつの時間に突入したのを見てロランは愕然《がくぜん》としている。

ユーゼリカも圧倒されていたが、やがて感動がこみあげてきた。

（なんという商売上手……。お金の勘定だけでなく購買意欲を煽る術も持っているなんて）

あざやかな手腕を見習いたいところだ。あの手管もぜひ身につけたい。

しかしまずは食事会の成功が先である。そのために自分がすべきことは何か。

「掃除を終えたら皮むきの特訓よ。彼らを見ていたらやる気がわいてきたわ」

「はい!? なんで今のでわくんですか……ちょっ、姫様ぁ！」

慌てて追ってくるロランをよそに、ユーゼリカは勇んで掃除に向かったのだった。


そんなこんなで支払金がかさみつつも、日々宿題の皮むきに勤しんでいたのだが、主《あるじ》と違ってロランは鬱憤《うっぷん》がたまっていたらしい。とうとうある夜、爆発した。

「皇女ともあろう御方にこんなことをさせるなんて……っ。姫様のすべらかなお手が傷だらけじゃありませんか！ 姫様のまっすぐで真面目なご気質をわかったうえでやらせてるに違いありません！ 銭ゲバな上に腹黒だなんて最悪ですよ!!」

皮むきの練習中に怪我したのをリラに手当てしてもらっていたユーゼリカは、訝《いぶか》しげに彼を見る。

「銭ゲバとはどういう意味なの？」

「金に汚いとかケチくさいとか、そういう意味です！」

「腹黒は？」

「見た目はにこにこしているけど性格がめちゃくちゃ悪いという意味ですっ!!」

ロランの評は容赦ない。よほど腹に据えかねているようだ。

「口が悪いわね。料理と金儲けの先生に向かって」

「はい!?　いや、料理は百歩譲ってわかりますが、金儲けのほうは聞いていませんよっ？」

「私が勝手に認定しているだけよ。彼のお金に対する貪欲さはまさに職人だわ。見習わなければ」

「おやめくださいっっ！　皇女ともあろう御方が銭ゲバを目指すだなんて！　あんな人とこれ以上関わったら教育に悪影響が………、そうだ、もうやめましょう！　料理を会得《えとく》なさりたいのであればリラに教わったらよろしいですし！」

名案を思いついたとばかりに彼は目を輝かせた。

ユーゼリカたち一行は、店子の面々が暮らす棟とは渡り廊下で繋《つな》がれた別棟に寝起きしている。こちらにも厨房《ちゅうぼう》があり、リラが食事の用意を担当してくれていた。ないとは思うが毒殺などを用心して、念のために調理の場を完全に分けることにしたのだ。

「リラは食事の用意に材料の調達、繕い物や洗濯や私の部屋の清掃もすべて一人でやってくれているのよ。早朝から夜遅くまで働いているのに、これ以上仕事を増やしては倒れてしまうわ」

「そ、それは……、忙しいのは知っていますが、しかしですね」

「ロランは妬いているのじゃございません？　あのフィルさんという方、なかなか美形ですもの」

リラの楽しげな発言に、ぎょっとしたようにロランが息を呑む。ユーゼリカは首をかしげた。

「そうだったかしら？」

「あらあら姫様ったら。皇宮でお美しい皇子様方を見慣れていらっしゃるので目が肥えておられるのですわね。研究者にしておくにはもったいないといいますか、控えめな恰好をしておいでですけれど、あの方もどこぞの貴公子のようじゃありません？　あ、もちろん超絶美形の殿下方には及びませんけれど」

　リラが夢見るように宙に目線をさまよわせた。その瞳はきらきら輝いている。

「姫様がお美しすぎるという事実は間違いございませんが、あの方と並んでおられると絵になりますもの。つまり、そこそこいい線行っておられるというわけですわ。姫様と並んで引けを取らない殿方は珍しいですし、ロランがやきもきしても無理はございませんわ」

「ふ、不埒《ふらち》なことを！　私はただ、姫様の名誉のために申し上げているんですッ」

　にこやかなリラに、ロランが顔を赤くして怒っている。

　ユーゼリカはあらためてフィルのことを思い返してみた。

　確かに見目は悪くない。人懐こく、いつも笑みを浮かべている印象だ。物腰もどことなく品があり、激するところは想像できない。野菜のことになるとちょっと変になってはしまうが。

　だからだろうか。リラのように美形と評することに少し違和感があった。ユーゼリカの知る美形な人々は、どこか尖ったものを感じさせるからだ。フィルを評するなら美形ではなく、そう――

「……言われてみれば、可愛らしい顔をしてらしたわね」

　こぼした感想に、ロランが目をむいてこちらを見た。

「姫様!?　き、昨日今日会ったような男に対してそのような……っ、いけません、皇女ともあろう御方がふしだらな交遊を望まれては、私は身を挺してでもお止めしますからね！」

「誰に向かってふしだらなどと言っているの。私は金儲けをしに来ているのよ」

「そのお答えも乙女としていかがなものかと……」

リラのぼやきをよそに、ユーゼリカはテーブルの上で軽く両手を組むと、二人を交互に見た。

「ロランの言うとおり、昨日今日会ったような男に特別な興味を抱くほど暇ではないわ。私が大事に思うのはシグルスとあなたたちとフォレストリアだけ。今はそこに皇太子指名選も入ったけれど」

「……姫様……」

「それに勝つまでは、他のすべては些末なことだわ」

女帝になって母と妹の弔《とむら》いをし、父帝を見返すまでは、他のことなどどうでもいい。

冷めた顔で断言した主に、二人は目を見交わすと、なんともいえない顔で見つめたのだった。

＊＊＊

翌日。突然集合をかけられた下宿人たちは、及び腰で食堂へ集まっていた。

「急になんなんだよ？　こ、こっちは執筆で忙しいんだぜ」

「そ、そうですよ。私だって劇団の入団試験がいくつも控えているんですからね」

また進捗《しんちょく》を訊かれると思ったのか、イーサンとアンリが目を泳がせながら訴えてくる。他の者も怪訝《けげん》そうな顔をしているので、ユーゼリカは彼らを見回して説明した。

「これから週に一度、食事会を開くことにしたの。交流を深めるためにも、健康の確認のためにも、ぜひ集まっていただきたいのだけれど、よろしいかしら？」

皆が戸惑ったように顔を見合わせる。イーサンが警戒した様子でうかがってきた。

「それってまさか、俺らの仕事の進み具合を探ろうっていう魂胆《こんたん》か……？」

「一口に言うとそういうことね」

「げぇっ。勘弁しろよ」

うんざりした顔になる彼を、向かいに座っていた医官見習いのリックが窘《たしな》めるように見た。

「いいじゃありませんか、それくらい。全額負担していただいて生活しているんですから、定期的な報告は義務でもありますよ」

枝落下事件で罪に問わなかった家主に恩を感じているのか、遠慮がちだが真摯な口調だった。

彼の取りなしでイーサンは渋々了解したようだ。他の者からも異論は上がらなかった。

「食費が浮くなら全然構いませんよ～」

「あの、それでしたらわたしもお手伝いしますわ」

発明家のエリオットが呑気に言い、未亡人のシェリルがおずおずと申し出る。

「ありがたい申し出だけれど、お手伝いは結構よ。私のほうで用意をするから、皆さんは集まっていただければいいわ」

「……って、ちょっと待てよ。用意するって、まさかあんたが作んの？　てか作れんの？」

イーサンが眉をひそめて追及してきた。最初に良家の娘と名乗ったので、そのあたりに不安を抱いているのだろう。

ユーゼリカは彼を見つめたまま、ここ数日の特訓を回想した。

人参《にんじん》の皮むきに二時間、細かく切るのに一時間を要したこと。水を入れずに熱してしまい焦がしたこと。煮込みが足りず具材が硬いまま仕上げてしまったこと。塩と砂糖を間違えて投入し、味見するなり吹いてしまったこと。ミルクスープを作ったはずが、茶色の代物が出来上がったこと――

「もちろんよ」

「なんだよ今の間⁉」

「今日は、大丈夫よ」

「めちゃくちゃ怖いわ！」

なんだよ今日は、って！　とイーサンが突っ込みまくるのを背中で聞きながら、厨房《ちゅうぼう》へ向かう。

火に掛けた鍋の中身をかきまぜていたフィルが、こちらに気づいて手を止めた。

「いい感じに煮込んでますよ。注ぎましょうか」

「その前に、味見をさせてくださる？」

実はもう何度も味見をしているのだが、初めて店子たちに食べてもらうのだと思うと気になってしまい、なかなか提供するのに踏ん切りがつかない。フィルが何も言わず小皿に中身を注いで渡してくれたので、受け取って口に運ぶ。

「…………」

美味しいと思うのだが――少なくとも不味くはないと思うが、味見しすぎてよくわからなくなってきた。

「大丈夫です。僕も何度も味見しました。ちゃんと美味しいですよ」

微妙な表情に気づいたのか、フィルがうなずいてくれた。特訓中、失敗した時は遠慮なしに指摘してくれた彼のことだ。その言葉はお世辞ではないように思えた。

(だったら、本当に大丈夫なはずね)

失敗とともに彼への支払金もかさんだが、その分上達はしているはずだ。自分を励ましながら器にスープを注ぎ、食堂へ運んだ。

トマトと人参《にんじん》を基本にした赤いスープだ。他には新開発の赤大根や香草なども入っている。使う野菜の種類や色によって味を変えることを助言してくれたフィルによると、煮込んだトマトの深みと香草の風味が利いた一品である。

「つか、おまえも一枚噛んでんの？　まさか食った後で金取るんじゃねえよな？」

胡散臭《うさんくさ》そうに声をかけたイーサンに、配膳していたフィルが爽やかに応じている。

「とんでもない。お金なら管理人さんに全部いただいたので安心して食べてください」

「おまえまじで容赦ねえな！」

いくら毟《むし》り取ったんだよとイーサンが突っ込むのを聞きながら、ユーゼリカは一同を見回した。

「では、どうぞ。召し上がって」

促され、ためつすがめつしていた店子たちがおそるおそる匙《さじ》をスープに入れる。

そのまま口に運ぶのを、ユーゼリカは緊張の面持ちで見つめた。

一生懸命やったという自負はある。しかしあれだけ練習で失敗したのであまり自信はない。初めてとはいえ不味いと言われたらやはりショックだろう。

どきどきしながら見ていると、真っ先に反応したのはイーサンだった。

ぎょっとしたように目を見開いた彼は、頓狂《とんきょう》な声で叫んだ。

「なんだよこれ!? 美味いじゃん！」

(——え？)

驚くユーゼリカの耳に、感嘆の声が次々に飛び込んでくる。

「本当……！ 美味しいですわ」

「うん、いけますね」

「すごいじゃないですか、管理人さん！」

「あっ、美味しいです〜」

「……」

画家だけは無言だったものの、匙を口に運ぶ動きからしてどうやら好評価のようだ。

シェリルに促されて一口食べたルカが、にこっと笑って彼女を見上げた。

「おいしいね、ママ」

見ていたユーゼリカは、すぅっと肩の力が抜けるのを感じた。

もちろん素人が作ったにしてはましだという程度の評価なのはわかっている。それでもほっとした。酷評されなかったことにも、自分が作ったもので彼らが笑顔になっていることにも。

「嬉しそうですね」

ふいに隣で声がして、はたと我に返る。

フィルが軽く腕組みをして横に並んでいた。同じく店子の面々の反応を眺めていたはずの彼が、いつからかこちらを向いている。

大発見をしたとでもいうように、少しだけ悪戯っぽく笑いながら。

「笑顔、初めて見ました」

「……！」

どきりとした。そんな顔をしているのかと、思わず頬に手を当てる。

こんなことで自分が笑うなんて、思ってもいなかった。

（嬉しいのね。私……）

彼らの才能の伸びを見るため、その報告の場をつくろうと始めたことだったのに。こんな些細なことで喜んでもらえたのがこれほど心に響くとは。

フィルが見ている。返事を待っているのだと気づき、ユーゼリカは言葉を探した。何か気の利いた返しはないいか。いや、まずは礼を言うべきか。

――その時、どうしてその二人に目がいったのか自分でもわからない。

シェリルとルカが楽しげに笑みをかわしてスープを口にしているのを見たら、耳の奥で声がよみがえった。

『ユーゼリカ……大丈夫よ』

病床にいた母の声。弱々しくも励まそうと微笑んでいた――。

街に出てまで探したのに、まともな食事を手に入れられなかった。少しの野菜と硬いパンしかないの――泣きそうになりながらそう言ったユーゼリカに、母が返した言葉だ。

（……あの時も、こうやって私が作ればよかった。あの材料ならスープが作れたはずなのに）

今さらそんなことを思う。いや、今だから思えるのだろう。

あの時、自分は子どもだった。そして、何も知らない皇女だった。料理人でもない人間が食事を作るなんて想像もできなかった。

今なら努力すればできること。けれどもう遅い。母と妹のために作ってあげることは永遠にできないのだ。

（もう、取り戻せない……）

返ることのない時間。皇族に生まれた自分の経験のなさと思い至らなさ。こんな時なのにそれらを痛感した。苦い思いがこみ上げ、思わず目を伏せる。

急に表情を変えたユーゼリカに気付き、フィルが怪訝《けげん》そうに笑みを消す。

彼はそのまま何も言わず、ただ彼女を見つめていた。

第四章

皇宮へ帰ってきたのは、初めての食事会の翌日のことだった。

下宿館にいたのは二週間ほどだが、ずいぶん長くいたような気がした。そのせいか皇宮の風景が懐かしく感じられる。

門をくぐり、森緑《しんりょく》の宮へ向かおうとしたところで、前方から小さな馬車がやってくるのに行き合った。御者台の小窓から外を見た迎え役のキースが、振り向いて目配せする。

「若君の馬車です」

意外な思いで窓の外を見ると、停まった馬車からシグルスが降りてきた。相変わらず仏頂面だ。

「偶然ね。今から学校なの？」

こちらも降りて声をかけると、彼はむすりとして目をそらした。

「今日は休みだよ」

「そう。じゃあどこかへ行くの？　珍しいわね」

「暇だから迎えにきたんだよ」

ユーゼリカは思わず空を見上げた。――天気に異常は見られない。

シグルスが眉をひそめてこちらを見る。

「なんだよそれ。槍でも降るとか言いたいの？」

「冗談よ。嬉しくて照れ隠しよ」

「全然照れてるように見えないんだけど」

ユーゼリカは微笑んで歩み寄った。久々に帰還した姉を迎えにきてくれたとは、反抗期な彼にも可愛いところがまだ残っていたらしい。

折しもそこは庭園の前で、初夏の花畑が清廉な彩りを見せている。今日は日差しもさほど強くはなく、風が爽やかだ。こんな場所での再会というのが余計に気持ちを上向かせた。

「元気そうで安心したわ」

「元気じゃないよ。あちこちから誘われて迷惑してる」

「そうなの？」

首をかしげたユーゼリカに、後から降りてきたキースが気遣うような顔でうなずいた。

「お部屋に戻られたらご覧になってください。えげつない量の面会申請が来てます」

「私に？」

「あの茶会以来、姉上は公の場に出てないだろ。様子を探ろうとみんな目の色を変えてるんだよ」

うんざりした顔でシグルスが言い、うかがうように目を走らせる。

「ここだって危ない。ちょっとでも外に出ようものなら、あいつら目聡く見つけて突進してくるんだから。早く帰ったほうがい――」

「ユーゼリカじゃないか！　奇遇だな！」

朗らかな声が響き渡り、シグルスがびくりと目をむく。

彼と一緒に振り向いたユーゼリカは、そこにいた人物を見るなり早くも胸焼けを覚えてしまった。

近くの宮殿から出てきた一団の中、まばゆい金髪をそよ風になびかせながら、美しい青年がきらきらした笑みを浮かべている。

「フッ。この兄と会いたくて待っていたとは……。本当に可愛いやつだ。もちろん私は拒まないよ。久々の再会だからな。積もる話もあるのだし、楽しく散歩でもしようじゃないか！」

（……ああ……）

第二皇子アレクセウス。まったく懐かしくもなんともない相手に出くわし、己の判断違いを呪いそうになる。弟の言うようにさっさと私宮へ帰っておくべきだった。

「おやおや、シグルスも来てくれたのか。先日は私の誘いを三度も断ったのに、ユーゼリカと一緒なら応じるとは。大きくなってもさみしがり屋というわけだな？　ははははは」

シグルスが心底嫌そうに「うざっ」とつぶやく。あちこちから誘われていたという彼はアレクセウスにもだいぶ手を焼いていたらしい。

二人はすばやく目を合わせる。どちらも考えているのは同じことのようだ。

すなわち――逃げるしかない。

「この庭園は私が整備させたんだ。見事なものだろう？　この咲き誇る花々の中心にたたずんでみたらさぞかし映えるだろうと思ってね。何がって？　もちろん私の美しさに決まっているじゃないか！　その感動を皇都中に伝えるべく今日は画家と詩人を呼んである。本当は一人で称えられるつもりだったが、仕方がない。フッ。では二人とも、私とともに、いざ夢の花園へ――」

「用事を思い出しましたので」

「失礼します」

案の定にこやかに巻き込もうとしてきたので、そそくさと挨拶して馬車に乗り込む。心得たようにキースがすぐさま発車させ、皇宮内にあるまじき速度で走り出した。

「むっ？　私とともに伝説になりたくないのか？　なんて無欲なんだ……」

アレクセウスの驚きとも感心ともつかない声が風に乗って流れてきた気がしたが、聞こえないことにしておく。

「あー……。暑苦しかった」

なりゆきで一緒の馬車に乗り込んだシグルスがつぶやき、ユーゼリカは車窓へと目を向けた。

何はともあれ、また現実の世界に戻ってきたのだ。


留守を守ってくれていた執事や従者たちを労《ねぎら》い、一休みすると、早速仕事が待っていた。

「皇子殿下方からの面会申請がこちら、お妃方からはこちら、貴族の皆様からのはこちらです」

書簡がテーブルに山を成していた。まさにそびえ立つがごとき高さで。

「こんなに？」

「はい。同じ方からのものも多いですけどね」

それにしたって多過ぎだろう。これまでろくに書簡など届かなかったので、あまりの大量さについ現実逃避したくなった。

「あとで確認するわ……。他に報告は？」

「では皇子殿下方の動静を」

きびきびとラウルが書面をめくる。シグルスの護衛の傍ら、彼は指名選に立候補した十人の皇子たちのことをキースとともに探ってくれていたのだ。

「エレンティウス殿下は時折城下へお出でになり、町歩きをなさっておいでです。指名選のための方策と関連があるかは不明、まだお取りかかりになっておられないようにお見受けします。アレクセウス殿下は取り巻きや信奉者である令嬢たちと日々戯れておられ、ご自分の美を発信することに命をかけておいでのようです。オルセウス殿下は郊外の離宮へ出向かれたり狩りに赴かれたりなさった以外は皇宮図書館か私宮にこもっておられました。ベルレナード殿下は……」

「待って。この報告は十人分続くの？」

「そりゃそうさ。代わり映えしない人もいるけど、何かつかめるかもしれないだろ」

シグルスの言に思わずため息が出た。確かに候補者たちの動向を知っておくのも大事だが……

「何かしでかしたとか、しでかしそうな人のことだけ教えてちょうだい」

「では方策を定めておいでらしき方のことを。ベルレナード殿下は婦人向けの会社を起業なさったようで、八番街にお通いになっておられます。そちらに社を構えておいでなのでしょう」

それは意外な報告だった。失礼ながら、もっと博打のような手に出るのかと思っていたのだ。

騎士たちは続けて他の皇子たちの動向を報告していく。商売を始める準備をしているらしき者、母妃の祖国を頼りに方策を探る者など様々だが、皆それなりにひそかに動いているらしく、詳細は不明とのことだった。

「こちらがやっているように、私の動向も当然探られているわね」

「ですね。姫様はこちらに引きこもっておられると、今のところは皆信じておいでのようですが」

二人がまとめてくれた皇子たちの動静表を、ユーゼリカはじっと見下ろす。

これだけ面会申請が来ている中、引きこもっているという嘘がいつまで通用するかわからない。

「やはりここを離れるのは二週間が限度ね。これからは影武者を置いたほうがいいかも」

「適当な者がいるか当たってみますか？」

「ええ、お願い」

「向こうに行かないという選択肢はないの？」

揺り椅子にもたれてやりとりを見ていたシグルスが、皮肉さをのぞかせて言う。

「ないわね。才能の伸ばし具合を見守るので忙しいもの」

「そう言うけどさ、いまいち納得できない店子もいたけど？　子ども連れの未亡人だっけ。他はともかく、そこは選んだ理由がわからないんだよな」

ユーゼリカは一瞬弟を見やり、再び書面に目を戻す。

シェリルを書類選考に通した理由は誰にも言っていない。私的すぎて説明できないからだ。

引っかかったのはただ一点。彼女の出身地だ。大陸北方のとある地方都市だそうだが、そこはかつて、父帝が敗走した際に潜伏したと言われる場所なのである。

大国の皇帝が潜んでいたとなれば、少なからず人の口にのぼっただろう。現地に住んでいたシェリルも何か聞いたかもしれない。

六年前、かの地で父帝はどう過ごしていたのか。母や妹がこの世を去った時、彼はそこで何を思っていたのか。彼女に聞けば、それらを垣間見ることができはしないだろうか。

そんなわずかな願望、そして好奇心のようなもの。それが、彼女を合格させた理由なのである。

だから絶対に誰にも言うことはできないのだ。

「……言える時がきたら話すわ」

「別にいいよ。興味ない」

そっけない弟をもう一度見やり、ユーゼリカは窓の外へ視線を移す。

三年後、もし指名選を勝ち抜いて皇太子になれたとしても、きっと父帝の心はわからないままなのだろう。

そう思うと、少しだけむなしいような気がした。

＊＊＊

「イーサンさん、ちょっといいですか？」

夕食後。食堂を出ようとしていたイーサンは、フィルに呼び止められて振り向いた。

「なんだよ？　また押し売りか？」

「押し売り？　僕がいつそんなことを？」

不思議そうに瞬くフィルを、イーサンは油断なく見返す。

「俺気づいたんだよ。あの時はついうっかり買っちまったけど、もともと余りの野菜で作ったやつだろ。金取るのはやっぱあくどいんじゃねえの？」

「でもおいしかったでしょ？　あれは物の値段じゃなくて、それを味わえる素敵な時間の対価なんです。それをもらっただけですから、全然あくどくないですよね？」

イーサンは眉を寄せて黙り込む。しばし考えてから、目をむいた。

「言いくるめてんじゃねえよ！　くそっ、おまえめちゃくちゃ腹黒いな！」

「そうですか？　言われたことないですけどねえ」

フィルはとぼけたように首をかしげ、すっと顔を寄せた。

「それより、ちょっと協力してほしいことがあるんですよ」

彼は手短かに用件を述べた。その内容の意外さにイーサンは怪訝《けげん》な顔をしたが、頼み事をされた立場が優位だと思ったのか、態度を大きくした。

「それは構わねえけど、ならこっちにも手を貸せよ。おまえの言うところの対価ってやつだな」

「なんですか？」

「庭に遊び場作ろうと思ってんだ。あのちびが退屈そうだからさ。ブランコとか他にもいくつか」

顎に指をかけて聞いていたフィルは、あっさりうなずく。

「いいですよ。時給制ですか？　それとも日給？」

「は!?　いや、おまえの頼み事の対価だっつってんだからタダに決まってんだろ！　他のやつらだってそうしてんだから――」

「ただ働きかぁ。好きじゃない響きだなぁ」

「人でなしかよおめえは！　ちびのためにやるって言ってんのに金のことばっか言いやがって」

「まあまあ。材料費の算定と安い店の紹介と、あと新人小説賞の情報を提供しますから、それが対価ということで。そう悪い話じゃないでしょ？」

　笑顔で肩をたたかれ、がみがみ言いかけたイーサンは口をつぐむ。確かに、作ってやろうと意気込んだはいいが、どれくらい資材が必要かの計算はしていない。経費が安く上がるに越したことはないし、ついでに小説賞の情報が入るのも悪くない条件だ。

「交渉成立でいいですか？　じゃあさっきの件、よろしくお願いしますね」

　爽やかに会釈《えしゃく》してフィルが食堂を出て行く。

見送っていたイーサンは、しばし沈黙の後、はたと眉をひそめた。

「……あれ？　俺、別に得してなくね？」

　情報をもらうだけで、実際に材料を調達するのも遊具を造るのも、さらには小説を書くのも全部自分なのだ。フィルの言い回しのせいであれこれ手に入れた気になってしまったが。

「あいつ……まじで腹黒……っ」

　ぷるぷると拳をふるわせてももう遅い。すでにフィルの企みに巻き込まれた後なのだった。

＊＊＊

面会申請の返書に追われる日々は瞬く間に過ぎ、二週間後ユーゼリカはまた下宿館に戻ってきた。

黄緑色の葉が屋根のように広がる景色が不思議と懐かしく感じられる。一方で庭を見やれば以前にはなかった光景があった。草抜きをして整備されたそこに、畑がいくつかできていたのだ。

（誰が作ったのかしら。勤勉で感心なことだわ）

到着の知らせを受けて迎えに出てきたロランに訊いてみると、

「医官と学者のしわざです。勝手に作ったのですよ。姫様がお留守だというのに」

ぶつぶつと答えが返ってきた。主は許しを出しているのにやはり不満らしい。

離れに向かう途中、食堂の前を通りかかると話し声がしていた。昼時なので食事を取っているようだ。のぞいて見ると小説家志望のイーサンと発明家のエリオット、それにシェリルの息子のルカがテーブルを囲んでいる。真っ先にこちらに気づいたルカが、目を丸くし、破顔して叫んだ。

「あっ！　管理人さんだ！」

イーサンとエリオットも振り返り、驚いた顔になる。

「おーっ、久しぶりじゃねえか！　帰ってきたのかよ」

「お疲れ様ですー。あ、ここ空いてますよー」

まるで歓迎するような、労《ねぎら》うような態度に、ユーゼリカは意外な思いで瞬いた。

もう戻ったのかとうんざりする者も中にはいるのではと、どこかで思っていたのだ。

「皆さん、お元気そうね」

「元気元気。つか今日帰ってくるんなら言っとけよな。他のやつらみんな出かけちまったぜ」

「構わないわ。所用で出かけることくらいあるでしょう。そこまでは制限するつもりはないわ」

「いや、医者の卵と野菜の学者は普通に仕事だけどよ。詐欺師は劇団の試験を受けにいってるし、画家は素材探しとかで毎日いねえし。こいつのママンは内職紹介してくれるって話を聞きに行ってる。なあ？」

イーサンの呼びかけに、ルカが少し恥ずかしそうに笑ってうなずく。

これまた意外な話にユーゼリカは驚きでしばし言葉が出なかった。ほんのわずかでも何か活動をしてくれていたらという希望はあったが、それをはるかに上回る現実があったとは。

手探りのまま蒔いた種が、こうして芽を出している。こんなに短い間に。

「素晴らしいわ……。私のいない間に皆さんがそんなに勤勉になっていたなんて」

「いや、勤勉ってほどでもないけどよ。さすがになんかやんねえとって感じで」

「感動したわ。心が震えて今にも落涙しそう」

「落涙て。全然そんなふうに見えねえんだけど……」

冷静な顔のまま淡々と感想を述べるユーゼリカに、イーサンはたじろいでいる。内心吹き荒れる感動の嵐は伝わらなかったようだ。

「あ、別に俺たちが怠けてるとかじゃねえからな？　こいつのママンが出かけるってんで子守を引き受けてやったんだよ。俺と発明家はここでも仕事できるしな」

「子守というか、一緒にご飯を食べてるだけですけどねえ」

慌てたようにイーサンが言い足し、エリオットが呑気に笑う。

シェリルが内職を探している理由も理解できる。自分には才がないとかなり気にしていたし、職を求めたかったのだろう。かといって小さな子ども連れでは外で仕事はできないだろうから。

（今まではどうしていたのかしら……）

皇都に来てからは庭師をしていたと聞いた。きっといろんな苦労があったはずだ。

ルカを見ると妹のことを思い出す。そのせいなのか他人事に思えず、心が痛んだ。

「お二人とも、彼を見てくださって感謝するわ。ウンベルトさんが帰ったら話をしましょう。彼の相手をする専門の人間がいれば、安心してお仕事ができるでしょうから」

「ふーん。別に俺はいいけどよ。ま、こいつは退屈だったろうから、遊び相手がいるのはいいかもな。一応俺らも仕事してっから！　ずっとは相手できねえし」

強調して主張したイーサンが、ぐるぐると器の中身を匙でかきまぜながら続ける。

「大きな声じゃ言えねえけどさ。こいつが生まれた時にはもう父親がいなかったみたいだぜ。あのママン、かなり苦労したんじゃねえかな。親元も離れてるっぽいし」

それは初耳だった。ユーゼリカはルカを一瞥《いちべつ》し、声をひそめる。

「そうだったのね」

「学校に行っていれば、友達もいて楽しいんでしょうけどねえ」

軽い調子でつぶやいたエリオットも彼なりに同情しているようだ。

ルカは五歳になると聞いている。入学すれば母子ともどもいくつかの問題が解決するかもしれない。もちろんシェリルに確認は必要だが、検討しておいて損はなさそうだ。

「けれど、どこでその話をお聞きになったの？」

まさかシェリル本人がそんなに込み入ったことを話すはずがないと思ったのだが、返ってきたのは意外な答えだった。

「この前の食事会ん時、ママンが言ってたぜ。いや、そりゃあからさまには言わねえけどよ、言葉の端々から察することもあるだろ？」

「食事会？　……そんな話が出たかしら」

あの日は最後まで食堂にいたはずだが、聞いた覚えがなかった。そもそもあの時は皆そこまで打ち解けた話はしなかったように思う。

「あの時のじゃねえよ。あんたが家に帰った後のだよ」

「……帰った、後？」

「野菜の学者が仕切ってさ。料理は自分が用意するから集まろうって」

ユーゼリカは思わず目を見開いた。

「ウェルフォードさんが？」

「ああ。管理人さんが決めたんだからいない時もやろう、って言い出してさ。集まって話すだけでも今後の活動の参考になることがあるかもしれないから、って。そんで飯のついでにお互いのことちょっと話したりしてたんだよ。ま、結局それがきっかけみたいになって詐欺師も画家もやる気出したっぽいし、よかったんじゃねえの」

「………」

「あっ、言っとくけど、やたら集まって無駄話してたわけじゃねえからな？　週に一回だけって決まりだからってんで、あんたが帰ってから二回やったかな。もちろん酒も入ってないぜ？」

黙り込んだのを誤解したのか、イーサンが慌てたように弁解する。だがユーゼリカは驚きのあまり呆然としていた。

週に一度やると言い出しておきながらあの後すぐ館を後にすることになり、気にはなっていた。だが皇宮との二重生活を送る以上、ずっとここにはいられない。次に来た時にまたやればいいと自分を納得させていたのだ。それなのに、まさかフィルが代わって催《もよお》してくれていたとは。

自分の思いを理解して受け継いでくれたのだと——そんな人が近くにいたのかという驚き。そしてそれが彼だったという意外さに動揺してしまった。

（そういえば……まだお礼も言っていない）

それどころかあの日は途中からろくに話もしなかったような気がする。母と妹のことを思い出して、その後は気分が沈んでしまい、主催者にあるまじき態度だったように思う。

（なんて失礼なことをしてしまったの。今日会ったら真っ先に言わなくては）

そして食事会を引き継いだ真意も訊こう。

あの時の反省と、フィルの行動のこと、それにやる気を出してくれた店子たち。いろんな感情で高まる胸にユーゼリカはそっと手を当てた。

その日は一日中忙しく過ごすこととなった。帰宅したアンリに劇団試験の結果を訊ねたり、シェリルにルカの学校の件や内職のことを話したり、レンには絵画の着想はどうか探りを入れたり。三人ともユーゼリカが戻っていたことに驚きながらも歓迎してくれたようで、各々話し合いもできた。

夜になり、誰もいなくなった食堂のテーブルでそれらを記録していると、夕食の後片付けをしていたロランが少しすまなそうな顔で話しかけてきた。

「驚きですね。この短期間にみんなそれなりに進んでいたとは。私には詳細までは話してくれないので知りませんでした」

「そうね。とても良い傾向だわ」

いつもは別棟で食事を摂るのだが、今夜はこちらに運ばせて皆と一緒に食べた。ルカの提案でそうなったのだ。それぞれ持ち寄った食事を摂りながら、皆わいわいと話が弾んだ。ユーゼリカ自身は聞き役に徹していたが、その賑やかさは嫌なものではなかった。

「インゲルさんは今のところ三つの劇団の二次選考に残ったそうだし、ウンベルトさんも内職が見つかってすぐにでも働けるそうよ。息子さんの学校のほうもうまく見つかるといいのだけれど」

「はい。情報が入りしだい、いつでも連絡を入れるようにと手配しています」

「バルメールさんは絵画の構想を練っていらっしゃるみたいね。これまでに描いたものをいくつかお借りしていいそうだから、明日にでも画廊を回ってみてくれるかしら。単にそのまま売るのではなく、できれば宮廷貴族の目に留まるよう画策してもらってちょうだい」

「まずは価値を高めるというわけですね。承知しました」

きびきびとロランが答えた時、食堂に置かれた時計がボーンと鳴った。

ユーゼリカはペンを止め、入り口のほうを見た。夕食を終えた店子たちはすでに部屋へ戻ったが、待ち人はまだ帰宅する様子がない。仕事で帰りが遅くなっているようだ。

「そろそろお部屋にお戻りになっては？」

ロランの言葉に、少し迷った。いつ帰るのかわからない人を夜中まで待っていてもいいものか。これからまた二週間滞在するのだし、話す機会はいくらでもあるだろう。だが不義理をしていた分、なるべく早くお礼を伝えたい。

「もう少しだけ待つわ」

考えた末にそう言うと、ロランが心配そうに眉をひそめた。

「夜が更けると冷えてきます。お風邪を召されますよ。姫様はお身体が丈夫ではないんですから」

「大げさね」

「大げさではありませんっ。では、何か羽織るものを持ってまいります。よろしいですか、お一人でどこへもお行きにならないでくださいね！」

しっかり念を押すと、彼は足早に食堂を出ていった。別棟の皇女の部屋まで取りに戻らねばならないため気が急いているのだろう。あっという間に足音が小さくなっていった。

一人残ったユーゼリカは、記録していた手を止めると、おもむろにもう一冊の帳面を開いた。

ずばり『金儲け計画書』と銘打たれたそれは、店子たちの職業や才能を知って以降、どのようにそれを引き出すのか自分なりの考えをまとめたものだ。

イーサンの小説とレンの絵画、アンリの演劇で文化芸術面の盛り上げを。エリオットの発明品は生活向上、改善が期待できる。フィルの研究は新たな農産物による生産力向上と食糧不足の防止、そしてリックは医薬の分野でそれぞれ民の健康をささえる。シェリルとルカ親子は、困っている女性や子どもを保護する施設や制度について考えるきっかけとなった。

どれも成功すれば、様々な面で帝国は豊かになるはずだ。それらが富を生むのであればなお素晴らしい。


(皆さん、着実に前に進んでいる。このぶんなら三年後に花開くのは間違いないわ)

このまま彼らを導き、後押しし、そして兄弟たちを押しのけて女帝の座につくのだ。

ユーゼリカは瞳をきらめかせながら帳面を見比べ、夢中でペンを走らせていった——


ふと気がつくと、視界が真横に傾いていた。

左の頬が冷たい。硬い何かにくっついているようだ。それになんだか首も痛い。

どこからかなんともいえない芳《かぐわ》しい香りがしている。甘いようで爽やかな匂い。

なんだろうと目線を動かすと、傍に白い陶器のカップがあった。温かそうな湯気が立ち上っているのを見ると、匂いのもとはこれらしい。さらに目線をあげていくと、今まさにカップをテーブルに置いたという恰好のまま、フィルがこちらを見ていた。

「あ……、起こしちゃいましたね」

ユーゼリカは二拍ほど固まってから、むくりと身体を起こした。

状況を理解した途端、冷や汗が出てくる。

(いつのまに居眠りなんて……！)

楽しく金儲け計画を練っていたはずが、気絶するように寝てしまっていたとは。

ロランが戻っていないのを見ると、それほど長い時間の居眠りではなかったようだ。そこにちょうどフィルが帰宅したというところか。間が悪すぎる。

「お帰りなさい。ウェルフォードさん」

急いで取り澄まして挨拶すると、フィルが微笑んだ。

「ただいま帰りました。管理人さんも、お帰りなさい」

「――え？」

「今日戻られたんですね。全然知らなくて、今ここに来たら姿があったからびっくりしました」

ユーゼリカは黙り込み、言われた言葉をかみ砕く。

ここは自分の家ではない。それに他の誰もそんな台詞は言わなかった。自分自身、そんな意識はなかった。

なのに不思議と、そう言われたことが嬉しかった。

「……ただいま……」

なんと答えたらいいかわからず、ぼそりとつぶやくと、フィルは優しい顔で笑った。

なんだか居心地が悪くて、思わず目をそらす。こんなに無防備な寝顔を見られるとは不覚としかいいようがない。

しかし気まずさで目を泳がせたのは短い間だった。広げたままの帳面に気づき、はっとする。各人の個性や特徴、いかにして伸ばすか、金儲けの方法その一、その二、その三……

(見られた――？)

咄嗟《とっさ》に勢いよく腕で隠したが、フィルは飄々《ひょうひょう》とした様子で手を振った。

「あ、日記ですか？　大丈夫ですよ、見てませんから」

ユーゼリカの動揺に気づいてか、にこりと笑う。

「本当です。僕は自分の得にならないことは進んではやらない主義なので」

なんともいえない気分になったが、そもそもこんなところに広げたまま寝てしまったのが悪いのだから、彼を責める筋合いはない。そそくさと帳面を片付け、彼に席を勧めた。

「とても遅くなってしまったのだけれど、まだ言っていなかったから。その節はスープ作りを教えてくださって、どうもありがとう」

丁寧な会釈《えしゃく》に彼は驚いた顔をし、つられたように姿勢を正してぺこりと頭をさげた。

「どういたしまして。といっても、大したことは教えてませんけど」

「そんなことはないわ。生まれて初めて包丁を持った人間が料理を作り上げることができたのよ。あなたの指導あってのことだわ」

「いやいや。管理人さんがちゃんと宿題をしてくれたからですよ」

にこにこと彼は言う。その過程でどれほど支払金がかさんだか、まあそれは今は置いておくことにした。

「皆さんに聞いたわ。私がいない間、代わりに食事会を取り仕切ってくださったとか」

「ああ、はい」

「それは、なぜなの？　私は頼んだ記憶がないのだけれど」

フィルがきょとんとする。ユーゼリカは急いで言葉を継いだ。

「ごめんなさい、こんな言い方。非難したり責めたりしているわけではないわ。ただ、どうしてそんなことをしてくださったのかと疑問に思って。あなただってお忙しいのだし、私の思いつきに付き合ってくださる義理はないわけでしょう。それに、得にならないことはしないようだし……」

口下手なのも、ひねくれた言い方しかできないのも自覚はある。だが今はそれをもどかしく感じた。ただ謝意を伝えて、質問をしたいだけなのに、嫌な思いをさせたらどうしよう、と。

彼はしばし考えるように黙っていたが、おもむろに口を開いた。

「スープを作りたいから教えてほしいって最初に言われた時……、実をいうと、お嬢様の気まぐれのお遊びなのかなと思ったんですよ。でもやり始めたら全力で真剣に練習されるので、その考えをあらためたんです。よくよく話を聞いてみたら、店子のみんなのためにすごく考えていらっしゃるし……。それで、少しでもお手伝いができないかなと思って」

少し決まり悪そうに苦笑しながら打ち明けた彼を、ユーゼリカは意外な思いで見ていた。

スープを作ると言い出した時、確かに彼は奇妙な笑みを浮かべていたような気がする。あれは皮肉を秘めた表情だったわけだ。

心外に思ったが、彼の立場からしてみれば仕方がないのかもと思い直した。ほぼ初対面の、しかも金持ちの娘と名乗った人間からいきなりああ言われては、面食らうのも無理はないだろう。

「私はいつでも真剣よ」

「失礼しました。重々わかりました」

かしこまって一礼した彼に、ユーゼリカは思わず笑みをこぼした。

顔をあげたフィルも笑っている。雰囲気の柔らかさにほっとしたように。

そのまま彼はこちらを見ていたが、さりげない口調で話を続けた。

「それに、得にならなくはないですよ。今日はそんな顔を見られたんだから」

「……え？」

「なんというか——あの日、あなたの元気がなかったのが気になって。気になりすぎて、スープのレシピをたくさん考えてしまったんですよ。それでせっかくだから、あなたがいない間だけでもみんなに振る舞おうかと思いまして」

ユーゼリカは、はっとして彼を見た。あの日、途中から様子が変わったのをやはり彼は気づいていたのだ。

「すみません。詮索《せんさく》するつもりじゃなくて。今日は元気そうだから、それでもう安心しましたと言いたかったんです」

この顔が元気そうに見えるのかと不思議だったが、そういえばさっき笑ったことを思い出した。最後に会ったのが食事会の日だから、その印象は強かっただろう。

そこまで言ってくれるということは、かなり気を揉ませてしまったのではないだろうか。

その上で、あんなさりげなさで『安心した』と言ってくれた。その気遣いに気づき、新鮮な感動が湧き起こる。

「……ありがとう」

ぽつりとこぼれた言葉に、少しだけ気まずそうだったフィルが、ほっとしたように目を細める。

彼は微笑み、テーブル上に視線をやった。

「よかったら飲んでください。まだ温かいと思うので」

置かれたカップからは、ほんのりと湯気がただよっている。

「研究所で薬草も育ててるんです。いくつか掛け合わせて調合してお茶を作るんですよ。これは仕事中に休息したい時にいつも僕が飲んでるお茶です」

そう言って彼はいくつか薬草の名前を教えてくれた。中にはユーゼリカの知っている花もあった。花の香りをつけた茶は皇宮でも飲んでいるが、それとはまた違う匂いで興味をそそられた。

「アカデメイアでこのお茶も小分けにして安く売ってるんです。試作品なので無料でもいいんですけど、それだと逆に手に取ってもらえなかったりするんですよね」

「そうなの？　なぜなのかしら」

「たとえばですが、一包十クラインとか低くても料金設定をしておくと、安いし試そうかと思ってくれるみたいで。なんでも無料だと言われるとありがたみがなくて意欲が失せてしまうんじゃないかな。お金を払うことで世間に参加しているっていう意識が出ると思うんですよ」

ユーゼリカは目の前のカップの中身をまじまじと見下ろした。

すべて無料にすれば優秀な人材は集まるのだと思っていた。だが彼の持論を聞いて、そういうものなのかもしれないという思いが芽生えた。お金に困った経験があるとはいえ自分は皇族だ。市井に生きる人々の深い心理まではわからない。

重ねて勧められ、今度こそ口に運んだ。その瞬間からなんともいえない涼やかさが鼻腔を通り抜けていく。こくりと飲んだ後、我知らず深く息を吐いていた。後味は甘く、それでいてさっぱりしている。これならいくらでも飲めそうだし、気分転換になりそうだ。

「美味しい……」

「はは。よかったです」

少し間が空いたせいで温度が下がったお茶は、喉をほどよく潤《うるお》してくれた。すべて飲み干してしまい、ユーゼリカは名残惜しくカップを置いた。

「……きっと、あなたが優しいからだわ」

おかわりを取りにいこうとしたのか、立ち上がりかけたフィルが不思議そうにこちらを見る。

謝意と賛辞をこめて、ユーゼリカは彼を見つめた。

「だからこんなに美味しいのね」

フィルは驚いた顔で黙っている。

どう反応したらいいのか迷うように目を泳がせてから、笑みをこぼした。はにかむような表情で。

「じゃあ、あなたも優しいんですね」

「私？」

彼はうなずき、テーブルに片手をつく。

座っているユーゼリカを軽くのぞきこむようにして、そっと笑いかけてきた。

「あなたのスープも僕は好きです」

けして戯れではなく、かといって重々しくもなく。

ただ純粋に褒められたのだというのが伝わり、胸の奥をくすぐられたような感覚があった。

ユーゼリカは思わず瞬きし、目を伏せる。らしくないと自分でも思いながら。

「……あなたが好きと言われるより、嬉しいかも」

これが〝照れくさい〟という感情なのだろうか？

自分が作ったものを真正面から好きと言われるのがこれほど嬉しいとは、知らなかった。

店子たちも『美味しい』と言ってくれたし、あの時だって喜びを感じた。けれど今の気持ちはそれとはまた違う気がした。

フィルは虚を衝かれたような顔をし、それから小さく苦笑した。驚きを押し込めるように。

「喜んでもらえたのならよかったです。――おかわり淹《い》れてきますね」

軽く頬をかきながら身体を起こした彼を、ユーゼリカはおずおずと見上げた。

「……このお茶の作り方も、いつか教えてくださる？」

気分転換になるお茶の効果は身をもって実感したところだ。店子たちの研究や仕事においても役立つかもしれない。学んでおいて損はないはずだ。

ただ、忙しい彼の負担になると思うと、それだけは気が引けた。それでいつになく下手に出たのだが、フィルは嫌な顔をまったく見せることなく、さらりとうなずいてくれた。

「いいですよ。今度、材料を持ってきます。興味がおありなら他のお茶も一緒に」

「もちろん料金は払うわ。講師代と材料費とここまでかかった人件費ね？」

「素晴らしい。毎度ありがとうございます」

いつもの顔で拍手の手振りをすると、彼は笑って厨房《ちゅうぼう》へ入っていった。ややあって戻ってきたが、手にはカップを二つ持っている。ようやく気が付いてユーゼリカは腰をあげかけた。

「引きとめてしまったわね。私に構わず、お部屋で寛いでくださってよろしいのよ」

気を遣って付き合ってくれているのかと思ったのだが、椅子に座った彼は慣れた様子で荷物から本をいくつも取り出している。

「実を言うと資料が増えすぎて部屋で作業するのが難しくなって。最近はここでやってるんです」

「そうなの？　そんなに狭い部屋ではなかったはずだけれど」

「ですね。僕が片付けができないだけかもしれません。机を四つ入れたんですが、全部資料に占領されてしまって。でも他にもここでやってる人がいますよ。大きなテーブルがあるとやっぱり便利みたいで。――ほら」

つられてそちらを見れば、どやどやという足音とともにイーサンとエリオットが入ってくるところだった。それぞれ紙の束と数冊の本、それに工具箱と小さな機械のようなものを抱えている。その後ろからようやく戻ったロランも入ってきた。

「あれっ。今日は管理人の姫さんもいんのかよ」

イーサンが頓狂《とんきょう》な声をあげた。ロランが連呼するので彼もその呼び名が移ってしまったらしい。

彼らの後ろに画家のレンもいるのを発見し、ユーゼリカは一同を見回した。

「皆さんもお部屋だけでは手狭なの？」

「狭いってわけじゃねえけどー。まあ、たまには場所を変えて仕事したくなるっつうか。そのほうが捗ったりすんだよな」

「あっ、私は正直狭いです～。発明品がばんばん増えていくので置く場所がなくて」

「あと医者の卵もいつも来てるぜ」

「カルマンさんも？」

「まあこの頃は忙しいみたいで帰ってくんのも遅いけどよ。何か難しい顔してたし、仕事がうまくいってないんじゃね？　そういや、おまえも最近遅いよな？」

話を向けられたフィルが、立ち上がって厨房《ちゅうぼう》へと向かう。

「ちょっと調べ物というか、頼まれ事があって。お茶、飲みます？」

「おー、わりーな」

すっかり打ち解けた様子で言葉をかわすのを聞きながら、ユーゼリカは顎に手を当てて考え込む。

店子たちが不自由を感じているのであれば、大家としても対応しなければならない。

「では作業室をいくつか作るようにしましょう。早急に整備するわ」

「それはありがたいですね～！」

エリオットが拍手し、イーサンも「眺めのいい部屋がいいぜ」と乗り気の様子だ。茶を淹《い》れて戻ってきたフィルだけは申し訳なさそうにしている。

「すみません、余計なことを言ったせいで。僕はここでもまったく構いませんけど……」

普段は経費を請求しまくるのに、こんな時は遠慮がちとはおかしく思いながら、ユーゼリカは彼を見上げた。

「気にしなくていいわ。店子の要望に応えるのが私の仕事よ」

「そうそう。この姫さん、俺らのこと金づるとしか見てねえんだからさ。金づるのためならなんでもやるぜ」

にやにやしながら向かいにどかっと座ったイーサンを、ちらりと見やる。

「あら、よくご存じね」

「おいまじか！」

「いいじゃないですか～。金づる扱いされるくらい有望だと思われてるんですから～」

「返せなかった時のこと考えるとこえーんだよな、この女……」

恐ろしげにぼやくイーサンの前に、フィルが笑顔でカップを置いた。

「はいどうぞ。十クラインです」

「嘘!?　金取るのかよ！　しかも安っ！」

「えっ。僕が汗水たらして作ったお茶をただで飲むつもりなんですか？」

「いやいや、そんな感じの『お茶、飲みます？』じゃなかっただろ！　こんなのだまし討ちじゃねえか！　おまえほんとに銭ゲバだな！」

「騙すだなんて。損した分を取り返す性分なだけですよ」

「損したってなんだよ。どんだけ腹黒なんだよおまえは！」

賑やかに言い合っているのを聞きながら、ユーゼリカはペンを手に取った。

館に戻って早々、やることがたくさんできた。しかも前途が明るい事柄ばかり。

（作業室を整備すれば皆さんも効率よく才能を伸ばせるはず。ウェルフォードさんに薬草茶の件を教えていただいて商品化できるか検討もしなくては。ルカさんの学校も近々情報が入るはずだし、そうすればウンベルトさんもご自分の可能性を探せるわ。なんて素晴らしい……！）

せっせと『金儲け計画書』に記しながら、ユーゼリカの瞳はきらめいていた。


それからの二週間は、作業室の整備に全力を注いだ。

最終的に出来上がった作業室は三つ。一部屋は区分けして個人の物置にした。発明家も画家も、ついでに書物に部屋を占領されていた植物学者も、早速活用しているようだ。

他の二部屋は大きなテーブルを配置し、ゆとりをもって仕事ができるようにした。フィルが教えてくれた薬草茶の茶葉なども用意し、お湯さえ持ち込めばいつでも休憩できるようにしてみた。

他にもやりたいことはあったが、残念ながら皇宮へ帰る期限が来てしまい、続きは持ち越しとなった。従者たちとの約束でもあるので、仕方なく皇宮へ帰ってきた――のだが。

帰還してみると、また今回も面倒くさいことが待っていた。

〈愛しの我が妹　ユーゼリカへ
元気かい？　おまえを愛する美しい兄だよ。

私が手紙を出したのはこれで三十二回目だ。しかしおまえからの返事はまだ来ていない。

粗忽な従者が届け忘れているのかな？　それとも、あまりの神々しい文面に気後れして返事が書けずにいるのか？

そうだとしたら案ずることはない。私の麗しい筆跡は永く後世に語り継がれるであろうものなのだ。臆しているのはおまえだけではないよ。安心して返事を書くといい。

もし万が一――いや、よもやこの私からの手紙をまだ一通も読んでいないなどということはありえないとは思うけれど、おまえも忙しい身だ、もしそうであった場合に備えて……

ちょっとだけ、おまえを試してみちゃおうかな。

今回より手紙上において私が創作した小説を連載する。次に会った時に感想を聞くからちゃんと読むのだぞ？

――その昔。とある国に美しい王子がいました。王子はある日、天啓を受け、目が覚めました。そうだ。わたしは神に愛されし人間。この輝かしい美貌を役立てるため、国中に見せつけて回らねばならないのだ――云々――〉

「…………」

読み終えるより先にユーゼリカは深々とため息をついた。

第二皇子アレクセウスからの手紙は相変わらず長く、まったく意味がわからなかった。内容も暑苦しく、読むだけで胃もたれがしてきそうだ。

「ちなみに今日だけであと四通同じようなお手紙がきてます。他の方からの面会要請も山ほど」

封書の差出人を見てみるとほぼ全員の皇子から来ている。ユーゼリカは思わず暴言を吐いた。

「この宮廷には暇人しかいないようね」

「姫様からの音沙汰がないのに痺れを切らしてか、若君のほうに面会を取り付けてくる方も多くて。まあ大変でしたね」

「……そういえばシグルスの姿が見えないわね」

「もう関わりたくないと、ここ一週間ほどアカデメイアに泊まり込んでいらっしゃいます」

ユーゼリカは黙り込み、もう一度ため息をついた。立候補していないのに面倒に巻き込まれて、さぞかし迷惑を被ったことだろう。弟が宮殿から逃亡するのも無理はない。

「ラウルがついているのよね？　だったらむしろここより安心かもしれない。私が戻っていることもあの子には伝えなくていいわ。二週間すればまたあちらへ行くのだし」

「わかりました。それで、こちらのお返事はどうなさいます？」

忘れたかった現実を思い出し、ユーゼリカは顰《しか》め面で封書の山を見やった。

「中身は把握しているのでしょう？　以前と変わったことや何か特筆すべきことは？」

「ないですね。とにかく会いたい、お茶でも飲まないか、たまにはうちへ来ないか、最近どう？　みたいな……いや、そんな死んだ魚みたいな目になられるのも無理はないんですが。一応お返事なさらないとたぶん収まりませんよ」

キースの助言はもっともだろう。前回帰った時より封書の数は倍以上に増えているし、音沙汰がないことで妙に勘ぐる者もいるに違いない。面倒だがここは手間をかけておくべきだ。

「返書の用意を。届ける際には、金儲けの計画を練りすぎて発熱し寝込んでいるため当分連絡するなと伝えて。苦戦しているようで見るに堪えないと感想を添えてもいいわ」

「わかりました。演技力を振り絞ってやってみます」

キースが笑って部屋を出て行く。誰もいなくなったのをいいことに、ユーゼリカはテーブルに行儀悪く両肘をついて目を閉じた。

キースが戻ったら、十人分の返事を書く作業が始まる。

「ああ……。楽しくない」

早く金儲け計画書の続きを考えたい。館の改造もしたいし店子の様子を観察したい。

頭の中はそのことで一杯だった。


兄弟たちへの返書をしたためると、館内の見回りに出向くことにした。

使用人の数が少ないため手入れが行き届いていなかったり、倹約に努めすぎてあちこち壊れていたりする森緑《しんりょく》の宮だが、だからこそ把握しておかねばならないことがたくさんあるため、もともと日課にしていたのだ。

少ないながらも馬車や馬がいるので、車宿りと馬房の様子を見る。その後はロウソクや薪など消耗品の在庫の報告を受け、使用人たちの健康状況や入れ替わりがあれば確認をする。

「やっぱり姫様のお仕事じゃありませんよ。全部執事に任せてもよろしいんじゃありませんか？」

一緒に回っていたキースがいつものようにぼやいた。リラもうなずいている。

「宮殿のことがお気になられるのなら、ドレスの具合を衣装部屋に見に行かれるとか、化粧品の新色をお試しになるとか。そちらのほうが姫様にふさわしいと思いますわ」

彼らの先に立って裏庭から表に向かう小路を歩きながら、ユーゼリカはまっすぐ前を見ていく。

「トマスはもう老年よ。能力は信じているけれど、身体への負担が大きいわ。もし彼に何かあった時、彼以外の誰もこの宮のことを把握していなかったら困るでしょう」

「その時は我々がやりますよ」

「あなた方は各々仕事があるでしょう。私はないもの。せいぜいフォレストリアの民が困っている時に知恵をしぼるくらいだわ」

そう考えてみると、これまで自分には確固とした役目がなかったのだ。弟のように学問を修めているわけでもなく、他の皇子皇女のように宮廷へ出て舞踏会やらお茶会やらに飛び回り、社交を深めることもない。これまではそんなこと気づいてもいなかった。領民のための仕事をして、倹約に励み、小銭を貯めて。弟とじゃれ合ったり従者たちとなんでもない話をしたり、楽しいことはあったが、でも、それだけだった。

だからだろうか。以前は感じなかったのに——いつもの生活をしているだけなのに、ここへ戻ってきてから、なんだか日々が味気なく思えてしまう。

「姫様のお仕事は、お可愛らしくお美しくお健やかにお過ごしになることですわ。そのための努力はわたくし惜しみませんわ」

「そうですよ。これを機に少し遊び歩いてみられては？　お友達ができるかもしれませんし、そうなったら退屈もしませんよ」

なぜか二人がやけに熱心に訴えてくる。いじけているとか落ち込んでいるとでも思ったらしい。

「もう若君も大人になられましたし、保護者としてつつましくお暮らしにならなくてもいいのでは？　これからは姫様も毎日を楽しまれるべきです。街に出たいならお連れしましょうか？」

「お洒落をしてお出かけになればご気分もきっと晴れますわ。こーんなにお可愛らしいのですから着飾らないなんてもったいない。この美貌をくだされた神様に申し訳が立たないというものです。何でしたら仕立屋を呼んでドレスを二十ばかりお作りになっては——」

ユーゼリカは足を止めた。

背後の従者たちとは別の声がすると思っていたら、前方に複数の人影がある。

小道のほうからやってきたのは、美しい金髪の青年とその取り巻きたちだ。

この宮殿へ入るには狭い道しかないため大きな馬車では入れない。そのため手前で降りねばならず、それが億劫だからかほとんど来客はない。ただでさえ珍しいのに、それはおそらくここへ来たのは初めてだろうと思われる人物だった。

「ベルレナード殿下？」

キースが鋭くつぶやく。ごく小さな声だったが、まるでそれが聞こえたかのように、当の本人がこちらを見た。眉をひそめていたベルレナードが、お得意の高慢な笑顔になる。

「寝込んでいるというからどうしたのかと思えば、元気そうじゃないか。ユーゼリカ」

彼はこちらへ来ようとし、足場がよくないのに気づいたのかその場にとどまった。そこから声を張り上げてきたので、ユーゼリカは仕方なく彼のもとへ向かった。

「寝込んでいるのをご存じの上でお訪ねとは、どのようなご用件でしょう？」

先触れもなく来るなという本音を隠すことなく訊ねると、それが通じたのか彼は顔を顰《しか》めた。

「相変わらず可愛げのないことだ。見舞いにきてやったのに決まっているだろう」

「見舞い？　ベルレナード殿下が。私を？」

「なんだ。文句があるのか？」

「とんでもない。ありがたくてまた熱が上がりそうですわ」

「ふん。これしきで寝込むとは軟弱な。女の身で皇太子指名選に名乗りを上げるなど愚かなことをするからだ」

馬鹿にしたようににやつく彼に、ユーゼリカは冷ややかな視線を返す。

「異論があるなら皇帝陛下にご奏上を。性別は問わぬと仰ったのは陛下です。私の耳が聞き違えたのでなければ確か今、殿下はそれを愚かだと評されたようですがお間違いございませんかしら？」

「くっ……、うるさい！　その生意気な口を閉じろ！　兄に向かって無礼だぞ！」

流れるような皮肉に耐えかねてか、ベルレナードがわめいた。彼の取り巻きたちも非難するようにこちらをにらんでいる。

勝手に押しかけてきておいて逆上するとは、ここにも暇人がいたか――とユーゼリカが内心毒づいていると、これ以上主に喧嘩をさせるわけにいかないと思ったのかキースが間に入った。

「皇子殿下、姫様は断続的に発熱がおありでして、かなりお疲れのご様子です。そろそろお部屋でお休みにならねば、またお倒れになるやもしれません」

用事がないならもう帰れという意味をこめての仲裁だったが、ベルレナードのほうもこれ以上長居する気はないようで、ふんと鼻を鳴らした。

「他の候補者は皆、宮廷に出て互いに情報交換をしている。引きこもって出てこないのはおまえだけだ。気詰まりで来られないのかと憐れんで様子を見に来てやったのに、従者に探らせて自分は寝ているだけか。いい身分だな」

嫌みたっぷりの台詞に、キースがそしらぬ顔で微笑んだまま黙っている。彼が他の候補者たちの金儲け手段を探ってきたことはばれていたらしい。

「まあいい。せっかく見舞いを持ってきたんだ。くれてやる。私は優しいからな」

今度は自慢げに言うと、ベルレナードは側近に合図した。

運ばれてきたのは両掌に載るほどの箱で、古風な金細工が施されている。側近が蓋《ふた》を開けると、布に埋もれるようにしてブローチが収められていた。

「これを、私にくださると？」

「そうとも。遠慮せずつけてみろ」

　つややかな赤い石が填まったそれは見たことのない金属製の美しいものだった。女性への贈り物としては間違ってはいないだろうが、寝込んでいる者への見舞い、しかも仲の悪い兄からというのが引っかかる。

　一瞥《いちべつ》したユーゼリカは、顔に出すことなく丁寧に一礼した。

「まさかこのようなお品をいただけるとは、感動のあまり本当に熱が上がりましたわ。病が癒えてからあらためてつけさせていただきたく存じます。お優しいベルレナード殿下にご多幸あらんことを心よりお祈りいたしますわ」

　ブローチということは針がついている。それにこの金属も得体が知れない。無闇に触らないほうがいい。

　慇懃無礼《いんぎんぶれい》ともいえる謝辞を聞き流し、ベルレナードがにやりと笑う。

「素晴らしい出来だろう？　これが皇都で流行すればどうなると思う？」

「……はい？」

「宮廷の貴婦人たちはもちろん、庶民にも手の届くものを作ればそのぶん買う者は増える。私の芸術的センスで次々と装飾品を世に送り出せば、買い手が途切れることはない。そして財は延々と増え続ける……。そういうわけだ」

　何がそんなに楽しいのかとユーゼリカは彼を眺めていたが、ようやく気づいた。

　つまりはこれがベルレナードの金儲けの策、もとい皇太子指名選の策というわけだ。

「私はおまえと違って正々堂々と戦う。そして勝つ！　その時は足下に震えてひれ伏すがいい！」

目をぎらつかせて宣言すると、アハハハと高笑いしながら彼は行ってしまった。

わざわざ訪ねてきて現物を紹介し、計画を教えてくれるとは。

見送ったユーゼリカは、息をつくと心からの感想を述べた。

「……本当に優しい方ね」

もちろん、多大なる皮肉をこめて。


面倒事だらけの皇宮での二週間が過ぎ、また下宿館へ戻る日がきた。

質素な紺のドレスに前掛けを重ねた姿になると、ひそかに馬車に乗り込んで皇宮をあとにする。

同乗するリラとキースの他は、御者と少し離れて馬で騎士が二人ついているのみだ。

身軽といえば身軽で、以前はこういう少人数での外出には心躍ったものだが、今日は気分が冴えなかった。座席に腰掛けていると泥のように身体が溶けてしまいそうな錯覚に陥る。

「姫様、お疲れですわね。やはりもう少しお休みになってからのほうがよかったのじゃありませんか？　今からでもお戻りになりますか？」

リラがはらはらした様子で気遣ってくれるので、なんとか気力を奮い起こす。

「大丈夫よ。今日を逃したら城から出られなくなるかもしれないもの。あちらで休むわ」

この二週間は気の休まる時がなかった。ベルレナードの訪問をきっかけに、森緑《しんりょく》の宮に押しかけてくる者が続出したのだ。彼がやったから自分も許されると思ったのか、抜け駆けしたと焦ったのかは知らないが、本当にいい迷惑としかいえない日々だった。

さらには貴族たちもが次々と連絡を寄越すようになった。これまで忘れられた存在だったろうに、唯一立候補した皇女ということで話の種になるとでも思ったのか。それを断るためにまた書状を書いて――その繰り返しで、朝から晩まで追われていたのだ。

「この先は封鎖されているそうで、いつもの道が通れません。少し遠回りになります」

小窓越しに御者と話していたキースが報告してきた。普段ならどうということはない内容だったが、今は遠回りと聞いただけでまた身体が重くなった気がした。

「あちらでと言わず、今からでもお休みください。到着したらお声をかけますから」

リラの言葉に、平気よと返そうとしたが、もはやその元気もなかった。眠気に抗えず、目を閉じるなりユーゼリカは意識を失っていた。

ふと気がつくと、馬車がゆっくりと止まりかけていた。

窓の外を見れば、いつのまにか下宿館の前に来ている。今日は小さな馬車で来たので、公道から入る脇道も通れたらしい。

ぼんやりと館のほうを見上げた時、ちょうど二階の窓に人影が見えた。

（……ウェルフォードさん？）

まるで到着を待っていたかのように、フィルが窓から顔を出す。

こちらに向かって「管理人さーん」と手を振ったので、ユーゼリカは急いで馬車の窓を開けた。

「おかえりなさーい。新しい薬草茶を持ってきたので、あとで試飲してもらえますかー？」

茶色の紙袋を掲げて見せた彼は、楽しげに笑って手を振っている。

こんな出迎え方をされたことにも、新しい薬草茶が出来たことにも、そして何より館に戻ってきたという実感が胸に迫ってきて――

「ええ。すぐに行くわ！」

叫び返しながら、ユーゼリカは心が躍るのを止められなかった。


二週間ぶりの下宿館は、また少し様変わりしていた。残っていたロランがこつこつと作業をしてくれたので、個人用の作業室が一つ完成していた。すでに出来上がっていた広い部屋のほうには発明品置き場が作られ、大型の書棚には本が並んでいる。早くも活用されているようだ。

店子たちはといえば、シェリルは内職を始めており、ルカは週に四日ほど学校に通うことになった。詐欺師のアンリは劇団入団の最終試験を控えているという。イーサンもレンもそれぞれ小説と絵画に取り掛かっているようだ。

「私がいない間も進歩していたようね。安心したわ」

ロランから報告を受け、ほっと一息ついたが、当の彼は不満げにしている。

「まあ、本来の仕事とは違う作業に励んでいた人もいましたが……」

「誰のこと？」

「小説家と詐欺師ですよ。なんのかんのと理由をつけてふらふらしているかと思えば、いやに熱心に庭の整備を始めて。今じゃもう、前とは別物みたいになっています。姫様、このまま彼らがだらだら暮らすようになったら事ですよ」

「だらだらとは手厳しいわね。人間誰しも時には休息が必要よ。私やあなただって適宜休んでいるでしょう？」

「いや……しかしですね」

「計画はまだ始まったばかりよ。三年の間に結果を出せばよいのだから、焦ることはないわ」

揺り椅子の背にもたれ、軽く目を閉じる。

自ら手の内を明かしにきたベルレナードを筆頭に、他の皇子たちのことも少しは耳に入っている。

皇帝の宣言からまもなく四ヶ月。中には事業を興し、早くも売り出している者もいるようだ。

（けれど売れ行きが良かったところで、せいぜい三年稼げるかどうか。特定のものだけではこの先この国を支える財源にはならない）

それに、ただ単に一番稼いだだけではおそらく父帝には認められない。将来皇帝を継ぐ者にふさわしいかどうか、三年の過程を重視し、先を見据える能力を求められるはず。

（だから――これで間違っていないはずよ）

ゆっくりと瞼を開け、ユーゼリカは腰をあげた。

「庭へ行くわ」

自分にはこの館しかない。ここに暮らす皆を見守り、才能を育てなければ指名選を勝ち抜くことはできないのだ。

玄関を出ると正面の広い庭園の他に左右両側にも庭がある。きゃっきゃっと子どもの声が響くのに惹かれて右のほうへ行ってみると、庭木の枝に縄をかけてブランコが出来ており、ルカが歓声をあげて遊んでいた。

彼に負けずおとらず楽しげに取り囲んでいるのはイーサンとアンリだ。ユーゼリカが近づいてくるのに気づいた彼らは、にこにこと笑顔全開で振り向いた。

「よう。これ、作っちまったけど構わねえよな？」

イーサンが親指で木を差したので、振り仰ぎながら近づいてみる。玄関前の大木と違い、さほど樹高はない。そのわりに枝ぶりはしっかりしているし、遊んでも危ないことはなさそうだ。

「もちろんよ。あなた方がお作りになったの？」

「まあな。作ったっていっても縄かけて結んだだけだけどよ。俺らが乗って確認したし、こいつが遊んでてぶっ壊れるってことはねえだろ」

「よっぽど無茶な漕ぎ方をしなければね。君みたいに」

アンリが混ぜっ返し、ルカが笑った。

「おにいちゃん、さっき飛んでいきそうになったもんねー」

「うるせっ、ちょっと勢いついただけだ」

アンリと顔を見合わせて笑うルカはまるで友達と遊んでいるかのようだ。これまでは母親の隣で大人しくしている印象しかなかったので、こんなに明るい子だったのかと驚いた。

ユーゼリカの視線に気づいたのか、イーサンがぐりぐりとルカの頭をなでた。

「こいつが退屈そうだったからさ。広いんだし、遊べるもん作ってやろうと思ってよ」

「ここだったらママンからも見えますしね」

アンリが指さしたほうを見れば、館内の窓にシェリルの姿がある。今は作業室の一つにいるようだが、そこからだけでなく彼女の私室からも見える位置だ。

「そこまで考えてしつらえたとは、見直したわ。お優しいのね」

「へへっ。ま、これくらい朝飯前だぜ」

「ふふ。褒めても何も出ませんよ」

「それはそうと、今日は本業のほうはお休みなのかしら？」

まんざらでもなさそうだった彼らが、ぴたりと固まる。

「いやっ、ただの休憩時間だし！　これから夜中まで書き続ける予定だし！　締め切り前なの忘れてなんかねえぜ！」

「私も最終試験に向けて発声練習の途中でした。こほん。なー、なー、なー！」

瞬時に踵《きびす》を返すと、止める間もなく風のように去っていってしまった。

(嫌みを言ったつもりはなかったのに……)

ただ状況を訊いただけなのに誤解されたらしい。よほどの鬼監督と思われているのか。

引き留めようとした手を下ろし、ユーゼリカはブランコに乗ったルカへ目をやる。彼の遊び仲間を追い払うような真似をしてしまったのだから責任をとらねばならないだろう。

「畑の視察に行くのだけれど……一緒にいらっしゃる？」

おずおずと話しかけてみると、駆け去った二人を目を丸くして見ていたルカは、こちらを見上げてこくりとうなずいた。

窓越しにシェリルに手を振って合図をすると、ロランの案内で玄関の左手にある庭へと向かう。

角を曲がったそこに広がっていた光景に、ユーゼリカは目を見開いた。

「これは……」

以前は雑草に覆われていた荒れ地は綺麗に草が抜かれて耕され、一面の畑になっていた。

盛り土にはあちこち緑の葉が生えている。いくつか区画が分かれているようで、フィルとリックがそれぞれうずくまって作物の世話をしているのが見えた。

離れたところではエリオットが器械を動かしている。彼が取っ手をぐるぐる回すと、器械から水が噴出し、畑の作物に降り注いでいくのだ。

小鳥のさえずり。周りを囲む木々の葉擦れ。器械のブーンとうなる音。

なんとものどかな光景に、ユーゼリカはしばし、ここがどこかを忘れた。

「あれ見て。発明家のおじさん。あれ、水まき機なんだよ。おじさんが作ったんだって」

ルカが自分のことのように自慢げに教えてくれて、はたと我に返る。

彼の声が聞こえたのか、フィルがこちらに手を振った。リックも笑顔で会釈《えしゃく》をしてくれる。近頃忙しそうであまり顔を合わせていなかったが元気そうだ。

歩いてきたフィルに、ユーゼリカは素直に感動を伝えた。

「驚いたわ。こんなに立派な畑が出来ているなんて」

「リックさんも薬草園を作りたいというので、一緒にやったんです。エリオットさんも発明品で手伝ってくれました」

「それでもうあんなに茂っているの？　私が前にいた時にはなかったでしょう？」

「研究所で蒔いた種が発芽したのをこちらに植え替えたんですよ。リックさんのも同じです」

軽く手の土を払いながら、フィルが思いついたようにこちらを見る。

「よかったら収穫してみますか？」

「もうそんなに育ったものがあるの？」

「正確には間引きですけど。大きく育てるために余計な苗を抜くんです。もちろんそれも食べられますよ」

ユーゼリカはごくりと喉を鳴らして畑のほうへ目をむけた。

まさかこんなに早く彼の研究が成功する場に居合わせようとは。柄にもなく緊張してしまう。

「私がやってもよろしいの……？」

「もちろんです。あ、汚れるのが嫌なら無理にとは……」

ロランの視線に気づいた彼が言いかけたが、ユーゼリカは首を横に振った。

「やらせていただくわ」

思えば野菜の収穫をするのは初めてかもしれない。六年前の混乱時、食事の足しにしようと種や苗を植えて育ててはいたが、収穫する前に妹と母が亡くなり、それどころではなくなってしまった。

あれ以来、同じことをする気力がわかず、畑を作ろうとは思わなくなった。

フィルに誘導された区画には、ウサギの耳のような葉が青々と茂っていた。

「これにしましょうか。根元のあたりを握って、力を入れて抜いてみてください」

「こ……これね？」

屈み込み、指で示された苗を怖々つかむ。ロランが「お怪我にお気をつけくださいっ」とはらはらしているが、反応する余裕もなかった。

ぎゅっと引っ張ったが、見た目より根が深いのか、なかなか土から出てこない。

「もっと力を入れて」

助言に従い、両手で握り直してから、全身の力をこめる。

「……っ！」

すぽん、と抜けた。

その反動で思い切り尻餅をついてしまい、ユーゼリカはころんと地面に転がった。

「姫様ッ!!」

「管理人さん！」

「大丈夫ですか!?」

慌てて集まってきた皆に助け起こされ、なんとか起き上がる。痛みは気にならなかった。ただ自分が握っているものを目の前に持ってくる。緑の葉や茎の下に白くて丸い小さな根がついているのを見ると、頬が上気した。

「ウェルフォードさん！　これは研究成功なの？」

期待と喜びで瞳がきらめいていることにも気づかず、ただただ祈るようにフィルを見つめた。

その一途な表情を間近で見たフィルは目を見開いて固まっている。

しかしすぐ我に返ったようで、彼は抜いたばかりの野菜に視線を落とした。

「いえ、一応収穫は可能ですが、まだ成功とは言えません。これから病害虫の研究をしないといけないので」

「……そう」

思ったのとは違う答えに肩を落としたユーゼリカだが、急いでそれを振り払った。焦ってはいけないと先ほどロランを窘《たしな》めたばかりだ。

「わかったわ。ではこれは今夜の食事会に使わせていただいてよろしいかしら？」

気持ちを切り替え、冷静に提案した途端、後ろから呑気な指摘が飛んできた。

「というか、さっきから苗踏みそうになってますよ～」

振り向くと、背後でエリオットが下を指さしている。ユーゼリカはぎょっとした。

尻餅ついでに他の苗を踏みかけていたのだ。慌てて身体を起こしたが、しかし急に体勢を変えたせいでふらついてしまった。

「危な……っ」

はっと前を見れば、すぐ傍にフィルがいる。よろけたのに気づいて手を差し出しかけている。

このままでは彼に抱きつくことになる、と思った瞬間、フィルの両手が肩にかかった。

抱き留めるというには少し距離があり、でも倒れないよう確実に支えられる——そんな絶妙な近さて、二人は見つめ合った。ユーゼリカは息を切らし、おそるおそる口を開く。

「ごめんなさい……。私、苗を……」

フィルが真面目な顔のまま、安心させるように何度かうなずいた。

「大丈夫です。土の中に出来る野菜なので、少しなら踏まれても問題ありません」

その言葉に、全身から力が抜けた。

「……よかった」

せっかく収穫に誘ってくれたのに、他の苗を台無しにしてしまったかと思った。いくら初めてとはいえ笑い話にもならない。

「姫様、お怪我はありませんか!?」

顔色を変えて騒いでいるロランを手で制し、またフィルに目を向ける。

「支えてくださってありがとう。荒らした分の苗は弁償するわ」

派手に尻餅をついたらしく、一部の苗が倒れてしまっていた。地下に出来る野菜とはいえ、ここまで茂った葉がこんなふうになっているのを見ると胸が痛んだが、当の彼は平然としている。

「あなたがご無事だったのなら、それでいいですよ」

さらりと言われ、予想外の返事にユーゼリカは耳を疑った。

聞き違いかとまじまじと見たが、急に豹変して高値をふっかけてくる様子は見られない。これまでの言動からして賠償金の請求や『野菜に優しく』だのとお説教が始まると思ったのに。

「あなたらしくないわね。損した分を取り返さないなんて」

「言ったでしょう、地下に生るから問題ないって。つまり全然損していません。逆に管理人さんに怪我でもさせていたら自己嫌悪と後悔で寝込むことになったでしょうから、心の療養費を請求したかもしれませんけど」

「……」

「そうならなくてよかったですね」

爽やかに微笑んだフィルを、ユーゼリカは眉をひそめて見上げる。

銭ゲバなのか優しさからくるものなのか、いまいち判断がつかない発言だけれど。

(意外と気障なのかしら……？)

まあ、失態を追及しないでおいてくれたのは理解したので、ありがたく受けておくことにする。

「姫様っ、私の背をお踏みください！　さあ早く私を足場になさって脱出を！」

「そんなに全身で足場にならなくてもいいわ。さっさとお立ちなさい」

畝《うね》の間のぬかるみに身体を投げ出して叫ぶロランに指示しつつ、フィルとリックの手を借りて慎重に畑から出ようとしていると、逃亡したはずのイーサンとアンリがやってきた。

「何してんだよ？　向こうまでわめき声が聞こえたけど、怪我でもしたのか？」

「なんでもないわ。少しつまずいただけよ」

そう答えたユーゼリカの身なりにようやく気づいたらしい。イーサンがにやにや笑い出す。

「おいおい、お嬢様が泥遊びかぁ？　お付きの者に叱られるぜ？」

当のお付きの者もすでに泥だらけである。ユーゼリカは真顔で答えた。

「ご心配ありがとう。自分で洗濯するのでお気遣いなく」

「そんな時にぴったりの発明品がありますよ！　その名も手動洗濯機！　取っ手を回せばあら不思議、勝手に水がくるくる回って汚れが落ちていく、すんばらしい代物なんですよ～！」

「うるせぇよ発明家。すかさず売り込むんじゃねぇよ」

イーサンの突っ込みに、笑いが湧き起こる。ユーゼリカも思わず唇をほころばせた。

泥で汚れた服を着ているというのに、なぜか心は弾んでいた。


新作のスープ作りやフィルと薬草茶の試飲を約束したりと、やる気満々で始まった下宿館での二週間だったが、今回の滞在は思わぬ事情で中断されることになった。

皇太子指名選の立候補者を集めた茶会が急遽催《もよお》されることになったからだ。

「そんなろくでもない催《もよお》しを考えたのは一体どこの誰なの？」

いつもより早く帰ることになってしまい、腹立たしさを抑えられず毒づいてしまったが、

「もちろん皇帝陛下です。違反者がいないかとか、そういう確認があるようですよ」

苦笑しながらキースに言われては黙らざるを得なかった。皇帝の命令は絶対だし、何より立候補したのは自分の意志なのだから放棄するわけにはいかない。

「終わったらすぐにまた戻るわ。野菜の観察と薬草の観察とスープ作りの練習と懸賞小説の応募結果を待つのと劇団の入団試験の結果を待つのと薬草茶の試飲とで私は忙しいの」

「はいはい、わかりました。満喫なさっているようで何よりです」

お供をしてくれたキースは、会場の前まで来ると表情をあらためた。

「でもこちらのほうもお気をつけてください。正式に姫様にお会いできるというので殿下方は舌なめずりなさってますから」

ここから先へは騎士や侍女は入れない。候補者である皇子たちと、茶会の給仕をする女官たちだけの世界になるのだ。回廊に控えた他の皇子の従者たちもこちらに意識を向けているのを感じる。皇女でありながら立候補したことで様々な思惑をもって見られていることだろう。

「……ええ。わかっているわ」

扉番がゆっくりとそれを開ける。ユーゼリカは静かに会場に足を踏み入れた。


皇帝主催の茶会ということだったが、公務で出席できないとのことで内務大臣が進行を務めた。内務大臣は皇太子指名選を管轄する長でもある。誓約書に従い、規則に違反していないか一人ずつ質疑があり、それが終わると懇談となった。

以前の皇帝臨席の茶会と違い、今回は丸いテーブルを全員で囲む。立候補者に序列はないという表れらしい。皇子が十人、皇女が一人という顔ぶれが一つのテーブルに集うのは異様に見えた。

「あれからずいぶん経ったような気がする。こうして皆が集まるのはあの茶会以来だったな？　いやあ懐かしい。元気にしていたか？　私に会えなくて寂しかっただろう？　ん？」

今日も明るい第二皇子のアレクセウスが誰ともなしに話しかけている。しかし誰も反応しないので、見かねたように第一皇子のエレンティウスが答えた。

「皆忙しいんだろうね。城下や郊外へ出ていた者もいるそうだし……」

「ああ、馬車で出かけるところを見ましたよ。エレンティウス兄上も、よくお出かけのようで？」

口を挟んだのは第四皇子のベルレナードだ。エレンティウスは動揺した顔で手を振った。

「あれは単に気分転換だよ。しかしよく知っているね」

「たまたまですよ。私も城下へ出ていたので」

「ベルレナード兄上はすごいんですよ。装飾品の事業を興されて、すでに軌道に乗っているんですから。このぶんだと三年後は楽勝ですよ」

第六皇子のアルフォンスが阿《おもね》るように口をはさむと、ベルレナードは得意げに笑った。

「ふふ。気が早いぞ、アルフォンス」

「いやいや、本当に。へたに貿易に走るとか投資を始めるとか、そんなのよりよほど堅実ですし、何より商才がおありですしね」

「待てよ。なんだか俺の悪口を言っていないか？」

不敵に笑って割り込んだのは第五皇子のジオルートだ。黒髪に浅黒い肌をした彼は、色気のある笑みと巧みな話術が持ち味だが、今はどことなく不機嫌そうにしている。

「俺が投資で失敗したと聞きつけての発言だろ？　それとも館に密偵でも送り込んでいたか？」

アルフォンスはすまし顔で彼に視線を向けた。

「とんでもない。まあ、ジオルート兄上が負債を抱えたという話は風の噂で知っていますがね」

「ふん、白々しいやつだ」

「負債って、大丈夫なのかい？　ジオルート」

エレンティウスが気遣うように声をかけたが、ジオルートは仏頂面でそっぽをむいた。

「口先だけのご心配なら遠慮しますよ」

「そんな、私は本当に……」

「おいおいジオルート！　困ったやつだな。私の財産から補填してやろうか？」

明るく言ったアレクセウスを、第三皇子のオルセウスが無言で肘打ちする。わざわざ巻き込まれに行くな、の意らしい。その様子を見たアルフォンスは今度はオルセウスに水を向けた。

「オルセウス兄上は、今回もアレクセウス兄上と共同戦線を張られているので？」

「こいつと共同戦線？　死んでも御免だ」

「本当ですか？　あんなに仲がよろしいのに？　どこへ行くにも一緒じゃありませんか」

「それはおまえだろ。ベルレナードの腰巾着」

眉をひそめるオルセウスを押しのけるようにアレクセウスが割り込んでくる。

「アルフォンス、私の策に興味があるのか？　ならば教えてやろう！　皆も知ってのとおり、私は容姿に恵まれている。いや恵まれすぎている！　なのでこの美しさを国に還元しようと思っているんだ。ん？　どういうことかって？　ふっ、みなまで言わずともわかるだろうに。つまりは私の絵姿を日替わりで売り出し、私を主人公に据えた歌劇を上演し、私が歌う曲の発表会を全国で開催し、私と握手できる券のついた自伝を毎月発行し――」

「わかったな？　絶対に組んでいないと」

滔々《とうとう》と語るアレクセウスを無視してオルセウスが冷ややかに言う。

アルフォンスもさすがに理解したのか、たじろいだように目をそらした。彼の横にいたベルレナードもあからさまに引いたようだったが、顔を背けた拍子に次の矛先を見つけたらしい。にやりと嫌な笑みを浮かべた。

「ユーゼリカ。おまえはどうなんだ?」

視線が集まったのを感じながら、ユーゼリカはベルレナードに顔を向けた。

「どう、とは?」

「皇太子指名選を勝ち抜く策は出来たのかと聞いているんだ。ずっと館に閉じこもっているそうだが、そろそろ名案は浮かんだか?」

高圧的な声と視線。それに気圧されたかのように部屋が静かになる。いや、気圧されたのではなく、聞き漏らすまいと誰もが耳を澄ませているのか。

ユーゼリカはカップを手にしたまま、短く答えた。

「まだ構想中ですわ」

「まだだと? はっ。あれからもう四ヶ月は経つぞ? 悠長なことだな」

「真っ先に名乗りを上げたから何か手があるのかと思えば……。こんなことだろうと思いましたよ。所詮は女の浅知恵ですね」

侮蔑もあらわに声を張り上げたベルレナードに、追従するようにアルフォンスも笑う。

それにつられたわけではないだろうが小さな笑いがさざなみのように広がった。皇女の策を気にして探ろうとしていたのに、大したことがなかったとわかって肩すかしをくらったかのように。

「女だからって侮るのは無粋だろ。ただ子どもだっただけさ」

「もう辞退したほうがいいんじゃないですか？　どうせ勢いで立候補したんでしょ？」

「ああそれがいい。財もない、父上はもちろん母親の生家も頼れない。それじゃどうにもならないだろう？」

「むしろなぜ立候補したのか理解に苦しむな」

「ほ、ほら、みんな、もうやめるんだ。妹をいじめて何が楽しい？」

嫌味や皮肉が投げつけられる中、仲裁に入ったエレンティウスに、ベルレナードが高笑いする。

「妹？　ご冗談を。たまたま父上が同じというだけで、我々はもはや敵ではありませんか。なあ、そうだろう？」

当てつけるように彼はユーゼリカを見る。おまえは敵にもならないが、とその目は語っていた。

いい気味だというふうににやつく者。他人事のような顔で黙している者。己に火の粉が降りかかるのを恐れるように目をそらしている者。先ほど間に入ったエレンティウスも、庇《かば》ってくれたわけではなく、場が荒れるのを避けたかっただけだろう。

確かにここは敵ばかりだ。それは皇太子指名選が始まる前からわかっていたことだった。

ユーゼリカは女官に合図して茶を注ぎ足させると、表情も変えずそれを口に運んだ。

今さらこれしきで傷ついたり泣き伏したりするものか。全員が敵、上等だ。

嘲笑やからかいの言葉をなおもかけてくる皇子たちを完璧に無視したまま、あとはもう美味しい茶を楽しむことにする。

ただ一人、アレクセウスだけが思案するようにこちらを観察していることには、残念ながら気がつかなかった。


時間の無駄としかいいようのない茶会が終わると、ユーゼリカは森緑《しんりょく》の宮に戻るなり主張した。

「一刻も早く下宿館に行きたいわ」

もともと茶会のために早めに切り上げて戻っただけで、本来ならまだ下宿館にいるはずなのである。だからまたとんぼ返りしても日程的に問題はない。これはおかしな道理ではないだろう。

言葉を尽くしてそう訴えたせいか、それとも茶会の過酷さを察して憐れんでくれたのか。

「わかりました。じゃあこれから戻りますか」

あっさりと皆承諾してくれて、準備ができしだい出発することになった。

「ただ、朝乗ってきた馬車の調子が悪くて別のものしか用意できないんですが、よろしいですか？」

「構わないわ。あの小さい馬車？」

館に続く細い道にも入れる馬車は、この宮殿には二台ある。小さいと荷物があまり載らないのだが、館の玄関先に乗り付けられるのは大きな魅力だ。近頃はこのうち一台にユーゼリカが乗り、もう一台で荷物を運ぶのがお決まりになっていた。

「それが、どっちもだめらしいんです。なので今日は二頭立てで行こうかと」

大きな馬車だと脇道に入れず、公道から館まで歩くことになるため、キースは申し訳なさそうにしている。しかし下宿館に行けることに安堵していたユーゼリカは少しも気にならなかった。

「同時に調子が悪くなるなんて珍しいわね。館との行き来で酷使してしまったかしら」

「かもしれませんね。そろそろ一台は新調したほうがいいかもしれませんよ」

笑って言ったキースに促され、うなずいて馬車に乗り込む。

あたりに人気がないか充分に確認してから、馬車は森緑《しんりょく》の宮を出発した。

もともと城の端にあるので、道中誰かに見られる恐れは低い。それでも用心のため馬車は質素なものにしている。今日も数人すれ違ったが、およそ皇女が乗るような車ではないため、気に掛ける者は皆無だった。

ただ、今は動向を探られている身だし、見張られている可能性もある。城門をくぐる時に皇族の通行証を見せなければならないため、〝第五皇女の馬車〟が城を出たところまでは調べれば突きとめられてしまうだろう。それは知られても仕方ないが、問題はその後だ。

対策として、城を出る時の行き先をいくつか決めてある。教会への寄付や、アカデメイアへシグルスに届け物をする、フォレストリアに使者を送る、といった具合だ。それを門兵に伝える騎士と馬車一台は実際にその通りに動き、ユーゼリカたちの乗る馬車は途中で別れて尾行に気をつけながら下宿館に向かう――というのが大まかな流れになっている。

今日は、離れたところから馬で供をしていたキースの指示で進路を少し変えながら向かった。いつもは馬車に同乗する彼だが、今日は一台しか用意できなかったため荷物を載せたら座る場所がなくなってしまったのだ。馬上の彼は念のために途中で服を着替え、尾行がないのを確認してから、護衛を続けるべくまた離れていった。

城下に出て貴族たちの邸宅のある街区を過ぎ、庶民の街に入ると、車内はようやく安堵感に包まれる。地味な馬車はすぐさま景色に馴染み、もう誰の目にも留まることはない。

「向こうへ着いたら食事会の準備をするわ。ウェルフォードさんから仕入れた野菜はどれくらい残っているかしら。足りなかったら畑からいただいてこなくては」

座席にもたれてぼんやりしながらつぶやくと、向かいに腰掛けたリラが微笑んだ。

「すっかり館の生活に馴染んでいらっしゃいますわね。ごく普通にお口をついて出るのがそんなお言葉だなんて」

「馴染んでいるかはわからないけれど、皇宮と違いすぎて新鮮なのは確かね」

「ふふ。姫様にとってあちらの館は癒やしの場ですのね」

フィルから仕入れる野菜の計算を頭の中でしていたユーゼリカは、意外な思いで我に返った。

「……そう、かもしれないわね」

楽しみにしているのは間違いない。やりがいを感じているのも自覚はある。だが癒やしだと指摘されて、初めて自分の感情が腑に落ちた気がした。

皇宮ではやらないことばかりなので慣れないし捗らないし、いつも忙しく追われている。店子たちの生活に目を光らせ、問題があれば対処をし、掃除やら修繕《しゅうぜん》やらのついでに怪我をしたり――。

苦労がないといえば嘘になる。

けれど、それらを上回る何かがあるのだ。苦労を苦労だと気づかないほどの活気と刺激、そして優しさと思いやり。きっとそう感じているのはユーゼリカだけではないはずだ。

最初はよそよそしかった店子たちも、互いの事情を知るにつけ、助け合い労り合うようになっている。それを目の当たりにするたびに心がほどけていくような感覚があった。あの温かさは皇宮では決して感じられないものだ。

（だからこんなに、あちらに行きたくなるのかも）

イーサンやアンリと遠慮のないやりとりをしたり、エリオットの発明品に感心したり、レンに話しかけて返事がもらえるかどきどきしたり。リックが育てた薬草の仕分けを手伝うのも、シェリルに繕い物の講義をしてもらうのも、ルカが庭のブランコで遊ぶのをひそかに見守るのも――そしてフィルと一緒に薬草茶を作って試飲するひとときも。

すべてが楽しみで、癒やしとなっているのだ。

（大事にしたい。あの場所は壊されたくない）

自分にとってもあの館は大切な居場所だ。皇宮を出てきたばかりだからこそ余計に痛感した。

（守らなくては。なんとしても――）

しんみりしつつも強く思いながら、窓の外へ目を向ける。封鎖のせいで道を迂回したため、いつもより長く時間が感じられた。そろそろ館のある丘に入る頃だろうか。少し道が悪くなってきたようだ。ガタガタと車輪が小石を踏んでいるのを感じる。

「……姫様」

ふいにリラが硬い声をあげた。ユーゼリカも思わず耳を澄ませる。

聞いたことのない異音がし始めたのだ。それに馬車の揺れもいつもより激しい。

ガクン、と大きく車体が傾いた。

身体が横に振られ、外で馬の嘶《いなな》きがした。切羽詰まったような鋭い声が響く。

（――何？）

車壁に押しつけられるようになりながら外を見ようとした時、突然、扉が開いた。

勢いよく誰かが飛び込んでくる。ユーゼリカは息を呑み、目を瞠《みは》ってそれを見た。

直後、馬車は走る勢いのまま軋みながら横転した。

＊＊＊

日が落ちた頃、下宿館の食堂には店子たちがぽつぽつと集まってきていた。

「あれ？　今日って食事会やるって言ってたよな？　あの姫さん、まだ来てねえのかよ」

入ってきたイーサンが怪訝《けげん》そうに室内を見回している。いつもなら良い匂いがただよっている頃なのに、厨房《ちゅうぼう》には人影もない。応じたアンリが、待ちくたびれた様子で別棟を指す。

「さっき帰ってきたみたいだから、いるにはいるみたいだけどね」

「みんな集まってるってことは今日で間違いねえんだよな。中止ってことか？」

「そういえば、慌ただしそうに人が出入りしてましたね。ロランさんだけでなく他の人も」

リックが心配そうに眉をひそめている。ロランはここに常駐しているのだが、今日はいつになく険しい表情で別棟へ行ったきり戻ってきていない。こんなことは初めてだ。

「姫さんになんかあったとか？」

「さあ……。でもそれならもっと大騒ぎするんじゃないのかな」

見に行ってみるか、いやもう少し待とう、と三人が気遣わしげに話し合っている。

彼らと同じテーブルにいたフィルは、別棟のほうへ目をやった。

管理人の私室があるそちらには出入りしないよう言われていた。まだ整備していない箇所《かしょ》が多く、危険だからという理由からだ。わざわざ踏み込む趣味はないので気にしていなかったが、帰っているのに音沙汰がないのはやはり引っかかる。

この館へ戻ってくると、彼女はいつも積極的に動いていた。下宿人たち全員に声をかけ、敷地内の見回りをし、何かと仕事を見つけて取り組んで。表情は乏しいが時折はじけるように瞳をきらめかせることがあり、まともに見てしまった日にはそのまぶしさに動揺してしまうほどだった。

それなのに今日は姿も見せない。一体何があったのだろう。

「ママ……。お腹すいたよ」

ルカがシェリルにくっついてつぶやいた。彼女は困ったように抱きしめ返し、別棟のほうを窺っている。

「そうね……。先に用意させてもらいましょうか」

幼子にこれ以上待たせるのは酷だろう。フィルは腰を上げた。

「僕が作ったのでよければどうぞ、シェリルさん」

「え……、よろしいんですの？」

「ええ。昼に作ったばかりなので、温めれば食べられますよ。あ、未成年者には代金を請求しない主義なのでご心配なく」

にっこり笑って言うと、シェリルは緊張がほぐれたように微笑んだ。

「助かりますわ。パンと果物しか用意がなかったものですから」

礼を言う彼女と一緒に厨房《ちゅうぼう》に向かいながら、フィルは表情をあらためて視線を走らせる。

食堂の入り口には、やはり誰も現れない。

＊＊＊

「――怪我は大したものではなさそうですな。せいぜいが打撲……骨は折れていないようです。ただ念のため二、三日は安静にしたほうがいいでしょう」

寝台の傍で怪我人を診ていた壮年の紳士は、そう言って立ち上がった。

かっちりと上着を着込んだ彼は館から一番近くに住む医師である。緊急の上に内密で頼むという特別要請に応じて来てくれたのだ。

塗り薬と痛み止めだといって紙袋を差し出した彼に、ユーゼリカは丁寧に一礼した。

「ありがとうございました。――お見送りして」

騎士の一人がうなずき、医師と一緒に部屋を出て行く。

扉が閉まると、誰からともなく大きなため息がもれた。

「……キース。痛みはどう？」

寝台に半身を起こしていたキースが、笑って頭を振る。

「全然ですよ。あの先生も言ってましたけど、大した怪我じゃないみたいですね」

そう言いながらも彼の頭には包帯が巻かれ、頬にはガーゼが貼られている。痛々しい姿にユーゼリカはしばらく言葉をなくした。

馬車が横転したあの時、飛び込んできたのはキースだった。馬でついてきていた彼は、馬車の異変に気づいて駆けつけ、扉を力ずくで開けると中に入るなり主に覆い被さったという。身を挺して守ってくれたおかげでユーゼリカは無傷だったが、彼は割れた木片で怪我をしてしまったのだ。

同じく車内にいたリラは、座っていた位置が良かったのと荷物に埋もれたために無事だった。一応彼女も診察を受けたが、寝込むこともなく皇女に寄り添ってくれている。

「どうしてこんなことに……？　あの馬車も調子が悪かったというの？」

「そうだったんでしょうね。車軸が折れていました。古くなっていたんでしょう。確認しなかった俺の不始末です。申し訳ありません」

キースが頭を下げる。ユーゼリカはなんと言っていいかわからず、彼をただ見つめた。

本当に単なる不備だったのか？　偶然故障した？　それとも何者かの故意によるものなのか？

私宮の車宿りにはそう簡単に部外者は近づけないはずだ。ではやはりただの故障？

しかし今日の馬車だけでなく他にも二台、不備があったと言っていた。そんなことが起こりえるのだろうか。仮にも皇族が使う馬車なのに。車番の怠慢だと片付けていいものなのか――。

「姫様。故障の原因は戻ったら調べることにします。わかり次第ご報告しますから、今はお気に病まれませんように」

思案にくれているのを察したのか、キースが真面目な口調で言い、ふと表情をやわらげる。

「俺は平気ですから、少しお休みください。その後で食事会に行かれても遅くはないでしょう」

ユーゼリカは言葉に詰まり、思わず抗議するように彼を見てしまった。

「こんな時に、できるわけがないでしょう」

「いや、こんな時だからこそです。そもそも大した怪我でもないのにここにいてくださっても、気を遣ってしょうがないですよ。ご気分を切り替えるためにも行かれたほうがいいです」

穏やかながらも真摯な声だった。ロランもリラもうなずいている。皆、心配してくれているのだ。

ユーゼリカは眉間を押さえて黙り込んだが、やがて息をついた。キースの言うとおり、何もわからないのに思い悩んでも仕方がない。ただ、とてもじゃないが食事会を開く気分にはなれなかった。

「では中止にするとだけ伝えてくるわ。リラ、あなたはキースについていてくれる？　……いえ、やはりあなたも休んで」

「看病ならロランにやってもらいますから、リラは姫様のお側に」

「はい。わたくしはなんともございませんし、まだ休む時間ではございませんし～」

キースとリラが口々に言う。明るい口調は主を励まそうと思ってのことだろう。

それは重々伝わったから、これ以上気を遣わせるのはやめることにした。

労《ねぎら》いの言葉をかけ、部屋を後にする。

いつもなら別棟から本館へ向かう時は楽しみで仕方がなかったのに、今は足が重かった。

自分は何者かに狙われているのか。一体、誰に――？

「姫様……」

リラの声に、顔を上げてみると、渡り廊下の先に人影があった。

腕組みをして壁にもたれていたのはフィルだった。考え込むように目を落としていたが、こちらに気づくと躊躇《ためら》いがちに近づいてきた。

「すみません。立ち入らないよう言われていたので、ここで待っていたんですけど……」

食事会だと言ったのに下りてこないから呼びに来てくれたのだろう。ユーゼリカは目を伏せる。

「今日は中止にさせていただきたいの。急なことで申し訳ないのだけれど――」

肩に触れられた。一拍遅れて顔を上げると、彼が深刻な表情で見ていた。

「ひどい顔色だ。早く休んだほうがいい」

その一言で、ふらついたのを支えてくれたのだと初めて気づく。彼が持っていた籠を差し出すのをユーゼリカはぼんやりと見た。小さな紙包みがいくつか入っている。薬草茶の茶葉だろうか。

「余裕がある時にでも飲んでください。疲れに効きますから」

「……」

「食事会の件は僕から言っておきます。気にしないで大丈夫ですよ」

静かな声に押されるように、こくりとうなずく。

籠を受け取ったリラに促され、ユーゼリカは踵《きびす》を返した。

様子が変だと明らかにわかっただろうに、フィルは何も言わなかった。そういえば彼と薬草茶の試飲をする約束をしていた――だから茶葉を持って待っていてくれたのか。

（お礼と――お詫びを言わないと）

ようやくそう気づいたが、振り向くことができない。

身体が泥のように溶けていきそうで、立っているのすらやっとだった。

＊＊＊

夜半になり、下宿館の住人たちが寝静まった頃。

別棟の一室を訪れたラウルは、目深にかぶった帽子をとるなり短く報告した。

「やはり人為的な故障のようだ」

寝台に腰掛けたキース、それを囲んだロランや騎士たちが、一斉にうなるような吐息をつく。

ついに皇女に魔の手が伸びてきたかと、誰もが厳しい顔つきになった。

「許しがたい。姫様に危害を加えようとは……」

脱いだばかりの帽子を握りしめてラウルがうめく。ユーゼリカの傍を離れていただけに余計怒りが大きいのだろう。同意するようにうなずきながらキースが目をやる。

「若君のほうは？」

「他の者をつけている。若君にも詳細を報告せよとの仰せだ」

一報を受けたラウルはすぐに人を差し向け、キースたちが近くの宿に隠しておいた壊れた馬車を検分した。その結果の報告と姉姫の様子を探るために下宿館に行かせたのはシグルスだという。

「御者の話は聞いたか？　ラウル」

「ああ。関与はしていないようだ。宮殿で他の者にも聞いたが、行動に不審な点はない」

御者も怪我を負い、馬車を置いた宿屋で療養している。あの時キースは主を助けるのに必死で、彼のことまでは頭が回らなかった。だが逃げ隠れもしていないというし、彼の仕業ではないというのは信じてよさそうだ。

「どうなってるんです？　一体誰がこんなことを」

ロランが青い顔で吐き捨てた。皇女が皇太子指名選に名乗りを上げたのが原因というのは嫌でもわかっている。だがこんなことをしでかす者に当たりがつけられない。容疑者が多すぎるのだ。

何しろ彼女の敵は十人の皇子たち。彼らの背後にいる者まで入れたらどこまで増えるか想像もできない。

「すまん。俺がつけられたのかもしれない」

床をにらみながら言ったキースに、皆の視線が集まる。

「城とこの館の行き来が一番多かったのは俺だ。気をつけていたが、誰かに見られた恐れがまったくないとは言い切れない」

「それで後をつけた何者かが姫様が外出なさっているのを突き止めて、馬車に細工をしたと？」

「城を出れば警備が薄くなる。馬車の事故に見せかければ……何かあっても例の規則には触れないというわけか」

「しかし、それは回りくどくありませんか？　事故に見せかけるつもりなら城でもできます。現に宮殿の馬車に細工をされているわけですから、近くまで侵入していたことになる。それができたのなら他の手も使いそうなものですが」

「宮殿でやったとは限らない。教会やアカデメイアに立ち寄った時にやられたのやも」

「そんな。彼らは協力者ですよ。尾行をまくためにやっているのに、そこで狙われるなんて」

「いや、警告のつもりかもしれん。これ以上危ない目に遭いたくなければ辞退しろと」

シグルスの傍にいたラウル、城との連絡役だったキース、ずっと下宿館に詰めていたロラン、そして警備の騎士たち。それぞれの立場から意見が交わされるが、明確な答えは出ない。

「まさかとは思うけど、下宿の住人の仕業ってことはないよな」

重苦しい沈黙の後のキースのつぶやきに、ロランが目をむいた。

「なぜ彼らが？　理由がありませんよ。彼らは姫様の正体を知らないんですから」

「それが思い込みかもしれないだろ。実は彼らの中に皇子殿下たちの間者が潜んでいて、姫様を狙っている……とか？　実は姫様の策が漏れていて間者を通じて筒抜けだったとか」

「そんな馬鹿な！」

ロランは叫んだが、確固たる反論ができないと気づいたのか黙り込んでしまった。

「姫様がここへお通いなのを知るのが、限られた者だけなのは確かだ」

ラウルの言葉に、他の者もうなずく。

つまり敵は身近にいるかもしれないのだ。

「そんな。姫様はここを気に入っておられるんですよ。なのに、そんな……」

ロランが動揺したように片手で顔を覆う。キースは彼の肩をたたいた。

「これからはもっと警備を強化しないとな」

ラウルが厳しい顔のまま一同を見回す。

「皆、この件は口外するな。もちろん姫様にもだ」

この館は皇女が作り上げた楽園であり、未来の希望を託した場所なのだ。それを取り上げるのは忍びない。

キースの予想が外れてほしいというのは、騎士たちすべての共通の願いだった。

第五章

馬車の横転事故から数日もすると、また日常が戻ってきた。

傷が癒えたキースは、詳細を調べたら連絡すると約束して宮殿へ戻った。彼やラウルの判断で館の周辺を護衛する騎士が増やされたそうだが、これまでのところ物騒な出来事は起こっていない。

あの夜は動揺していたユーゼリカも、日が経つにつれ冷静さを取り戻していた。

もちろん用心は必要だ。しかし皇太子指名選に名乗りを上げた以上、こういう事態は起こりうることであり、この先もまったくないとは言い切れない。その覚悟をあらたにしたのだ。

というわけで、やりかけていた作業室の整備を再開し、中止した食事会を開くことにした。

「お、今日は再中止にはならねえみたいだな。この前みたいのは勘弁だぜ、姫さんよぉ」

厨房《ちゅうぼう》で支度をしていると、イーサンがやってきた。前日に食堂に食事会の知らせを貼っておいたので、様子を見に来たらしい。待ちきれないようにお腹を撫でている彼に、ユーゼリカは作業の手を止めて応じた。

「先日は失礼したわね。今日はスープにパンもつけるわ。香草がたくさん入荷したからにんにくと合わせてソースを作ったの」

「うお、それ塗ってチーズのせて焼くやつ？　めちゃくちゃ好きなんだよ俺！」

イーサンが目を輝かせた。

「昔お袋がよく作ってたけど、うまいんだよな。あんなのも作れるなんてお嬢さんのくせに結構やるじゃん。たくさん入ったってことはソースも大量にできたのか？　俺、毎日それでいいわ」

「あなたの目の前にあるけれど」

厨房《ちゅうぼう》と食堂をつなぐ窓枠を示してやると、彼は笑顔でそちらを見た。そして掌に隠れそうなほどの小瓶を見つけ、目をむいた。

「少なっ！　何がたくさんだよ！　煮詰めたら減るにしても少なすぎんだろ！　さては失敗しやがったな？　焦がしたとかこぼしたとか味付け間違えたとか！」

ユーゼリカは昨日から今日にかけて試作を重ねたことを回想した。

「ソース作りって難しいのね」

「やっぱりかよ！」

よほど大好物なのか彼は激しく嘆いている。いつもなら試作で失敗してもからかわれるだけだったのに、今回は事情が違うらしい。

（こんなに悲しませてしまうなんて。責任を感じるわね。どうやってお詫びすればいいのか……）

「はああ？　姫様のお手製に対して無礼な……っ」

ロランが噛みつこうとしている横で考え込んでいると、小瓶の隣に、ことりと別の瓶が置かれた。

「そんなに好きなら言ってくれればいいのに。いつでも売りますよ」

そうにっこり笑ったのはフィルだった。小瓶の四倍はありそうな大きな瓶には、なみなみと香草のソースが詰まっている。頬を染めたイーサンが、一瞬遅れてまた目をむいた。

「いや、金取んの!?　おまえまじで銭ゲバだな！」

「えっ。僕が時間と手間とお金をかけて作ったものをただでぶんどるつもりですか？」

イーサンは言葉に詰まったが、大好物には変えられないと思ったのか、がしっと瓶をつかんだ。

「わーったよ！　言い値で買うぜ。おまえの売るやつ間違いねえもんな」

「お買い上げありがとうございまーす」

イーサンが「金持ってくるから誰にも渡すなよ？」と言い置いて食堂を出て行く。思わぬ助け船に驚いて何も言えずにいたユーゼリカは、急いで厨房《ちゅうぼう》から出た。

思えばフィルにはお詫びせねばならないことだらけだ。香草の謝礼を払ってもいないし、ソース作りに失敗して大半を無駄にしてしまった。それに先日は薬草茶の試飲の約束も破っている。

「私もあなたにお支払いするものがたくさんあったわ。遅くなってごめんなさい。香草の代金と、薬草茶の代金、締めていかほどかしら？」

食堂の壁から前掛けを取ろうとしていたフィルが振り返る。忘れまいと書き付けていた紙きれを差し出したユーゼリカに、紙面を一瞥《いちべつ》した彼は笑って答えた。

「香草の分は料金はいりません。よく茂るのですぐ刈り取らなくちゃいけなくて、困ってたんです。もらっていただいて助かったくらいです」

「けれど、さっきのように加工して商品にしていらっしゃるのよね？　だったら私にも原材料を請求すべきだわ。薬草茶も試作品とはいえ材料費がかかっているはずよ」

その主張に彼は顎に手を当てて考えこんだが、やがて思いついたらしい。

「じゃあ、貸しにしておきます」

「貸し？」

「あなたが元気になったら、笑顔と一緒に返してください」

ユーゼリカは瞬いて彼を見上げたが、ふと眉を寄せた。確か以前も同じように感じたことがある。

「あなた、やはり気障なところがあるわね」

人当たりがよくていつも笑みを浮かべていて、そのくせ商売のことになるとしっかりしていて面食らわされる。それでいて、こんなふうに気遣ってくるのだからよくわからない人だ。

「そうですか？　全然そんなつもりはないんですけど。というか、なんだか嫌そうですね」

「……別にあなたが嫌というわけではないわ。気障の極致のような兄を思い出しただけよ」

まあ第二皇子のアレクセウスに比べればフィルの言動など爽やかで可愛いものだが。

ついうんざりしたのが顔に出てしまったのか、フィルが同情したように言う。

「僕の知り合いにもそういう人います。反応に困りますよね。あれ、でもそのお兄さんは跡を継がないんですか？」

「争っているのよ。父は跡継ぎが誰か明言していないから」

「大変だなあ。管理人さんが勝てるように応援しますね」

そう言って彼はユーゼリカの手から紙切れを抜き取ると、にこりとまた笑った。

「笑顔をいただくの、楽しみにしてます」

「…………」

やっぱり、何を考えているのかわからない。

いわゆる『ツケといてやる』ということなのだろうと理解し、ユーゼリカは気持ちを切り替えて厨房《ちゅうぼう》へ戻ると支度を再開した。

匂いを嗅ぎつけたのか店子たちが食堂に集まってくる。ソースの代金を取りに行ったイーサンもアンリと連れだってようやく戻ってきた。

「支払いは後でもいいですよ。付け届けをしてくれれば」

フィルが声をかけたが、イーサンは深刻な顔をしている。

「いや、金がなくて探してたとかじゃねえよ。手紙が来たんで読んだりしてたんだよ」

「何かあったの？」

食卓につきながらアンリが問う。彼の向かいに腰を下ろしたイーサンは、並んでいたパンの皿に手を伸ばすと一つつかんでかじりついた。

「ちょっとおかしなことになってるっつーか……。実は、昔なじみの女から連絡が来てよ」

「よりを戻したいって？　君も隅に置けないね」

「ちげえって。家から出られねえから助けてくれって言うんだよ。食い物とか薬とか持ってきてほしいって」

スープを皿に注ごうとしていたユーゼリカは、なんとなく興味を引かれて食堂のほうを見た。手伝っていた他の店子たちも手を止めている。

「病気でもしたのかな。でも家から出られないというのはどういう意味だろう」

「よほど具合が悪くてお医者も呼べにいけないとか……かしら」

「俺もそう思って会いに行ったんだよ。実を言うと手紙が来たのはこれで三回目でさ。一回目はそんなに気にしてなかったんだけど、さすがに二回目に来た時はなんかあるんじゃねえかと思って。そしたら、そいつの家のあるあたりが封鎖されてて……兵隊が守ってて中に入れなかったんだ」

パンをぱくつくイーサンはひどく難しい顔をしている。するとアンリが思い出したように言った。

「そういえば、通行止めだって言われて通れなくなった道があったな。劇場の面接に遅れそうになって焦ったっけ。確か他にもそういう道があったような」

「そうなんだよ。俺が行ったのはつい二、三日前なんだけど、なんか工事でもやってんのかなってその時は思ったんだ。でも、さっき三回目の手紙が来て……」

彼がズボンのポケットから封書を取り出したのを、アンリが取り上げてがさがさと広げた。

「なになに……、『病の原因は不明だけど、一帯の住人がたくさん苦しんでいます。それなのに役所に訴えても動いてくれず、皆、途方に暮れています』……。ええええ？　本当なの？」

アンリが信じられないというふうに眉をひそめ、他の者たちも戸惑った顔で手紙を見下ろした。

「流行病ということだよね。そんな話があるならすぐ噂になりそうなものだけど……。誰か、聞いたことある？」

「いいえ……。この前内職の取引先に行きましたけれど、誰も何も仰ってませんでしたわ」

「私も聞いてないですねえ」

シェリルとエリオットが首を振り、ロランも「私も初耳です」とユーゼリカを見る。

「俺もこの手紙で初めて知った。あいつは嘘つくようなやつじゃなかったし……でもやっぱ信じられねえつうか。もう一回行って兵隊に聞いてみたほうがいいかと思ってよ」

ユーゼリカは皿を置き、食堂へと移動した。

兵隊が街を封鎖している。けれど人々は理由を知らない。これは何かありそうだ。兵隊に絡みにいくのはやめておいたほうがいい。危険だ。

そう思い、イーサンを止めようとした時、食堂の入り口で大きな物音がした。驚いてそちらを見れば、リックが呆然としたように立っていた。足下には落としたらしい荷物が転がっている。

「それ……、本当ですか？　どこです？　街区は？」

ずんずん近寄ってきた彼に真っ青な顔で詰め寄られ、イーサンがたじろいだように瞬く。

「ほんとだって。これ読んでみろよ。街区は……八番街区の東のほうだっけか」

その言葉に、手紙をひったくるようにして読んでいたリックが目を見開いた。

動揺している様子で立ちつくしていたが、やがて、ダンッとテーブルを叩いた。

「やっぱりこうなったじゃないか！　だから言ったのに……！」

叩き付けた拳は震え、真っ赤になっている。その凄まじさに彼以外の誰もが驚きで固まっていた。

沈黙が落ちる中、ユーゼリカは輪の中へ進み出た。

「カルマンさん。この件について何かご存じなのね？」

彼は皇宮の医局に勤めている。まだ見習いだと本人は言っていたが、どこかで話を聞くことは可能だっただろう。

皇都の医療における最高峰が皇宮医局である。流行病があるとしたら必ず報告が上がるはずだ。リックはなおも整理がつかない様子で目を泳がせている。何か言いたいけれど言葉にならない、そんな表情だ。

「カルマンさん。話してくださったらお力になれることがあるかもしれないわ。もちろん、あなたがお望みなら口外はしない。約束するわ」

辛抱強くユーゼリカが促すと、リックは目を伏せ、深く息をついて椅子に腰を落とした。

「……直接詳細を聞いたわけじゃありません。ただ、傍で見ていたので少しは事情を知っているというだけで」

「それで構わないわ。教えてくださる？」

フィルが温かいお茶を持ってくる。テーブルに置かれたそれとユーゼリカの冷静な声で落ち着きを取り戻したのか、リックはこわばった顔でうなずき、口を開いた。

「近頃、皇都に宝飾品を作る工房が出来たそうなんです。珍しい金属で出来ているそうで、加工するために特殊な薬液を使うらしいんですが、加工過程で出た廃液を処理せずにそのまま捨てているようなんです。そして、まもなくその近辺で謎の病気が流行り出した……。おそらく君の友人の手紙にあった病気と同じだと思います」

絶句しているイーサンに目線を向け、リックはまた目を伏せる。

「初期の頃、報告が来た時に私の上司がひそかに呼ばれて患者を診たんですよ。けど、治療に取りかかる前になぜか引き上げさせられて……。その後、その上司は確たる理由も知らされないまま医局から異動になってしまいました」

「え……、口封じ？」

アンリがつぶやき、慌てたように口を手で押さえる。しかしリックも同じように思ったようで、苦々しげにうなずいた。

「医局全体に箝口令《かんこうれい》が敷かれたし、当然上司も口止めされたと思います。ただ、私は納得できなくて。お世話になった方だし尊敬していたから……突然の異動を不審に思って彼の研究室を調べたんです。それで彼が残した資料や処方箋を見て、患者の症状を予想し、薬を調合しようと考えました。せめて上司の代わりに何かできないかと思って……」

そう言って彼はユーゼリカのほうを見た。

「以前、メリエダの木に登っていたのはそれが理由です。メリエダの葉が薬の原材料の一つとして必要なので使わせてもらおうとしたんです」

ユーゼリカは真剣な顔で視線を受け止めた。あの時の彼の様子は、確かに必死さがあった。

「その薬は完成しているの？」

「……一応は。ただ、使う手立てがないんですよ。なぜなのか流行病は起きていないことになっていますから。正確な場所もわからないし、立ち入り禁止区域に入る手立てもなくて……」

悔しげにリックがうつむく。テーブルの上に置いた拳が小さく震えていた。

「皇宮医官の彼さえ知らないなんて。意図的に隠されているということ？」

アンリが表情を曇らせる。イーサンがテーブルを叩いた。

「どういうことなんだよ⁉　役所に訴えても動いてくれねえって言ってんだぜ？　なんで動かねえんだよ、つかなんで隠してんだよ⁉」

直接の知人がその病に苦しんでおり、何度も助けを求めてきたのだ。事情を知って動揺し、怒りに震えているようだった。

重苦しく気詰まりな空気が流れた。イーサンの気持ちはわかるがどうにもできない――誰もがそんな思いでかける言葉が見つからないようだ。

そんな中、ユーゼリカは真っ向から声をかけた。

「落ち着いてちょうだい、エバーフィールドさん」

「ああ？　落ち着けるわけねえだろ！」

「いいえ、落ち着いてもらうわ。そして私の指示に従ってちょうだい。まずはご自分のお腹を満たして、それが終わったら厨房《ちゅうぼう》にあるだけの鍋を使ってスープを作っていただくわ。あなただけでなく皆さんにもお願いしたいのだけれど。何しろ量が膨大になるでしょうから」

怒鳴りつけたイーサンが怪訝《けげん》そうな顔になる。構わずユーゼリカは続けた。

「同時に清潔な衣服や布をたくさん集めてくださるかしら。飲み水も必要よね。それとカルマンさん、その薬について詳しくお聞きしたいわ。食事の後でお時間をくださる？」

「なん……、そんなもん集めてどうすんだよ？」

「あなたのお友達や他の患者の皆さんに届けにいくに決まっているでしょう。八番街だったわね？」

当たり前のことを聞くなと言いたげなユーゼリカを、店子たちが唖然と見つめた。

「封鎖されてるんだぜ？　兵隊がにらんでて入れねえんだって」

「そうですよ。私も試みましたけど、抜け道みたいなところもありませんでした」

口々に言ったイーサンとリックを、堂々と見つめ返す。

「私は大金持ちの娘なのよ。お金をばらまけばできないことはないわ」

ぴしりと言い放ったユーゼリカに一瞬絶句し、イーサンが目をむいた。

「いや、かっこつけた感じで言ってんじゃねえ！　兵隊相手に金で解決とか無理だろ！」

「そうですよ！　それだけ隠されてるんですから何かあるに決まってます。下手に逆らったら何をされるかわかりませんよ」

「ですね。こればかりは慎重になったほうがいい」

リックが同意し、フィルも案じるように見ている。さすがに金で解決できることではないと誰もがわかっているのだ。今回ばかりは世を忍ぶ金持ち令嬢のとんでも理論ではごまかせないと悟り、ユーゼリカは軽く息をつくと皆を見回した。

「白状するけれど、実はあてがあるの。父が軍幹部と懇意にしていたので頼んでみるわ。口外しないと誓って物資を運ぶだけなら入れてもらえるはずよ」

今度は現実的な話だと思えたのか、店子たちが戸惑いつつも顔を見合わせる。

「それならいけるんじゃ……」

「おい、本当だろうな？　もしだめだったら責任とれんのかよ？」

「何もしないうちから責任云々とは議論するだけ時間の無駄とは思うけれど、取ってほしいのならばいくらでも取って差し上げるわ。とにかく今は、やってみる価値はあるのではなくて？」

終始冷静な調子なのを見て、イーサンも頭が冷えてきたらしい。むぐぐとうなっていたが、気持ちを切り替えることにしたようだ。

「うっし！　そうと決まりゃ腹ごしらえだ。食うぜ！」

「そ、そうだね、食べよう」

厨房《ちゅうぼう》へ走ってスープの皿を運んでくる彼に、つられたように他の者も続いている。

食事をかっ込み始めた店子たちをすばやく見やり、ユーゼリカは小声でロランを呼んだ。

「その工房について調べて。持ち主は誰か、いつから稼働しているのか。急いで」

緊迫した声を察したのだろう、ロランが無言でうなずき、食堂を駆け出て行く。

彼を見送り、ユーゼリカは目を伏せて考え込む。

――嫌な予感が棘のように胸に刺さっていた。

夕食を終えると、下宿人たちは食事の準備や必要なものの用意に手分けして取りかかった。

彼らが奔走している館から渡り廊下を挟んだ別棟で、皇宮から来た従者の報告を受けたのは夜も更けてきた頃だった。

「件《くだん》の工房の持ち主はベルレナード殿下のようです」

厳しい顔つきでそう告げたキースを見つめ、ユーゼリカは深くため息をつく。

「……やはりそうなのね」

珍しい金属と聞いた時に、ベルレナードから贈られたブローチを思い出したのだ。それに彼が起こした会社が八番街にあることも。嫌な予感は当たってしまった。

「皇太子指名選に向けて始められた工房だそうです。ただ、それ以前からお考えだったようで、工房自体はもともとあったとか。意中の女性に贈る装飾品を作らせるために、個人的に職人を雇っておられたみたいですね。たまたまその女性とは縁がお切れになり、その直後に陛下から指名選のお話があったので、そちらに流用なさったんでしょう」

ユーゼリカは顎に手を当てて記憶を探る。

「カルマンさんが庭のメリエダの葉を採取なさっていた時、すでに病に冒された人が出ていたわけね。その患者を診たカルマンさんの上司が左遷され、それでカルマンさんは事情を探って薬を作ろうとしていたのだから。ロラン、あれはいつのことだったかしら」

「かなり前でしたね。確か、二月ほど前だったでしょうか」

「つまり、指名選が宣言されてから わずか二月後ということね」

そんなに早くから病が確認されていたとは。しかも未だに公になっておらず、逆に一帯を封鎖して立ち入れないようにしている。住民は役所に訴えても無視されたそうだが、これは現場の役人だけの判断ではできないことだ。

「間違いなくベルレナード殿下の耳に入っているわ。そして彼はこの件を隠蔽しようとしている」

自分で自分の言ったことが信じられなかった。

ベルレナードに最後に会ったのはつい数日前だ。候補者たちの集った茶会で、彼は得意満面に自身の策を語っていた。弟皇子から褒めそやされて昂然と胸をそらしていた。

被害を知っているのにあんな態度が取れるとは。いや万が一知らなかったとしても、それはそれで大問題だ。皇太子指名選のために民たちに病と苦しみを振りまいているのに、当事者が把握していないなんて。

知ったからには急がねばならない。彼が隠蔽するつもりでいるなら、次にどんな手を打つか。想像すると背筋が冷えた。

「カルマンさんに会うわ」

宣言するなり、部屋を出て本棟へ向かう。従者たちもそれに続いた。

食堂に入ると、店子たちが忙しく行き来していた。テーブルには着古した服や布が山積みになっている。この時間から調達に行くのは難しいので、それぞれ着ていない服を集めたのだろう。

厨房《ちゅうぼう》ではシェリルとアンリが鍋の中身をかき混ぜている。そろそろ食事の準備もできたようだ。

「カルマンさん、よろしいかしら？」

声をかけると、エリオットとレンと話していたリックが、急いでこちらへやってきた。

「イーサンとフィルさんは裏の小屋に行っています。フィルさんの薬草の中に使えるものがあれば持ってきてくれるそうです」

「わかったわ。ところで、聞きにくいことを聞くけれど、あなたが調合した薬は今回の件の患者に本当に効くのかしら？」

リックは面食らったようだったが、すぐに真面目な顔になって答えた。

「上司が実際に患者に施した薬ですから効くはずです。処方箋を見る限り、流行病ではなく中毒のようです。解毒して中和しないといけないので、上司もあの薬を選んだのだと思います」

「その薬だけれど、今どれくらい手元におありなの？」

「ここにですか？　うーん……五十回分くらいでしょうか。一人一包飲めばいいというわけではなくて、時間を決めて定期的に何度か飲まないといけないんです」

「解毒が終わるまでというわけね。だとしたら五十包では足りないでしょうね。どれくらい時間をかければ追加分を作れるの？」

「作りかけのものならそんなにかかりません。あとは調合するだけなので、二時間もあればできます。一から作るとなると乾燥させたり粉末にしたりという手間があるので、すぐというわけには」

「では、今ある分を渡してくださる？　そして作りかけのものにすぐ取りかかってちょうだい。もし可能なら、医局へ戻って出来ている分を取ってきていただけると助かるわ。きっとそれでも足りないでしょうから、その後は皆さんに手伝っていただいて引き続き製造を続けてくださるかしら」

「姫様、荷馬車の用意ができました」

「食事も出来たそうです。お運びしますか？」

ロランとキースが口々に報告してきた。ユーゼリカはうなずき、リックに目を戻す。

「教えてくださって感謝するわ。あとは私にお任せになって。でも薬の製造はあなたにかかっているの。お願いしますわね」

矢継ぎ早の指示に呆気にとられていたリックが、さっと顔を引き締める。

自身の部屋へと走って行く彼の背中は緊張に満ちているようだった。医官として薬を提供すること、それがうまく行き渡り、患者に届くのか。祈るような気持ちなのだろう。

彼を見送っていると、背後からリラが外套《がいとう》を着せかけてくれた。

「わたくしもお供しますわ。だめなんて仰らないでくださいませ」

いつもは館で待機するのが常の彼女も、今夜は指示に背いてでもついていく気のようだ。人手が欲しい時だけにありがたかった。

「お鍋、運ぶの手伝いますわ。こぼれないとよろしいんですけれど」

「器は木製のやつを入れておきますね〜」

「ぼくはお洋服をもってく！」

運び出す騎士たちに続いて店子たちも動いてくれる。もう夜も遅いというのに——料理や物資集めで疲れているだろうに、誰一人文句を言う者はいない。

そのことに心が震えるような感動に包まれながら、ユーゼリカも荷運びに加わる。

皆の尽力を無駄にしないためにも、苦しむ人々を一刻も早く救うためにも、自分にできるすべてのことをやろう。頭の中はその思いでいっぱいだった。

＊＊＊

真夜中の皇都は静まりかえっていた。

八番街区は歓楽街から離れており、人の姿もない。時折野犬がうろついているだけだ。

そんな中、ガタゴトと車輪をきしませてやってきた荷馬車の列は異様なものを感じさせたのだろう。静寂をやぶった騒音に、禁止区域を守っていた兵士たちが何事かと注目する。

それらが自分たちの目の前まで来て停まったので、彼らは警戒して身構えた。

「――何奴だ。この先は立ち入り禁止になっている。即刻立ち去れ！」

隊長が厳めしい顔で声を張り上げ、他の兵士たちも腰の剣に手を伸ばす。

御者台から若い男が下りてきて、何かを差し出した。

「ご苦労さんです。これなら通行許可証の代わりに充分なるでしょ？」

軽い調子のその男を胡散臭《うさんくさ》い思いでにらみつけた隊長だが、それを見下ろすと目を疑った。

皇族が城を出入りする時に使う通牒だったのだ。一瞬、上からの命令かと思った。しかし今日ここを訪れるとは聞いていないし、目の前の男にも見覚えがない。

「失礼ですが、どなたのご使者でしょう？　誰も通すなと申しつかっていますので、申し訳ありませんが……」

「察してくださいよ。わかるでしょ？　人に言えない事情で来てるってこと」

「何を――」

「そもそもなんで立ち入り禁止なんです？　前はこんなことなかったのに。どなたの命令で？」

意味ありげな男の言い分に、隊長は緊迫を隠せない。事情を知らないようだが、しかし通してはならぬと厳命を受けているのだ。

「出来ぬと言ったら出来ぬのです。そもそもその通牒が本物とは信じがたい。よもや不届きな謀略ではありますまいな。このような真夜中にこそこそとやってきたのがその証拠では？」

そうだ。相手が誰かは知らないが、こんな時間にここを通ろうとするほうが悪い。主の名のもとに葬ってしまえば済むことだ。

右手を剣の柄にやりながらにらみつける隊長を、男も笑みを消して見ている。

「ええ？　ただ通りたいってだけなのになんでそうなるんです？　まさかおたくらもやましいことがあるっていうんで？」

「黙れ。今夜ここへは誰も来ていない。話は終わりだ」

「はっ。仕方ないな。だったらこっちも力ずくで通るしか……」

「おやめ」

ぴしりと鞭を打ったように声が割り込んだ。

若い女のものだったことに、隊長は虚を衝かれて馬車のほうを見やる。

馬車の扉が開き、ほっそりとした靴がステップに下りてくる。続けてなめらかな布地の外套《がいとう》の裾《すそ》が。そして、それに包まれた華奢な人影が。

現れたのはフードをかぶった女だった。顔は闇にまぎれているが、一目で高貴な階級の人間だとわかる空気をまとっている。

「いつまでつまらないことで揉めているの。わたくしはここを通せと言っているのよ」

冷ややかで高慢そうな声。機嫌を損ねているらしい彼女を従者の男がなだめている。

「申し訳ありません、皇女殿下。この男が聞き分けがなくて」

「……皇女……殿下……？」

耳を疑い、思わずつぶやいた隊長を見て、従者が『しまった』と言いたげに口を押さえる。

隊長はフードの人影を凝視し、その豪奢《ごうしゃ》な外套《がいとう》の襟元に気づいて、息を呑んだ。

皇帝家の紋章。間違いない。皇帝の子女にしか与えられないロイヤルガウンだ。

（なぜこんなところに皇女が？　何の目的で？　そもそもどの皇女だ？）

忙しく頭を回転させたが、はっと思い当たって目を見開く。

皇太子指名選に立候補した皇女が一人いる。主の敵である第五皇女。

まさか話を聞きつけて糾弾に来たとでもいうのか。それならばやはり、始末するしかない――

剣の柄を握りしめる隊長の視線の先で、〝皇女〟は不機嫌そうに従者の男に文句をつけている。

「さっさと話をつけなさい。彼が待ちくたびれて帰ってしまったらどう責任を取るつもり」

「大丈夫ですよ、ちゃんと待っていらっしゃいますよ」

「そう言ってこの前も会えなかったわ。このお調子者。今日もすれ違いになったらおまえをギロチンに送ってやる」

「そっ、それだけはご勘弁を！」

物騒なことを言い出した皇女に従者が慌てているが、なんの話かさっぱり見えてこない。

「早くあの者たちを黙らせなさい。父上に彼のことが知られたらおしまいだわ」

「ご心配なく。彼らだって皇女殿下の良き方の存在までは知りませんよ。この足止めも陛下の命ではなく、ただの工事か何かなのでしょう」

小声で話しているつもりのようだが、周囲が静かなせいではっきり聞こえてしまった。またもや耳を疑い、隊長は目をむいた。

（つまり――皇女の恋人がこの先に住んでいると？）

それでこっそりこんな夜中に会いに来たというのか――？

言動からして皇帝に知られるのをひどく恐れているようだし、間違いないだろう。

図らずもとんでもない秘密を知ってしまった。これは皇女を追い落とすに充分な弱みだ。

従者が駆けてきたかと思うと、がしっと手をつかまれ、何かねじこまれた。

「頼みます、どうかこれで通してください。でないとギロチン送りになっちまう」

ギロチンとは前時代的な言い草だが、重い布袋を押しつけてきた従者は本気で焦った様子だ。この金貨が詰まっているであろう袋で手を打ってほしいというところか。

隊長はすばやく考えをまとめ、部下に合図した。

「通してやれ」

「よろしいのですか!?」

「助かります！」

咎《とが》めるような部下と目を輝かせた従者を無視し、隊長は声をかける。

「この先は道が悪い。どうぞお気をつけて」

皇女が振り返る。その拍子にフードがはずれ、銀色の髪がさらりとこぼれた。

月光を受けてきらきらと輝いたそれが、彼女の周囲に儚い光をまとわせた。

容貌が露わになり、見た者全員が息を呑んで釘付けになる。まさに月の精が舞い降りたかのような美しさだった。

「第五皇女殿下で、いらっしゃいますか……？」

初めて目にした驚きで、言わなくてもいいことを思わず確かめてしまう。

美しい顔のまま、彼女は突き刺すような視線を返してきた。

「おだまり。無礼者。今すぐひれ伏して地べたを舐めなさい」

凍りつきそうなほど冷たい声で言い捨てると、彼女は背を向け、馬車に乗り込んだ。

これ以上機嫌を損ねては大変だとばかりに従者が御者台に飛び乗り、急いで馬車を出発させた。

お騒がせしました、と言いたげにぺこぺこ頭を下げながら。

「隊長……本当によろしいのですか、通しても」

部下の言葉に、見送っていた隊長はほくそ笑んで答える。

「後をつけろ。皇女と恋人の逢瀬を確認したら戻れ。見失うなよ」

こそこそ会いに行くくらいだから、身分違いだとか後ろ暗いところのある相手なのだろう。

この弱みを報告すれば主の敵が一人減る。貢献した自分の出世は間違いない――

＊＊＊

静まりかえった街をガタガタと馬車は進む。

大仰な外套《がいとう》を脱ぎ、ほどいていた髪をまとめると、ユーゼリカはふうと息をついた。

「お見事でしたわ。氷のように冷たい姫様も素敵でしたわ。何かに目覚めてしまいそうです」

同乗しているリラがうっとりしたように褒めてくれる。何かが彼女の琴線に触れたようだ。

「思ったより簡単に入れましたわね。すばらしい演技力と説得力で御名前を出すことなく納得させてしまうなんて。さすがは姫様ですわ」

「いいえ、まだよ」

長い期間厳重に封鎖していた部隊がこれで引っ込むはずがない。敵地に潜入したというだけで危険なのは変わりないのだ。

「何人か尾行してきてますね」

御者台と繋《つな》がる小窓が開いて、キースが顔を出した。ユーゼリカは窓から後方を一瞥《いちべつ》する。この馬車の後ろにはあと二台、荷馬車が続いている。薬や食料、物資の他に、城から呼び寄せた騎士たちも乗り込んでいた。

「後ろの馬車に合図して全員捕らえて。それとさっき渡した金貨も取り返してきてちょうだい。あんな奸賊に渡すなんて芝居とはいえもったいないことをしたわ」

きびきびとした指示に「御意」と一礼し、キースがおかしそうな顔になる。

「それにしても、ひれ伏せだなんて生まれて初めて仰ったんじゃありませんか？」

「……一生に一度あるかどうかの台詞をこんなところで使うとは思わなかったわ」

兵士たちがそろってぽかんと口を開けていた光景を思い出す。慣れないせいで下手を打ったかとひやりとしたものだ。乗り切れたのは情けない従者の役を見事に演じたキースの功績だろう。

おそらく兵士たちは皇女が恋人と密会に来たと誤解してくれたはずだ。それを確認するため尾行してくるのも想定どおり。もし先にベルレナードに報告が行ったとしても、彼の性格上、真夜中のご注進を歓迎するとは思えない。朝まで待てと追い返す可能性に賭けることにした。

万が一、彼が素直に報告を聞き入れても、中身は『皇女の秘密の恋人云々』でしかない。調べられてもそんな相手はいないのだから痛くもかゆくもないというわけだ。

そもそもこちらは自分が何者なのか、一言も口に出してすらいない。勝手に向こうが思い込んでいるだけなのだ。いくらでもしらばっくれる道はある。

御者台に戻ったキースが、しばらくしてから窓越しに合図をくれた。後続の馬車の騎士たちが尾行の兵隊を捕らえたようだ。

(うまく餌に引っかかってくれたようね)

うなずいてみせると、馬車は速度を上げた。これでようやく目的地に向かうことができる。

時間はさほどかからなかった。それほど広い範囲で封鎖されているわけではないようだ。馬車が停まり、外へ出るとキースの案内で一軒の建物へと向かった。

二階建ての石造りの建物が並んだ一角。奥のほうに仄明かりが見える。

キースが扉を叩くと、だいぶ経ってから扉が少し開いた。

二十代半ばくらいか、女が怖々といったふうに顔をのぞかせる。彼女からはキースしか見えていないようだと気づき、ユーゼリカは一歩前へ出た。

「ごきげんよう。あなたがミーナさんかしら？」

「だ……誰？」

「あやしい者ではないわ。イーサン・エバーフィールドさんの代理の者よ。彼にお手紙を出されたでしょう？　ちなみにこちらね」

イーサンから預かった手紙をひらりと掲げてみせると、彼女は驚いたようにそれを凝視した。

「ご病気と伺ったので薬と食料を持ってきたわ。お加減はいかが？」

はっとしたように彼女が顔を上げる。信じられないといったふうに目を見開いていたが、みるみる瞳をうるませた。

「……本当に？　信じてくれたの……？」

顔をくしゃくしゃにして嗚咽《おえつ》しはじめた彼女に、ユーゼリカは静かに声をかける。

「入ってもよろしいかしら？」

ミーナがうなずいて扉を開けてくれたので、一同はそれぞれ荷物を運び込んだ。

「あの……、イーサンは……」

「彼は事情があって来られないの。けれど安心してちょうだい。あなたからのお手紙のことを教えてくださったのも食事を用意したのも彼だから。私たちは彼に頼まれて来たの」

「イーサンの、友達……？」

「そのようなものね」

室内はロウソクが一本点いているだけだった。ロランに命じて灯りを増やさせると、陳列棚や奥には作業場のようなものも浮かび上がった。

「お店をやっていらっしゃるの？」

「ええ、菓子屋を。『ミーナ』っていうの。今は休業中だけど……」

それで思い出した。イーサンが面接の時に言っていた菓子屋と同じ名だと。

そういうことだったかと納得しつつ、彼女の向かいに腰を下ろし、早速本題に入ることにする。

「私の知己《ちき》の医官いわく、あなたの症状は病ではなく中毒のようなの。解毒する薬を持ってきたわ。けれど念のために容態を教えてくださる？　もちろん、薬を飲むか否かはあなたの意志しだいよ」

リックからは患者の詳しい病状を聞いてほしいと頼まれていた。中毒だけならこの薬で効くはずだが、その他の要因がある可能性も捨てきれないから、と。

ミーナはしゃくりあげながら黙って聞いていたが、涙をぬぐって言った。

「ありがとう。飲むわ」

わらにも縋《すが》る思いなのだろう。その表情に躊躇《ちゅうちょ》はない。リラが水と薬を渡すと、ミーナはすぐさまそれを口に入れて飲み下した。胸に手を当て、ふーっと大きく息をついている。

「……不思議。ただこれだけで、もう楽になった気がする」

「よかった。食事も持ってきているの。気にせず召し上がって」

騎士たちが鍋から木の椀にスープを注ぎ、パンと一緒に出すと、ミーナはまた目を潤《うる》ませた。

「ほんとにありがたい……。あなたたちって神様なの？」

「いいえ、ただのエバーフィールドさんの知人よ」

「じゃあやっぱり神様よ。イーサンの知り合いにこんな善人がいるなんて知らなかった」

彼女はすすり上げながらスープに口をつけたが、言われたことを思いだしたのか匙《さじ》を止めた。

「症状のことだけど——個人差はあると思うけど、頭痛とか目まいがするっていう人が多いみたい。顔色や目の白いところの色が悪くなってる人もいたわ。あとは身体がだるくて動けないとか……」

「召し上がりながらで結構よ。——他の患者の方とも話をなさったのね？　他にどれくらいいらっしゃるかご存じ？」

「はっきりとはわからないけど、病院が開いてた頃は毎日十何人も来てたわ。今はもう閉まっちゃったし、出歩く元気もないから、ずっと家にいたし……」

「病院が閉鎖？」

「このあたりが立ち入り禁止になった時、兵隊が来て先生たちを追い出したの。病院だけじゃないわ。店も閉まってるし外と行き来できないから食料が手に入らなくて。もう丸二日食べてなかった。郵便も出せなかったんだけど、街を出ていく人になんとか頼み込んでよその郵便屋に持って行ってもらったの」

「街を出ていく人というと……？」

「封鎖するために工事してたんだけど、途中までは兵隊じゃなくて職人さんが入ってやってたの。最近はその人たちも入るのを禁止されたみたいだけど……工事を手伝うって名目で潜り込んできて、助けてくれる人もいて。でも一人や二人じゃ運ぶ食料も限られてるから、みんなにまで行き渡らなくて……」

その善意の職人たちによってなんとか生きながらえていたということらしい。彼らの手を通じてイーサンまで手紙が届いたわけだ。

ユーゼリカは怒りを通り越して呆れすら感じた。街の医者まで追放して、住民たちをどうするつもりだったのか。

（……一応兄妹だからと、情けをかけた私が馬鹿だったわ）

歯噛みしたい思いだった。皇族たるベルレナードが本当にそこまでやったのだろうかと、どこかで思いたい自分がいたのだ。その甘さを痛感させられた。

騎士たちも同じ思いだったのか顰《しか》め面になっている。

「しかし、これではどの家に患者がいるのか探すだけでも骨が折れますね。朝までに薬と食料が行き届くかどうか……」

今夜はひとまず朝までを区切りに動くことにしていた。あまり長時間だとベルレナードの耳に入る可能性が高くなるし、もし彼が乗り込んでくるような事態になれば面倒事が増えてしまうからだ。

「それなら大丈夫かも。どの家に患者が出たかわかるように、兵隊が扉に目印をしていったから」

大事そうにスープの椀を両手で抱えながらミーナが言ったので、皆驚いて注目した。

「玄関の取っ手に赤い紐を結んであったでしょ？　あいつらがやったのよ。印がある家には近づかないようにしてたみたい。あたしたちにも家から出るなって言ってた」

ロランが玄関扉の外を確認し、こちらにうなずいてみせた。来た時は暗くて気づかなかったのだ。うつる病気だと思い込み、感染を恐れて罹患《りかん》者を閉じ込めていたのだろう。どこまで非道なのかと不快さがこみ上げる。

「……初めて役に立ったわね」

騎士たちに捕らわれているであろう兵隊たちに思いを馳《は》せてつぶやき、ユーゼリカは身体を起こした。

「手分けして回りましょう。患者の名前と性別、年齢、症状を記録しておいて。時間が来たらロランの部隊は館へ戻って次の物資を運んでちょうだい。数人は残って封鎖場所の見張りを。基幹補給所は……、ミーナさん、申し訳ないのだけれど、こちらのお店を貸していただけるかしら。どこかに拠点を置いたほうが動きやすくなると思うの」

今頃下宿館では店子たちが追加の食事を作っている。リックも皆に手伝わせて薬を調合しているはずだ。それを補給するために一度戻ることになっており、その時間を決めてきていた。兵隊たちは捕らえたから封鎖場所は自由に通れるが、補充の兵が来た場合に備えて連れてきた騎士のうち一部隊を割かねばならない。彼らとの合流場所、そして物資の一時置き場が必要だ。

次々に指示を飛ばすユーゼリカを固唾《かたず》を呑んだように見ていたミーナが、真剣な顔でうなずいた。

「もちろんよ！　今は何も置いてないし、好きに使って。あたしも何か手伝うわ」

「ありがとう。でもひとまずはゆっくりお休みになって。手をお借りしたい時はお願いするわ」

救援が来たことで元気が出たようだが、傍目から見てもふらついているのがわかる。さすがに二日も食べていない病人の申し出を受けることはできなかった。ミーナに怪我や傷の有無、病状が重くないことを確認し、清潔な衣服を渡すと、挨拶してから彼女の店を後にする。

夜明けまであまり時間がない。城から応援の騎士たちを呼んだとはいえ人数は多くはない。

それでもやらなければ。待っている人がたくさんいる。

「行くわよ」

「はっ！」

従者たちが声を揃《そろ》えるのを背中で聞きながら、ユーゼリカは外套《がいとう》の裾《すそ》をひるがえして歩き出した。


ミーナの証言通り、あたりには玄関に赤い紐が結ばれた家がたくさんあった。

患者を探して回る手間は省けたものの、薬や食料を配って回るのは予想以上に大変な作業だった。

一家に患者が一人や二人という家だけでなく、家族全員に中毒症状が出ているというところもあり、中には横たわったまま受け答えもままならない人や、お腹を空かせて泣きわめく幼子もいた。

そのたびに身体を起こして薬を飲ませ、スープを口に運んでやり、時には痛む箇所《かしょ》をさすったり、抱っこをせがむ子どもに応じてやったり。並行して症状や患者のことを聞き取り、書き付けていく。必ず医師を派遣して助けるからと約束し、励ましてから次の家へ向かう――その繰り返しだ。

初めのうちは三手に分かれてやっていたが、そんな調子でやることが多く、しだいに人数が割れていった。ユーゼリカもラウルと応援の騎士三人の計五人で動いていたのだが、子どもの相手をするからと一人が残り、心細がる独り暮らしの老女に付き添うため一人が出て行き、足りない食料を取りに行くと言って一人が離脱し——気がつくといつのまにかラウルと二人だけになっていた。

数をこなすにつれ手順に慣れてきたとはいえ、やることは増えていく。時間との闘いの焦りもあり、少しずつ疲労が募っていく中、懸命に家々を駆け回った。

「——具合が悪くていらっしゃるのは、あなたと奥様、そしてお子さんね。お食事とお薬を持ってきたのでご安心なさって。医師に報告するので少しお話を聞かせてくださる？」

もう何軒目かもわからないその家を訪ねたのは、近隣でも救援が来たと噂になり始めた頃だった。記録係がいなくなったため、聞き取りと書き付けのための帳面を開きながら説明に入るのを、家主の男はまだ信じられないといった様子で聞いている。

「はあ……。あの、本当に助かるんですかね……？」

「私は医師ではないから確定的なことは言えないので申し訳ないのだけれど。助けるために力を尽くすつもりよ」

彼の傍らでは妻が壁によりかかって座っており、幼い子どもは奥の寝台に横たわっている。二人ともだいぶ体調が悪いようだった。

ユーゼリカの視線に気づいたのか男は妻子を振り返り、目に涙をにじませた。

「どうにかしてやってください、お願いします。俺はどうなってもいいんで……二人だけは……」

無力感と投げやりな思いと、すがるような期待のまなざし。

誰にも顧みられず苦しみの最前線にいた人の生々しい感情がぶつかってきて、言葉が出なかった。

——遠い記憶が揺さぶられ、胸がざわめく。

ラウルがスープを椀に注いでいるのが目に入り、我に返った。

「……ひとまず、お食事をなさって。そしてゆっくり休みましょう。それとお薬を――」

これまでと同じように籠の中を探る。しかし指が空を掻いたので、思わず目線を下ろした。

籠には充分な量の薬包が入っていたはずだ。それがもう、残りあと一つだけになっている。

（…………えっ？）

目を疑い、指で中身をかき混ぜるようにして確認したが、どこかに隠れているとか重なって見えないというわけでもなく。確かにそこには一つしか入っていなかった。

（嘘……。あんなにたくさんあったのに）

いつのまにここまで減っていたのだろう。人々に届けるのに夢中で気がつきもしなかった。

「いかがなさいました？」

呆然としているのを見てラウルが小声で訊いてくる。ユーゼリカはごくりと唾を呑み、答えた。

「ラウル……、薬がないわ」

ここにいるのは三人家族。なのに薬は一つしかない。

ラウルも気づいていなかったのだろう、はっとしたように籠を見やった。

様子がおかしいのを敏感に察したのか、家主の男がうろたえたように二人を見ている。

「え……？　薬、もうないんですか？　じゃあ、助からないんですか……？」

その言葉が胸をえぐった。ユーゼリカは声も出ず、彼と妻と子どもを見ているしかなかった。

主の異変を見てとり、ラウルがすぐに冷静な顔で対応する。

「ご主人、ご安心を。薬はすぐに補給できます。『ミーナ』という店に置かせていただいていますので、取ってまいります」

「そう、なんですか……。じゃ、じゃあ、ある分だけでも飲ませてやってください。本当につらそうなんで、早く治してやりたいんです」

「わかりました」

家主の訴えを聞いたラウルが籠ごと持って子どものほうへ向かう。ユーゼリカはかろうじて水を注いで渡したが、手は震えていた。

聞き取りを終えると、薬を取ってくると言い残して彼らの家を出た。

扉を閉めるなり、ユーゼリカは止まることなくミーナの店のほうへと歩き出した。

「急いで取りに戻りましょう。ご夫婦にも飲ませなくては」

「私がまいります。姫様、少しお休みください。お疲れのようです」

追いついてきたラウルに言われたが、前を向いたまま足を止めなかった。

「疲れているのは皆同じでしょう。私だけ特別扱いしないで」

従者たちも店子の皆も働き続けている。それにまだ薬や食料を届けていない家もある。休んでいる暇などない。

しかしラウルは引かなかった。

「いいえ、姫様は特別です。これ以上無理をなされば倒れてしまわれます」

行く手を遮《さえぎ》るように立ちはだかり、彼は真剣な顔で見下ろしてきた。

「若君に仰せつかっております。姫様はご無理をなさるだろうから止めるようにと。人々を病から救いたいのなら、姫様ご自身は健康であられるべきです。ご自愛なさるべきなのです」

ユーゼリカは目を瞠《みは》って彼を見上げた。

咄嗟《とっさ》に反論の言葉が出てこなかった。彼は甘やかしているわけではない、上に立つ者の自覚を説いているのだ。それに気づいたから。

「もしここでお倒れになり、姫様の大義が叶わぬような事態になれば、姫様をお守りする者として申し訳が立ちません。どうかお聞き入れくださいませ」

「……」

朝までにすべてを終わらせたいという思いから、焦っていた。だが無理して動いて倒れたり怪我をしたりすれば余計に面倒をかけることになる。自分は所詮、宮殿の奥で引きこもって暮らす皇女であり、日々鍛えている騎士たちとは身体のつくりからして違うのだから。

そう自覚すると同時に、文句一つ言わず動いてくれる者たちをもっと労らねばという思いが芽生えた。倒れて困るのは他の者も一緒なのだ。

それに、この地区の救済にはおそらくまだ時間がかかるだろう。今夜だけやってきて物資を届けても根本的な解決とはいえない。そのためには力を蓄えておくべきだ。

やっと自身に折り合いをつけ、ユーゼリカは息を吐く。

「では少しだけ休むわ。でも館には戻らない。すぐに報告が受けられるところにいたいの」

「わかりました。先ほどの店で休ませていただきましょう」

どのみちミーナの店に薬を取りに行かねばならないのだ。ラウルがほっとした様子で提案したので、また歩き出す。

「皆も交代で休むよう伝えてちょうだい。少しでもいいから、無理をしないようにと」

「御意」

「そうだわ、ベルレナード殿下の工房はここから近いの？」

「この地区の東です。間にある小川や川原に廃液を捨てているようです。そこから地下に染みこみ、井戸水にも影響が出たのではと。偵察してまいりましょうか？」

ユーゼリカは夜空を見上げる。今なら忍び込むのも可能だろう。だが――

「……それは後にしましょう。先に薬と食料の配布と、各々休憩を取ってちょうだい」

濃紺の空には無数の星が瞬いている。

よみがえった記憶に苦いものがこみ上げるのを感じながら、ユーゼリカはそれを見つめていた。


ミーナの店に戻ると、灯が点された店内には物資が運び込まれていた。ロランたちが第二陣を運んできたようだ。早速届けにいったようで誰も残っていなかったが、途中で戻ってきた別の部隊の騎士によれば、誰かしらがこんなふうに補給に来ているとのことだった。

彼らにも休憩を取るよう伝え、籠に薬を補充していると、ラウルがスープを注いでくれた。

「私がやりますので、姫様はこちらでお召し上がりください」

椀から湯気が立ち上っている。そこだけがほんわかと光に包まれたかのようだ。

「先ほどキースが申しておりました。ミーナ殿が竈《かまど》を貸してくださったとのことで、こちらで温めさせていただいているそうです」

奥の厨房《ちゅうぼう》をのぞくと、二つある竈《かまど》に大鍋がかけられていた。ここへ運ぶまでに冷めてしまったスープを温かい状態で提供できるというわけだ。

「……ありがたいわね」

しみじみとつぶやいて、ユーゼリカは椀の置かれた小テーブルについた。体力温存のためにも、これから朝まで働くためにも、栄養補給も大事な仕事だ。

「あなたも一緒に食べましょう」

「いえ、私は先に薬を届けてまいります。待ちわびておいででしょうから」

すぐ取ってくると約束して出てきたのだから、そちらを優先するのは当然だろう。あの家族を思い出すと一人だけのんびり食事を摂るのが憚《はばか》られたが、それを見抜いたかのようにラウルが言った。

「姫様はご休憩ください。戻り次第、私もご一緒いたします」

「……わかったわ。気をつけて」

また同じやりとりを交わすのは時間の無駄というものだ。今度は反論せず、彼を送り出した。

その後も店内には騎士たちが入れ替わり立ち替わり戻ってきて、そのたびに報告をしてくれた。ユーゼリカは彼らを労《ねぎら》い、テーブルに置かれていた一帯の地図に印を入れていった。それを見る限りでは、かなりの範囲の家に物資を届けられたことになる。

（でも、困っているのは患者が出ている家庭だけじゃない。そうでない人たちだって食料が入手で

きないのは同じだもの。第三弾を手配しなくては)

一帯は封鎖され、外へ出られなかったわけだから、罹患者《りかん》でない人々も閉じ込められていたのだ。ひとまず薬を配るついでに食料を渡しているため罹患者《りかん》のいる家庭を優先して回っているが、そうでない家庭のことも考えねばならない。

城から応援の騎士を呼んだ時に、厨房《ちゅうぼう》から鍋を持ってくるよう頼んでいたため、下宿館ではその鍋を使ってスープの第二弾を作ってもらった。空になった第一弾の鍋を持ち帰り、また作ってもらわねばならない。折良く、補給のために騎士が一人やってきたのでその旨を伝えると、彼は快諾し、すぐに下宿館に戻ると言ってくれた。

「馬車を一台お借りします。空の鍋はそちらでしょうか？」

「探してみるわ。あなたは馬車の中の確認をお願い」

店の中には見当たらない。ユーゼリカは再び厨房《ちゅうぼう》をのぞいてみた。すると洗い場に、綺麗に汚れを落とした鍋が大きさ順に重ねられていた。

(ミーナさんが洗ってくださったのかしら)

騎士たちにはそんな余裕はなかっただろうし、他人様の家の厨房《ちゅうぼう》で洗い物までするとは考えづらい。きっと彼女がやってくれたのだろう。そっと奥を見てみると、長椅子にミーナが横たわっていた。毛布にくるまり、穏やかな寝顔を見せている。

薬と食事を摂ったことで安心したのかもしれない。その寝顔を見ただけでも救われた思いがした。

(……ううん、気を抜くのは早すぎる。まだ始まったばかりなのよ)

鍋を騎士に渡して送り出し、また店内に戻ると、広げた地図を見つめて考え込む。

食料は追加分を待つとして、薬のほうをどうするか。

リックの手元にあった分と、急いで調合した分。それだけでは足りない。医局に取りに行くよう頼んだが、それを合わせたとしてもまだ必要分に達しないだろう。

一から作るとなると時間がかかると彼は言っていた。今も作業をしてくれているはずだが、それが出来上がるのはいつになることか。そして、中毒に冒された住人たちが治癒するまでにはどれほど服用せねばならないのか。

(私たちだけの手には負えない。こんな恐ろしいことを皇子ともあろう人が放置していたなんて)

きゅっと唇を引き結ぶ。悔しさと怒り。そして動揺。心の中でぐるぐると渦巻いているようだ。

薬がないとわかった時の、家主の絶望の表情が頭から離れなかった。

『薬、もうないんですか？　じゃあ、助からないんですか……？』

『ある分だけでも飲ませてやってください。本当につらそうなんで、早く治してやりたいんです』

遠い夜のことがよみがえり、胸がざわめく。ユーゼリカは思わず目を瞑《つむ》り、片手で顔を覆った。

あの父親と同じようなことを、十二歳の自分も口にしたのを覚えている。

あの時は助けられなかった。知恵も権力も人脈もなくて、どうしたらいいかわからず泣くことしかできなかった。

(今度は必ず助けてみせる。今度こそ……！)

強くそう思うのに、なぜだか顔が上げられなくて。

思い出に引きずられるかのように、ずるずると意識が沈み込んでいった。

短い夢を見た。

宮殿の噴水が飛沫をあげて降り注ぐのを、弟がきゃっきゃと笑いながら近寄ったり逃げたりして遊んでいる。その下の水溜めに庭から摘んできた花を浮かべ、妹が瞳を輝かせている。可愛らしい声を張り上げ、皆を手招きして。わたしがやったのよ、きれいでしょうと、得意げに。

駆け寄ったユーゼリカは、弟と妹の頭を撫でてやり、宮殿のほうを見上げる。母が楽しそうに笑っているのを見て嬉しくなり、その隣の父へと目を移す。

けれどそこに父はいない。いや、姿はあるのに顔が見えないのだ。

一瞬で世界が暗転し、噴水の水は涸《か》れ、土台はひび割れ、庭の花は枯れ尽くした。

誰もいない、何もなくなった庭園に、ユーゼリカは一人で立っている——

気がつくと、テーブルに突っ伏していた。

視界の端にスープの椀が見える。灯りに照らされた店内も。

しばしどういう状況か考えてから、ユーゼリカはがばっと顔を上げた。この非常時にまさかの居眠りとは。子どもじゃあるまいし、お腹が満たされて眠くなったとでもいうのか。

「あ、大丈夫ですか?」

いきなり横から声がして、ぎょっとして振り返る。そこにいた人物に、思わず目を疑った。

「……ウェルフォードさん……!?」

外套《がいとう》を肩からかけたフィルが隣に座っている。ここにいるはずのない人の登場に、まだ夢の中にいるのかと呆然となっていると、彼は案じるように見つめてきた。

「うなされていたみたいだから、起こそうかと思っていたところでした」

ユーゼリカは頬に手をやり、目線を落とす。嫌な夢を見たのは確かだが、うなされていたとは。

「……どれくらい寝ていたのかしら」

「正確にはわかりませんけど、一時間くらいじゃないかな」

当然のように言った彼は悪びれた様子もない。本当に現実なのかとまだ疑いながらユーゼリカは眉をひそめて彼を見た。

「ちょっと待ってくださる。そもそも、なぜあなたがここに?」

「従者の方が来られて追加のスープを作るよう言われたんですけど、先を見越して作ってたので、じゃあすぐに持って行くということになって。その時に一緒に荷馬車に潜り込みました。あ、鍋は各々知人に借りてきました」

あっけらかんとした告白に、今度は耳を疑った。

「潜り込んだって……誰にも見咎《とが》められなかったの?」

「見咎《とが》められましたよ。ここについてすぐ、ロランさんと、ラウルさんでしたっけ。怖い顔で尋問されました」

「それはそうよ。あなたがたには館にいるよう伝えたはずでしょう。それなのに……」

店子たちの中には同行して手伝うと申し出てくれた者もいた。それを断って館に待機させたのは、皇族の失態に巻き込みたくなかったというのもあるが、万が一、立ち入ったことで罹患《りかん》するのを恐れたからだった。

ユーゼリカ自身も最初は騎士たちに反対されたのを、指名選に立候補した者の責務だと言って押し切ったのだ。それなのに店子のフィルが来てしまうとは、ラウルたちが咎《とが》めるのも無理はない。

「すぐに帰ってちょうだい。道がわからなければ誰かに案内させるわ。だから……」

「嫌ですね」

妙にきっぱり言われ、従者を探そうと玄関のほうを見ていたユーゼリカは驚いて目を戻した。

「彼らだけ働かせて僕を追い返す道理がわからない。やる気がある人間の手が空いているなら使うべきです。非常時なのに、おかしな区別をつけている場合ですか？」

「……」

「到着してすぐ、彼らの仕事を手伝いましたよ。ロランさんたちは渋い顔をしてましたけど、人手が足りてないのは明らかだったので。あれだけの人数で薬と食事を配布し、患者から聞き取りをして回って、さらには館に補給に戻ってきたりしていたわけでしょう？　とても無茶だ。言ってくれたらみんなだって応援に来ましたよ。どうして頼ってくれないんですか。そんなに疲れた顔して倒れかけてるっていうのに」

彼は責めているわけではない。現場に来たことで窮状を目の当たりにし、対応に当たっていたユーゼリカや従者たちを案じてもどかしがっているのだ。それは表情を見れば伝わった。

けれども彼の要求を聞き入れることはできないのだ。彼はこの件を引き起こしたのが第四皇子であることもユーゼリカの正体も皇太子指名選のことも何も知らないのだから。

しばらく答えを返せなかった。皇女である自分に、ここまで堂々と意見し、怒ってくれる人は今までいなかった。そのことに驚いてしまって。

そう。たぶんこれは〝怒られた〟のだろう。従者たちのような遠慮も躊躇《ためら》いもなく。

「……手伝ってくださったのね。感謝するわ」

なんとかそう言うと、フィルがため息をついて視線を落とした。

「途中で置いていかれましたけどね。ここで物資の整理をしているようにって」

テーブルの上、彼の手元には薬包の山と籠がいくつか置かれている。従者たちも彼の身を案じてそうしたのだろうが、彼自身は不満なようだ。

「気を悪くされたなら謝るわ。けれど……、私はこの病にかかった人々を助けたいと思っているけれど、同時にあなた方のことも守りたいの。あなた方まで病になったらと思うと、手伝ってもらうことはできないわ」

「伝染する病気じゃないってリックさんが言ってましたよ。汚染された水を飲んだり触れたりしなければ大丈夫なはずです」

「そうだとしてもよ。ここへ潜入するだけでも危険なの。最初に突破できたのは幸運だっただけ。今にも兵が増援されるかもしれない。これ以上誰かが理不尽に傷つくのは……許せない」

皇太子の座を手に入れるため、人々に毒をばらまいた第四皇子。これを理不尽と言わずしてなんと言えばいいのか。時としてこの世にはこんな人間や出来事が生まれてしまう。

六年前もそうだった。理不尽な誤報、理不尽な仕打ちをする使用人や宮廷の人たち、理不尽な病――それらがユーゼリカの大切なものを何もかも取り上げていった。

もうあんな思いは御免だ。避けられるなら、抗えるなら、守れるなら、なんだってやってやる。

思い詰めた顔で薬包を見つめるユーゼリカを、フィルは黙って見ている。

彼は思案するような表情でこちらに向き直った。

「わからないな。あえて冷たい言い方をしますけど、この街の人とあなたはなんの関係もありませんよね。無関係の人たちのためになぜここまで必死になるんです？」

ユーゼリカはゆっくりと目線をあげ、まじまじと彼を見つめた。そんなふうに見えるのかと不思議な思いにかられながら。

必死だったわけじゃない。ただ、六年前の光景がちらついて、どうしても離れないだけで。

フィルが見つめている。ごまかすこともできたが、疲れているせいか、うまい作り話が浮かばなかった。

「……昔ね。妹がいたのだけれど、病気で亡くなったの。まだ八歳だったわ。助けられなくてとても悔しかった。それを思い出したせいね、きっと」

フィルが虚を衝かれたように視線を揺らした。予想外の答えだったのだろう。

「そう……だったんですか。妹さんが……」

ユーゼリカは窓のほうへ目をやる。馬鹿正直に打ち明けた自分がおかしくて、唇がほころんだ。

いや、感情がこぼれてしまうのを阻むために無意識に笑おうとしたのかもしれない。今夜はあの日と同じ条件が揃《そろ》いすぎていて、もうずっと胸がかき乱されている。

「そういえば……、今日みたいに星がたくさん見える夜だったわ。母や従者たちが妹の傍で右往左往していた。医者も呼べなくて薬もなかったから、何も施しようがなくて。私もまだ子どもで……でも母たちを見ていたら、ああ妹は危ないのねとわかってしまって。どうしていいかわからずに外へ飛び出したわ。それで一人で星を見ていたの」

宮殿の中で一番高い塔に駆け上り、はるか彼方へと懸命に目を凝らしたのを思い出す。真っ暗で何も見えない夜、星の光だけが無情に瞬いていた。

「ちょうどその頃父が遠くへ行っていたのだけれど、帰ってくる気配がなくて。だからせめて祈ろうと思ったの。夜空に向かって叫んだわ。妹が待っているから、早く帰ってきて、って……」

声が震えてしまった。

『父上、早く帰ってきて！　リーゼルが待ってるのよ！』

あの夜、声が枯れるほど何度も叫んだけれど、それに返事があるはずもなく。幾重にも悲しさが押し寄せてきて涙が止まらなかった。

そして、泣きながら妹のもとへ戻ると、そこにはもう最期の時がきていて——

「管理人さん」

フィルの声に思考を破られ、はっとした。彼の瞳には後悔したような色があった。

「無神経な聞き方をして、すみませんでした」

ユーゼリカは思わず視線をはずした。こんなふうに気を遣われるのは本意ではない。店子である彼の前では特に、弱みのようなものを見せたくなかったのに。

(どうして話してしまったの……)

疲れているにしても迂闊《うかつ》だったと動揺していると、ふいに頭の上に何かのせられた。

フィルの掌だ。まるで子どもを慈しむように、優しく撫でられる。

突然のことに驚愕して固まるユーゼリカに、彼は静かに言った。

「すごく頑張ったんですね。――つらかったですね」

ユーゼリカは目を瞠《みは》って彼を見つめた。

視界の中で、彼の姿がみるみるゆがんでいく。

妹の最期の時、自分も同じように頭を撫でてやったのを思い出した。

『がんばったわね。つらかったわね』

まともに治療も受けられず耐えていた妹が、その言葉にふんわりと微笑んで――。

声は聞けなかったけれど、『姉上』と呼んでくれた気がした。

「…………っ」

初めのうち、視界が潤《うる》んでいる理由がわからなかった。ぽたぽたとテーブルにこぼれるのを見て涙だと気づき、ユーゼリカは思わず顔を覆った。

六年前に涸《か》れたと思っていたのに、とめどなくあふれて頬を伝っていく。蓋《ふた》をしていた感情が解き放たれてしまったかのようで、どうしようもなく止められない。

フィルは黙ったまま、頭を撫でてくれている。

不思議と嫌な気持ちはしなかった。あの時、妹にしたのと同じ思いからの行為だとなんとなくわかったから。

——本当は自分も誰かにこうしてもらいたかったのかもしれない。

涙に暮れながら、ぼんやりとそんなことを思う。

一人じゃない。そんなに気を張らなくていい。そう言われた気がして、掌の温かさが胸にしみた。

＊＊＊

一晩かかったが物資は一帯すべてに行き渡った。薬を飲んだ患者の中には早くも快方にむかっている者もいるという。

あるだけの薬と食料を残し、一旦引き上げることにした。薬にしろ食料にしろ、館で作って運ぶだけでは根本的な解決にはならない。封鎖を解き、再び街に物資が流通するよう手を打たねばならない。

下宿館に戻ってみると、店子たちは全員が食堂にいた。皆、テーブルに突っ伏したり床にすわりこんで壁にもたれたりして眠り込んでいる。まさに力尽きたといったような姿に、あらためて感謝を覚えずにはいられなかった。

「起こさないであげて。お目覚めになったら、申し訳ないけれどまた食事と薬を作っていただくよ

う伝えて。もう一度くらいはベルレナード殿下の耳に入る前に搬入できるはずよ」

騎士の一人に指示を出し、別館へと向かう。これからまだやることが山ほどある。むしろこれからが本番といってもいいかもしれない。

ベルレナードの配下はなぜ街を封鎖していたのか。その原因である中毒の詳しい症状とそれを引き起こした工房、そしてそこで作られていた金属の正体。すべてを明らかにして突きつけないとベルレナードは罪を認めないだろう。言い逃れさせぬよう証拠を集めなければならない。

「そろそろ職人たちが出勤してきた頃ね。工房を見張っている部隊が彼らを押さえているはずだわ。ラウル、丁寧に供述書を取っておいてちょうだい。役所が開いたらそちらにも確認に行ってくれるかしら。封鎖の許可や申請者について調べてきて」

「御意」

「封鎖場所のほうにもう少し応援を送っておいて。他の場所を担当している兵士が気づいてやってくるかもしれない。そうなると今置いている人数だけでは対処できないでしょうから」

封鎖されていた一帯に入るには複数の道のりがある。封鎖というからにはそのすべてにベルレナードは兵士を置いているはずだ。ユーゼリカたちが突破した場所は兵士を全員捕らえ、見張りとして騎士たちを配置しているが、朝になって突破に気づいた他の兵士と交戦になるおそれは充分ある。次の行動を急がねばならない。

次々飛んだ指示に応じて騎士たちが駆け出て行く。ユーゼリカは足早に部屋へ戻るとまっすぐ机に向かい、便箋にペンを走らせた。

「アカデメイアのサンダース教授にこれを届けて。シグルスの担当教官よ。突然で恐縮だけれど至急工学の先生を紹介してほしいと」

「例のブローチを見てもらうんですね？」

「ええ。なんとしても面会を取りつけてきて。私が直接お話を聞くわ」

書き上げた書簡を掲げると、キースが心得たようにそれを受け取った。

「それにしても……これだけのことをあのベルレナード殿下がお一人で考えて指示なさったんですかね。失礼ながら、とてもここまで悪知恵が回られるようには思えないんですが」

「確かに。というか悪知恵と評するのも可愛らしいくらいの悪辣な隠蔽工作ですよ。自分から手の内を見せてきて自慢してたような方には思いつかないような気がします」

キースとロランの疑問に、ユーゼリカも同意だった。ベルレナードは人を蔑んだり軽んじたりするが、それを皮肉や婉曲表現で隠すこともしない、ある意味わかりやすい人だ。これほど徹底的に情報を押さえ込む能力はないように思う。

「ベルレナード殿下本人でなくとも、その背後の方が命令しているのかもしれないわね。けれど原因を作ったのは彼よ。病をなかったことにして皇太子指名選に参加し続けているのも彼だわ」

すべてはベルレナードの名のもとに行われている。それは紛れもない事実だ。何も知らなかったではすまされない。

「事態を引き起こした者として責任はとってもらう。逃げるのだけは許さない」

憤りを押し殺し、深く息をついた。

着替えるべく寝室へ向かいながら、ユーゼリカは厳しい顔で従者に命じた。

「皇帝陛下に謁見の奏上を。ベルレナード殿下も同席するようにとお伝えして」

すべての準備を終えるのに時間がかかり、謁見の奏上を宮廷に届けたのは夜になってしまった。

時間が遅いから翌日にあらためるようお達しがあり、使者が迎えに訪れたのは朝食後のこと。

使者いわく皇帝は数人の皇子たちと茶会をしている最中らしい。そちらに同席せよというので、ユーゼリカは正装して向かった。

城の本宮殿と皇帝の私宮を繋《つな》ぐ広い渡り廊下は、日当たりも眺めも良く、途中にいくつか小部屋が作られている。小部屋といっても小規模な舞踏会を開けそうな広さがあり、皇帝の私的な懇談に使われているようだ。案内されて中へ入ると、テーブルには皇帝の他に五人の皇子がいた。

年長の者ばかり招かれているようだが、第五皇子のジオルートはおらず第六皇子のアルフォンスがいる。案の定、蔑むような目でにらんできたが、今は彼のことなどどうでもいい。

「突然の申し出をお許しください。皇帝陛下」

膝を折って挨拶したユーゼリカに、皇帝が軽く右手をあげて応える。

「よい。おまえが急用とは珍しい。余程面白いことでもあったのか」

「はっきり申し上げて、まったく面白くはございません。むしろ不快にさせてしまうのではと恐縮しております」

にこりともしない返答に、場が少しざわついた。しかし皇帝だけは表情も変えない。

「申してみよ」

「……その前に一つ伺いたいことが。これからとある方を糾弾いたします。その他の方にはご退席願ったほうがよろしいでしょうか？」

「ほう。糾弾とは穏やかではないが、つまりこの中の一人がその対象ということか？」

「はい。皇太子指名選に関わることです」

ぴり、と室内に緊張が走る。皇子たちは身構えたが、皇帝だけはやはり目の色一つ変わらなかった。

「ならば皆にも関わることだ。同席を許す。おまえも証人がいたほうが都合が良かろう」

確かにそうかもしれない。そもそもこそ隠れて言いつけねばならないことではないはずだ。

「では申し上げます。第四皇子ベルレナード殿下の皇太子指名選における方策につきまして、陛下が宣言なさいました規則を大幅に外れているのを確認いたしました。本日はその件のご報告にまいったのです」

ガタッと音を立ててベルレナードが立ち上がった。その顔がみるみる赤く染まっていく。

「詳細をこちらにまとめましたので、どうぞご覧ください」

侍従に渡した封書が皇帝に届けられる。彼が中身を開いて目を走らせていくのを見ながらユーゼリカは話を続けた。

「ベルレナード殿下は金属加工品の製造販売をなさっておいでですが、その工房から人体に影響のある廃液が出ていました。中和する薬液で処理されることなく小川や川原に廃棄されていたため、一帯の井戸水が汚染され、それを飲んだ人々が病に倒れています。しかも殿下は彼らを救出するどころか一帯を封鎖し、立ち入りを禁じて罹患者《りかん》を封じ込めてしまわれました。医師も商店主も郵便屋も街から追われ、彼らは治療も受けられず食料も入手できず孤立しています。これは彼らを見捨てる行為であり、隠蔽なさるおつもりに相違ございません」

第一皇子のエレンティウスが信じられないと言いたげにベルレナードを見やり、第三皇子のオルセウスも眉をひそめている。ユーゼリカの登場にいつ声をかけようかとにこにこしていた第二皇子のアレクセウスは、思わぬ展開に虚を衝かれた様子だ。

「民を虐げてはならない。皇族の品位を汚してはならない。ベルレナード殿下の行いは陛下のお達しに違反するものかと存じます」

「っ……、いい加減にしろ、ユーゼリカ！」

ベルレナードが顔を真っ赤にして怒鳴った。

「何を根拠にでまかせを言う！　私を陥れるつもりか!?」

「そっ、そうだぞ！　兄上がそんなことをなさるはずがないだろう！」

「ではその根拠、もとい証拠品の提示ならびに証人を連れてまいりたいと存じますが、よろしいでしょうか？」

アルフォンスの援護射撃を無視して申し出たユーゼリカに、皇帝が短く答える。

「許す」

「ありがとうございます。ではまず初めに。こちらに罹患者《りかん》の名簿を作成しました。性別も年齢も職業も家族構成もばらばらですが、発症した時期はほぼ同じです。この二ヶ月以内、つまりベルレナード殿下の工房が稼働して後ということになります。もしお召しがあるならすべて正直に話すと皆申しております」

合図を受けて、名簿を持ったラウルが進み出る。皇帝の侍従にそれが渡されたのを見てベルレナードが目をむいた。

「ふざけるな、そんな下々の者が陛下にお目通りなどできるわけがないだろうが！」

「次に、こちらは以前、殿下にいただいたブローチです」

わめき声に構わず背後に目をやると、箱を捧げ持ったロランが進み出た。

「工房で作られているものと同等のものです。アカデメイアの工学の教授にお願いをして、鑑定していただきました。結果、特殊な金属であり、以前他国で人的被害が出たため使用を禁止されたものだとのことでした。我が国では特別な学術機関でしか使用を許可されておりません。法で罰せられることはないようですが、使用を許可されている方々はわきまえておいでなので廃液を捨てるなどという蛮行はまずやらないとのことでした」

「な……、そ、それがどうし――」

「そうでしたわね？　先生」

その言葉に、今度は壮年の紳士が現れた。サンダース教授に紹介してもらったアカデメイアの工学博士だ。皇帝の御前に突然出ることになって緊張した様子ながら、しっかりとうなずいてくれる。

「皇女殿下の仰せのとおりでございます。鑑定のため使用した薬液や器材をお持ちしましたので、ご所望があればこちらでも再現いたします」

目の前でブローチの鑑定をもう一度やるとの意に気づき、ベルレナードが顔をゆがめる。

「あれはたまたま手に入れたのをくれてやっただけだ。鑑定したところで何の意味がある？　証拠品というのなら、実物を持ってこなければ意味がないだろ――」

「では次に、ベルレナード殿下の工房から押収した品とその鑑定結果です。申すべきことは先ほどと同じですが、念のために」

冷ややかに言い切ったユーゼリカと、運ばれてきた品々に、口撃しかけたベルレナードが絶句する。そこまで手が伸びていると思っていなかったらしい。

「貴様、いつの間に……、いや、それがあるならなぜ先に出さない？　私をからかうつもりか!?」

「続きまして、工房の職人たちを」

怒鳴りつけたベルレナードが、ぎょっと目をむく。縮こまるように入ってきた職人たち、その後ろに縄でぐるぐる巻きにされた兵士らがいるのを見るや、彼はあんぐりと口を開けた。

「そしてこちらが罹患《りかん》者の出た一帯を封鎖していた部隊の隊長と兵士たちです。どちらもベルレナード殿下の命令でやったと供述しております。詳しい供述書はこちらです。私が確認したかぎりでは街の封鎖命令は正規の手続きを踏んでいません。彼らの言うようにベルレナード殿下が独断でなさったようです」

流れるような申し立てに口も挟めずにいたベルレナードが、息を呑む。

「貴様……！　あの者らを脅して証言させたな！　卑怯な！　身の程を知れ！」

真っ赤になってわめき立てる彼を、ユーゼリカは初めて真っ向から見据えた。

「卑怯とは？　毒をまき散らしたあげく、民を見捨てたあなたのことですか？」

「ふざけるな！　父上、こやつを黙らせてください！　私への名誉毀損で投獄してください！」

「いい加減おだまりあそばせ。見苦しいですわよ」

まともに相手をするのも馬鹿らしくなってきた。呆れ果て、冷ややかに言い放つ。

「異論がおありならまっとうに抗弁なさいませ。後ろ暗いところがなければできるはず。皇帝陛下の御前で、今すぐに、さあ！」

一歩前へ踏み出すと、ベルレナードは押されたように後退った。憎々しげにこちらをにらみながらも動転のあまり言葉が出てこない様子だ。にらみ合う二人の間に、険悪な沈黙が下りた。

「――何か申し開きはあるか？　ベルレナード」

皇帝の声が響き、ベルレナードが弾かれたようにそちらを向く。

「もちろんですとも！　これは濡れ衣です、私は何も知りません！　こやつが私を陥れるために陰謀を企てたのです！」

「ユーゼリカが？　なぜおまえを標的にしたと？」

「そ、それは……、おそらく私の才を妬んでのことでしょう。私は皆と違って皇太子指名選に臨む策を隠すことなく公表していました。それで狙うことにしたのでしょう」

語るうちに自信が戻ってきたのか、彼は笑みを浮かべ、ユーゼリカに侮蔑のまなざしを向けた。

「才のない者の考えそうなことです。普段から私に楯突いてばかりでしたし、妬みから恨みに変わったのでしょうね。浅ましいことだ。まったくこれだから浅学な女は困る。私の崇高な興業を理解しないとは――」

「私が聞きたいのは馬鹿の一つ覚えのような愚痴ではございません。先ほどの糾弾の内容についてお答え願います」

完全に無の状態の目つきでユーゼリカが割り込むと、良い調子で弁舌をふるっていたのを邪魔されたベルレナードは形相が変わった。

「無礼だぞ！　皇子たる私の言葉を遮《さえぎ》るとは！」

「では早急にお答えを。そこまで自信がおありならごく簡単なはずです。それとも答えられぬ理由がおありですか？」

「貴様、いい加減にしろと言っているのだ！」

「お答えくだされば、すぐに黙りますわ。さあ、私の提起した疑問にすべてご説明ください」

「誰か、こいつをつまみ出せ！　この私を辱めるとは、八つ裂きにしてくれる――」

「やめよ」

重々しい声が響き渡る。

空気を震わすような威厳に、室内に緊張が走った。口論していた二人もはっと口を閉じる。

微動だにせず皇帝がこちらを見ている。彼の瞳に強い光があった。怒りなのか、呆れや不快さの表れなのか。わからないのに逆らえない雰囲気がひしひしと発せられている。

立ち尽くすユーゼリカと怯《ひる》んだ様子のベルレナードを交互に見やり、皇帝は静かに言った。

「実は、同様の訴えが匿名で届いている。昨日のことだ。それで極秘に調べさせた」

ベルレナードが、ぎょっとしたように身じろぎする。ユーゼリカも目を見開いて父帝を見つめた。

(匿名?)

昨日というと、封鎖された街に物資を届けた翌日だ。一旦館へ戻り、短い休憩を取ってから第二弾の用意をした。ベルレナードを糾弾する準備のためユーゼリカはすぐに城へ帰ったが、その時にはもう皇帝にこの訴えが来ていたことになる。

皇帝は、じっとベルレナードを見ている。失望も哀れみも怒りも、躊躇《ためら》いさえもない淡々としたまなざしで。

「結果は残念なものだった。ユーゼリカの訴えと異なるところはない」

「ち……父上……」

震える息子からそれきり視線を外すと、二度と戻すことなく。

皇帝は朗々と宣言した。

「民を虐げ、救済するどころか隠蔽を図り、皇族の品位を汚した。よって第四皇子ベルレナードを皇太子指名選失格とする。余が許すまで宮殿に蟄居《ちっきょ》せよ」

ベルレナードの口から声にならない悲鳴がもれた。極限まで大きく目を見開いていた彼は、蒼白になって父帝に駆け寄った。しかし足がもつれ、二、三歩いったところでつまずき、へたりこむ。

「ちっ、父上！　これは何かの間違いです！　どうかお考え直しくださいっ！」

「余が間違っていると申すのか?」

ひくっ、とベルレナードの顔が引きつる。皇帝から合図があったのか、侍従たちが進み出てきた。呆然としている彼を両側から拘束し、引き立てて退室させていく。

「父上っ、どうかお慈悲を！　違うのです、私は何も知らなかったのです！　配下が勝手にやったことで……っ、父上ーっ」

扉が閉められ、やがてわめき声が聞こえなくなった。

室内に残った者たちは、沈黙の中で呆然としていた。

父帝の定めた規則から外れれば容赦なく失格となる。そればかりか許しがあるまで蟄居《ちっきょ》、すなわち幽閉同然の身となる。しかも、どうやらそうなった者に対する皇帝の親子の情も失われる――

それを目の当たりにしてしまった衝撃は大きかった。

「ユーゼリカ」

名を呼ばれ、ユーゼリカははっとして皇帝へと向き直った。

「此度はよくやった。褒美を取らそう。何か望みはあるか」

直前に我が子を裁いたとは思えないほど平然とした表情にも、その言葉にも、戸惑いを覚えた。そんなものが欲しくて必死になったのではないと、反発心のようなものがわきおこる。

「いいえ。ベルレナード殿下を排除するためにやったわけではございませんので」

むすりとして答えた皇女に、皇帝は少し笑ったようだった。

「無論わかっている。だがベルレナードの一件を暴いたのは功績だ。おまえの行動で救われた民がいるのだから」

その言葉に、今度は驚いた。まさかそう認めてくれるとは思っていなかったのだ。

よくわからないまま、頬が上気する。安堵と——嬉しさ、だろうか。

しばし考え、ユーゼリカは一礼して答えた。

「お言葉に感謝いたします。ではお願いしたいことが二つほど」

「申してみよ」

「今回の一件は私ではなく皇宮医局のリック・カルマンの功績です。流行病ではなく中毒症状だと看破し、薬を提供してくれたのは彼なのです。私は彼の助言を受けて動いただけに過ぎません。褒美をいただけるならぜひ彼にご下賜《かし》ください」

「よかろう。二つ目は？」

「この中毒症状を解毒し中和するための薬ですが、メリエダという木の葉が使われています。しかしメリエダは虫害に遭いやすく、そのため数が少ないそうです。今回はたまたま手に入りましたが、かなり貴重なものだとカルマン殿も申していました」

椅子の背に身体を預けて聞いていた皇帝が、思案げに顎を撫でる。

「メリエダか……。それで？」

「今回は廃液の中毒によるものでしたが、同じ成分で中毒が出た時のために薬を作っておくことは今後の備えになると思われます。メリエダの葉を大量生産すべく、土地を確保して植樹してはいかがでしょう？　お許しがあれば、すぐにでも始めたいと思っております」

「おまえがその管理をすると？」

「私は素人ですので、出しゃばるつもりはございません。陛下のご下命で専門の部署をお作りいただければと。その上でもしお任せいただけるなら職人や研究者などを探してみます」

植物の管理が難しいことはすでに知っているし、虫害に弱いメリエダの世話が自分にできるとは思っていない。詳しい者に任せるのが当然だろう。

勘案するように目線を落としていた皇帝が、ふうと息をつく。

「よい。許可する。詳細は後ほど詮議しておこう。結果を待て」

思いのほか晴れやかな父の表情に、ユーゼリカは意表を衝かれた。

驚きと高揚を抑えながら礼を取る。膝を折り、面を伏せて。

「拝謝申し上げます、皇帝陛下」

メリエダの植樹がうまくいけば、将来的に薬を安定して生産できる。もうあんなふうに苦しむ人たちを出さずに済むかもしれない。

それが嬉しくて、うつむけた顔が上気するのを止められなかった。

微笑に似た表情を見せている皇帝と、深々と礼を取る第五皇女。その姿を見ていた皇子たちの内心は穏やかではなかったに違いない。

皇帝から褒美を下され、一定の功績をあげた第五皇女は、彼らの本当の敵になったのである。

第四皇子が皇太子指名選から離脱したという報は、ただちに皇宮中に知らされた。

彼の周辺の人々は大いに驚き、嘆き、皇帝に何度も嘆願をしているという。しかし決定が覆らないであろうことは皆が予想がついている。

皇帝は一度下した裁可を取り消すことはない。そこに至るまでに綿密な調査をし、確信を持った上でそうするからだ。だから今、予想がつくことといえば、第四皇子失墜に関与したと噂される第五皇女に各方面から敵意が向けられるのではということである。

一報を従者から聞いたシグルスも同じように考えた一人だった。

「ご活躍で結構だけど、嫌な目立ち方をしたな」

報告書をテーブルに投げ出し、不機嫌につぶやく。姉の活躍はもちろん嬉しい。よくそこまでやったなと呆れるような思いもあるが、その行動力は賞賛に値すると思う。

だが同時に不穏な空気が忍び寄っているのもひしひしと感じていた。

馬車の横転の一件だけでも胸がかきむしられるほど心配したのに、今回は明確に敵を作ってしまったのだ。ただで済まされるはずがない。

『人の心配をしていないで、あなたもしばらく雲隠れしていなさい。いいわね』

忠告したシグルスに、ユーゼリカはにこりともせずそう言ってまた下宿館へ向かってしまった。

シグルスは現在アカデメイアの関連施設で生活している。警備が手薄になる宮殿で姉の代わりに狙われる恐れがあるというからだ。彼女の足枷にはなりたくないから大人しく従っているが、当の本人が気が強いわ喧嘩っ早いわ無駄に行動力があるわで、心配するなというのが無理なのである。

「馬車横転の件、何かわかったのか？」

腕組みしつつ目線をやると、控えていたラウルが厳しい顔で一礼した。

「申し訳ございません。何者の仕業かまだ判明しておりません」

人為的な事故であるということ。宮殿の車宿りで不審者を見かけた者はいないこと。車軸の傷はさほど深くなく、馬車で移動することによって徐々に大きくなり、事故に至ったこと。現在聞いているのはそれくらいだ。

「宮殿から館へ向かう途中で事故が起きた。でも必ずしも宮殿でつけられた傷とは限らない。移動によって損傷が大きくなった末の事故なら……。宮殿の外でやられたかもしれないわけだ」

「仰せの通りでございます。どちらの可能性も考慮して捜査をしております」

「それなのにまた館通いか。ま、言うことを聞く人じゃないしな……」

姉もその可能性を考えたはずだ。犯人は下宿館の中にいるのではと。しかし下宿人が馬車を傷つける理由がない。彼らにとって姉は衣食住の面倒を見てくれる〝恩人〟なのだから。

あるとすればただ一つ。姉の正体を知る者が潜んでいるかもしれないということのみ。

「ラウル。おまえが姉上から言いつけられているのは知っている。だが今回ばかりは俺の言うことを聞け」

犯人が身近にいるかもしれないと疑いながらも、三年後に向けて姉は動くしかないのだろう。ならば周りがやることは決まっている。

「姉上をひそかに守れ。こちらの警護は少しくらい減らしていい。絶対的に姉上のほうが危険だ」

自分が姉のためにやれることといえば、悲しいかなそれくらいしかない。

無口な従者はわずかに逡巡したようだが、「御意」と力強くうなずいてくれた。

＊＊＊

その頃、下宿館では管理人による慰労会が開かれていた。

封鎖された街へ最初に物資を送った夜から十日近くが過ぎている。あの後も物資を用意したのだが、皇帝が介入するやただちに封鎖が解かれ、医者や商人が入れるようになった。それで役所が患者たちの世話や治療を担うとのことで、店子たちは〝お役御免〟となったのだ。

「ミーナに会いに行ったんだけどよ、あいつ泣いて感謝してたぜ。具合悪くてろくに手伝えなかったから、元気になったらちゃんとお礼にいくってさ」

酒杯を傾けながらそう報告したイーサンは、しみじみとした様子だ。他の者たちは安堵したようにそれを聞いている。

「また会えたんだ。よかったじゃない」

「お礼なんてしなくていいですよ。手伝えなかったとか気にしなくていいのに」

「そうですわ。お身体を治すのが最優先ですわ」

「お兄ちゃん、よかったね」

口々に言われ、イーサンが「ありがとよ」と頬をかく。気遣われて照れくさいのと、感極まったのもあるのか、彼らしくない表情だ。

「そういえば、管理人さんは会ったんでしょう？　イーサンの昔の恋人。どんな子でした？」

アンリに訊かれ、薬草茶を飲んでいたユーゼリカはカップを置いて答えた。

「いろいろと協力してくださって、良い方だったわ。お可愛らしい方だったわね」

「へえ。これを機によりが戻ったりするのかな？」

「だからそういうんじゃねえって！　ただの昔なじみってだけだ。つかあいつ人妻だし」

その発言に、アンリが目をむいた。

「えええ？　いや、今回の件で旦那さんの影ってあった？」

「私もお会いしなかったわ」

家の奥で寝込んでいたのだろうか。それでも一言くらいあるはずだが——と思っていると、

「仕事で遠くにいるんだとよ。だから俺に頼ったんだろ。俺もそれ知ってたからなんとかしなきゃって思ったんだよ。遠くの旦那より近くの昔なじみを頼るだろ、非常時なんだからよ」

イーサンが顰《しか》め面で言ったので、ユーゼリカは思わずアンリと顔を見合わせた。

「……意外といいやつなんだね」

「……同意見だわ」

「ぶっ飛ばすぞてめえら！」

「冗談だって。いや、感心したのは本当だけど。君があの時動かなかったら今の状況はなかったんだもの。いわば最大功労者だ、褒められておきなよ」

なだめるようにアンリがイーサンの肩をたたくと、彼はふんと鼻を鳴らして酒杯をあおった。

「わかりゃいいんだよ」

その頬が赤いのは酒のせいか、照れのせいか。むすりとしつつも口許は緩んでいる。

「功労者といえばリックさんもですよねえ。症状や原因を発見してあの薬を飲ませたから、被害も広がらず患者さんも快方に向かったわけで。さすがは皇宮医局勤務ですよねえ」

酒が入らずとも朗らかなエリオットに話を向けられ、リックが困惑したように首をかしげる。

「それが……昨日のことなんですが、急に上司に呼ばれて。なぜかわからないんですが、いきなり出世してしまいまして」

皆が驚いたように注目する。

「もしかして、今回の件で？」

「でもなんで皇宮の上司が知ってるの？　実は報告してたとか？」

「まさか。事前に誰かに言ったりなんてしませんよ。でもどこからかお偉い方のお耳に入ったのは確かみたいです。薬を取りにいった時に見られたとか……なのかなあ」

「すげえじゃん！　どのくらい出世したんだ？　局長？　局長か？」

「そんなわけないでしょ。階級でいうと、一つの部署を任されたから部長ってことになるのかな。新薬開発の責任者なんですけど……」

出世の理由がよほど不思議なのか、彼はさかんに首をひねっている。その肩にイーサンが腕を回した。

「やったじゃねえか！　喜んどけ喜んどけ！」

「そうですよ、すごいことなんですから」

「おめでとうございます～」

「……はい。ありがとうございます。実はこの後、医局に戻ってその研究室の打ち合わせがあるんです」

「早速仕事開始ってことか。忙しくなるね」

皆に称えられ、拍手を送られ、ようやく実感がわいたのかリックが頬を上気させて頭をさげる。

見守る一同がまるで己のことのように喜んでいるのを見て、ユーゼリカは心が温かくなった。

成功した者を皆で賞賛し、お祝いする。なんて素晴らしい光景なのだろう。

などと考えていると、ふとフィルと目が合った。

「すごいといえば管理人さんもですよね。物資を届けようと言い出したのもすごいし、みんなに指示を出して実際にやってのけたわけだし。なかなか出来ないでしょう普通は。すごいですよ」

離れたところから笑いかけられ、ぼんやりしていたユーゼリカはぱちぱちと瞬く。

それを見たフィルがまた笑った。わかってないんですね、と言いたげに。

「すごいすごいって、おまえ語彙力ねえな。まあ……否定はしねえけどよ」

「確かに、あの時の管理人さんはすごかったよね。有無を言わせぬ迫力があったもの」

「ああして指揮する方がいなければ、薬があっても届かなかったんですからね」

「必ず届けると言ってくださったから、こちらも必死に動けたのですわ。夜通しスープを作ったのは生まれて初めてでしたけれど、誰かのためになると思うと何の苦にも感じませんでした」

「私も発明以外で徹夜したのは初めてでしたね〜。従者の方が何度も戻ってくるから触発されちゃって、井戸水汲みまくって貯まりすぎちゃって、逆に引かれましたけど」

皆が口々に言い、レンは無言でうなずいている。彼らの表情は懐かしげでもあり誇らしげでもあり、なぜか楽しげだった。

「それにしてもどうやって封鎖を突破したのです？　いくら父君の伝手《つて》があるといってもやっぱり難しかったんじゃ？」

黙っていたユーゼリカは我に返り、真顔で答えた。

「蔵にあるだけの金貨を運んで叩きつけてさしあげたら通れたわ」

「出た、金持ち発言」

笑いが起こった。皆の中でお決まりのようになったやりとりが、微笑みを生む。

「金貨でぶん殴ったんだな？　こえーこえー」

「ふふっ。そんなふうに成金の悪役じみた物言いをなさっていますが、本当は心優しいお嬢さんだということはもうわかっていますよ」

「いや、最初からすごく良い方でしょう。我々の生活費の件だけじゃなく、八番街の救出に関しても全部負担なさってるわけですから。高い志がないとできないことですよ」

イーサン、アンリ、リックが口々に言い、皆の視線が集まる。

ユーゼリカはしばし言葉を探す。今言いたいことは一つだとあらためて思い、一同を見渡した。

「お褒めにあずかり恐縮だわ。けれど功労者というなら、ここにいる皆さんすべてがそうではないかしら。私一人が気張ったところでどうにもなりはしなかった。皆さん一人一人のおかげよ。感謝しているわ」

一人だけでは何もできない。力を貸してくれる人、力を合わせてくれる人がいることのありがたさを痛感していた。言ってみれば彼らにとっては無関係の事柄であり、何か見返りがあるわけでもない。それなのに不満も言わず動いてくれたのだ。

頭を下げたユーゼリカを見て店子たちは顔を見合わせていたが、やがてイーサンが口を開いた。

「つうか、ややこしいんだよなー、あんた」

「……え？」

「俺らもうとっくに名前で呼び合ってんだよ。なのにあんたがいちいち名字で呼ぶから、そのたんびに混乱すんだよな。めんどくせえからもう名前で呼べよ」

「そうそう。私たちも管理人さんではなく、リリカさんと呼びますから」

すかさずアンリが片目を瞑《つむ》って言い添える。

ユーゼリカは戸惑っていたが、ふと気づくと、驚いて彼らを見た。

彼らは自分との距離を縮めようとしてくれているのだ。

断る理由は思いつかなかった。躊躇《ためら》いがあるのは、こんなふうに対等な付き合いをするのが初めてで、どうしていいかわからなくて。——いや、これを対等と言って良いのかは不明だが、少なくともユーゼリカにとって一族や従者たち以外の繋《つな》がりを持つのは初めてなのだ。

「よ……よろしくてよ」

ついつっかえてしまいながら答えたが、反応はあっさりしたものだった。「んじゃ決まりな！」というイーサンの一言で全員が納得したらしい。特に感動の展開にはならず、慰労会が再開される。

けれどその何気なさが心地良いのかもしれなかった。

「あとよ、前から言おうと思ってたんだけど、笑う時は普通に笑えよな。あんた作り笑顔がめちゃめちゃこえーんだよ」

「……なんですって？」

「ああ、開館の挨拶の時のね。あの、ニタァ……っていう笑いね。本当に殺されて地下室に吊るされるかと思ったもの」

「確かに、あれは迫力があったなあ」

アンリが大げさな調子で自身を抱きしめながら言い、思い出したのかリックやエリオットもおかしそうな顔になった。

あの時、皆の反応がおかしかったのはそういう理由があったらしい。渾身《こんしん》の親しみやすい笑顔をしたつもりだったユーゼリカはなんともいえない気分になった。

「へえ。僕が知ってるのとは違うなぁ」

笑顔の練習をするべきか……と考えていると、目の前にフィルが薬草茶を置いた。

「もともと綺麗だから、余計に鬼気迫るものがあったんじゃないですか？」

世間話をするようなさりげなさでユーゼリカをのぞき込み、微笑んで。

「自然に笑うとあんなに可愛いのに、無理して作ることはないですよ。ね？」

あっけらかんとした様子で皆に同意を求めた彼に、全員の視線が注がれる。

一瞬の後、突っ込みの嵐が降り注いだ。

「いや、おまえ何？　急に歯の浮く台詞平気で吐きやがって！　銭ゲバな上に気障野郎なのかよ」

「前から思ってたけど、君、そういうところあるよね。リリカさんに対しては」

「そういったことはお二人きりの時に言ったほうがよろしいんじゃ……」

「もしかしてその手の台詞も有料だったりして」

「え？　僕、何か悪いこと言いました？」

知らん顔でフィルが言い、そのまま目線を向けてくる。

「管理人さん。そろそろオーブン焼きが出来上がりますよ」

その言葉で、ユーゼリカは我に返った。今日の料理も自分で用意したのだが、いつもとは違う特別なものを作りたいと希望してフィルに教えてもらっていたのだ。

一緒に厨房《ちゅうぼう》へ向かうと、竈《かまど》から平たい鍋を火かき棒でフィルが取り出してくれた。やわらかい野菜にチーズと特製ソースがたっぷりかかった焼き物が、ぐつぐつと音を立てている。

「これは……、さすがに味見は危ないかな。焼く前にしたから大丈夫でしょうけど」

分厚い手袋をはめて盆にのせ、フィルがそれを持ち上げる。そのまま食堂へ行こうとするので、ユーゼリカは思わず呼び止めた。

「先日の、……夜のことだけれど」

振り向いた彼に、しばし迷い、思い切って言ってみた。

「覚えているでしょう。ミーナさんのお店で……昔の話をした時に、私が……失態を見せたこと」

疲れすぎて歯止めがきかず、妹の話をした上に涙を見せてしまった。それも尋常でない量を。しばらく止まらず、ずっと彼に頭を撫でられていたのだ。よしよしと、子どもにするように。

思い出すと恥ずかしさで身体が熱くなる。しかし口止めはしておかねばならない。幸い見られたのは彼一人だ。恥を忍んで交渉するしかない。

失態というのが何か咄嗟《とっさ》にわからなかったらしい。きょとんとしてユーゼリカを見ていたフィルだが、やがて理解したのか、苦笑気味に笑った。

「言われなければ忘れていたのに」

「……」

「嘘です。しっかり覚えてます」

——一度ひねくれたことを挟まねば会話ができないのか、彼は？

むすりとしてユーゼリカは交渉に移ろうとしたが、彼がふと笑みを引っ込めたので何事かと見つめた。

「あの時は言いませんでしたけど……僕も昔、兄を亡くしました。だから少し気持ちがわかるというか……。あなたの話し方からして、今まで表に出せずに来たんだろうなという感じがしたので、つい……すみません」

突然の告白に意表を衝かれ、思わず言葉をなくす。

そんな過去があったのかという驚きと、それをなぜ自分に教えてくれたのかという戸惑いと、そんなふうに感じとられてしまったのかという動揺と。いろんな感情で混乱しながら、なんとか声を押し出した。

「何がすみませんなの？」

ん？　とフィルが首をかしげる。

「許可もなく長時間頭を撫でたことに対する抗議にいらしたんじゃ？」

ユーゼリカは瞬き、心外な思いで答えた。

「私は別に不快には思っていないわ」

「そうなんですか。それはよかった」

彼は本気で安堵したような顔になる。そんなことを気にしていたとは礼儀正しい人だと思いながらも、ユーゼリカは緊張して目を伏せた。

「誰にも言わないでちょうだい。……誰にも見せたことがないの」

あれは自分の弱さだ。見せたくないし見られたくなかった。

「もちろん対価は払うわ。言い値で結構よ」

ぼそぼそと付け加えた言葉に、ささやくような笑いまじりの声が応じる。

「僕のような紳士が、口止め料を要求するとでも？」

「だって、得にならないでしょう？　あなたにとって私の言い分は」

「そんなことはないですよ」

うつむいているユーゼリカを見つめたフィルが、静かに笑み、目を閉じる。

「もちろん言いません。僕だけの秘密の思い出にします」

優しい声だった。胸にとどめるように手を当てる仕草もごく自然で。冗談のような気取った言い方だが労ってくれたのが伝わってくる。

ほっとして見上げたら、今度はいつもの笑顔で視線を返された。

「これからはあまり我慢しないで。必要ならまた片手を提供しますから」

よしよしというふうに空中で右手を動かしたのを見て、ユーゼリカは眉をひそめた。

「……私を弄んで楽しんでいるわね？」

「とんでもない。今の発言のどこにそんな要素がありました？」

「なぜかわからないけれど、気障な匂いを感じたの」

「ええっ。そんなふうに言ったつもりは全然ないんですけど」

「お金の話をしている時のあなたとは別人のように優しいもの。それとも営業用のお顔ということかしら。リラに聞いたけれど、世の中には色恋をからめた商売をする者もいるそうね？」

「ひどい。僕がそんな軽薄な男に見えるんですか？」

嘆くように言った彼に、ユーゼリカはため息をついた。最初からそうだが、よくわからない人だ。

「見えないから困っているのよ」

「すみません、気をつけます。でも本当に管理人さん以外の人には言ったことないですから」

人懐こい笑みを見せた彼に無言で応じ、目線で促した。せっかく焼き上がった料理が冷めてしまう。そろそろ運んでもらいたい。

察してくれたようでフィルが盆を抱えて食堂へ歩き出す。ユーゼリカも続いたが、少しも行かぬうちに彼は振り返った。

「そういえば、僕もいいんですよね？」

「何が？」

「リリカさんって呼んでも」

先ほどと同じようで違う笑み。

あらためて訊かれるとは思わず、ユーゼリカはまじまじと彼を見上げてしまった。

どこかはにかんだように見えるのは気のせいなのか。まあ、名前を呼びたいと許しをもらう行為は緊張するに決まっている。――少なくとも、自分は。

それならこちらも誠意で答えねばならない。皆に答えた時と同じように。

彼のことも大切な店子であり、商売のあり方の師であり、友人――になれるかもしれない人なのだから。

「もちろんよ。……フィルさん」

勇気を出して呼んでみると、なんだか明るい場所に足を踏み入れたような心地がした。

――こういうのも、意外と悪くない。

我知らず唇をほころばせながら、ユーゼリカはフィルと並んで食堂へと戻っていった。

＊＊＊

夜も更けてきた時間。皇宮では静かな会談が開かれていた。

「ユーゼリカ皇女はいつからこの件を知っていたのでしょうね」

「さて。動くのが随分早かったところを見ると、かなり前から把握していたのでは？」

従者たちが渋い顔でため息をついている。そのうちの一人が悔しげに主に訴えた。

「これではひそかに調査を進めてきたのが報われません。皇帝陛下からお褒めを賜《たまわ》るのも、名声を城にとどろかすのも……本来ならアレクセウス殿下のはずでしたのに」

燭台の灯りが艶やかな金の髪を照らす。かざされた葡萄酒の色が翠の瞳に反射し、えもいわれぬ複雑な美しさを放った。酒杯の中身を揺らしていたアレクセウスは彼らの視線に微笑で応えた。

「フッ。さすがは私の愛するユーゼリカだ。この兄を出し抜くとは、ますます愛しさが増したよ」

「殿下」

「そう怖い顔をするな。彼女がいざとなれば能力を発揮することは予想がついていた。ようやく本気を出し始めたということだろう」

目立たぬよう宮殿に引きこもってばかりの皇女。だが彼女の内側にあるぎらぎらしたものは隠しきれていなかった。だから皇太子指名選に立候補した時もさほど驚かなかった。彼女ならそうしてもおかしくはないと思えた。

「……問題は、どこからつかんだのかということだな」

つぶやいた時、部屋の扉が静かに開いて、側近が一人入ってきた。

「ごきげんよう、ルディアス卿」

「ごきげんよう。お忙しそうですね」

従者や側近たちに口々に声をかけられ、彼は微笑んで会釈《えしゃく》を返している。緑がかった金髪を後ろに流し、銀縁の眼鏡をかけた姿は、貴族の正装をしているが学者のようにも見えた。

いかにも急いで着替えてきたといったふうの彼が、神妙な顔で一礼する。

「遅れて申し訳ありません、殿下。自宅のほうで用があったものですから」

「そういえば引っ越したのでしたね？　新しい家はいかがです？」

従者の一人に訊かれ、彼はまた笑みを見せる。

「住み心地はいいですよ。他の住人も良い人ばかりで」

「しかし、殿下の側近たる方が貸家住まいとは。殿下の仰せのようにお屋敷を賜《たまわ》ればよかったでしょうに」

「ありがたいですが、豪華すぎて私には不相応ですから」

酒杯を渡されて彼がこちらに向き直る。アレクセウスはおもむろに立ち上がった。

「少し風に当たりたい。来て早々だが付き合ってくれないか」

「はい、殿下」

二人はバルコニーへ続く扉を開け、外に出た。

夏の夜風はほどよく心地よい。二人は乾杯し、酒杯を傾けた。

「すでに酒臭いぞ。飲んでいたのか？」

「少しですが。貸家の皆と食事をしたついでに」

「仲良くやっているようで何よりだな。その彼らにも例の愛称で呼ばせているのか？」

彼は少し驚いた顔をし、苦笑めいた顔になる。

「城の外ではどこでもそうですよ。ここでその名をお呼びになるのは殿下だけですが」

「フッ。いいじゃないか。私と君の仲だ。誰も気にしてはいないさ」

「少しは気にしていただかないと困りますね。人に聞かれたら不審に思われます」

バルコニーの手すりにもたれて笑ったアレクセウスは、その表情を崩さず続けた。

「本名のほうが好きならそちらで呼ぼうか？　ルディアス」

「別に好きというわけでは……」

「ベルレナードの件を陛下に通報したのは君か？」

彼が目を瞠《みは》って振り向く。アレクセウスはその表情をじっと見ていた。

「匿名で知らせた者がいるという、あれだよ。初めはユーゼリカが先手を打ったのかと思っていた。

彼女自身の糾弾だけでは証拠が足らず、皇帝陛下自らに調べさせたのかと。だがどうも彼女も心当たりがないようでね。ならばそれができる者は限られてくる。最初に情報をつかんでいた我々の中の誰かだ」

「……それが、私だと？」

「君なら情報を知っていたし調査にも出ていた。宮廷に伝手《つて》もある。陛下に訴えようと思えばできないことはなかっただろう」

呆気にとられていた彼が、ふと苦笑を浮かべた。

「それだけでお疑いに？　ご冗談が過ぎますよ。他の方だって同じ条件じゃありませんか」

ふっとアレクセウスは天を仰いで息をつく。

「そうなのだよ。だから皆に訊ねている。こんな感じで、ちょっと思わせぶりに」

雰囲気に呑まれてぼろを出す者がいるかと思いきや、皆似たような反応だった。やりがいがなくてがっかりである。

呆れたように見つめてきた彼が、唇をほころばせる。先ほどよりも皮肉と自嘲の混じった顔で。

「お忘れですか？　私は陛下にお取り次ぎを願える身分ではありません。知られたら命が危ないというのに」

アレクセウスは笑みを消し、空の酒杯に目を落とした。

「……そうだったな」

それを思えば、彼が皇帝に訴えたというのはありえない。

匿名の人物とやらは他の皇子の手の者なのだろうか。それともベルレナードの配下が改心して告げ口したか。こちらのほうがあり得そうだ。

「わかった。ではこの件はもういい。取り調べごっこは終了だ」

「ごっこ、って」

部屋に戻ろうという意を察したようで、彼はぶつぶつ言いながらついてきたが、ふとあらたまったような声で訊いてきた。

「第五皇女殿下とは、どんな方なのですか？」

「気になるのか？　私のユーゼリカのことが。面識はなかったかな」

「ありません。……ああ、そういえば一度宮殿でぶつかったことがありますが、お顔はよく拝見しませんでした」

「ぶつかっただと？　私のユーゼリカに？」

「申し訳ありません。お怪我などはなかったようですが……」

「気をつけてくれたまえ。ユーゼリカはか弱いのだ。しかしルディアス、いや、セフィルティウス。いかに美しく聡明で可愛い妹とはいえ、ユーゼリカに恋焦がれるのは許さない」

本名で呼ばれたのに驚いたのか、一瞬間があり、心外だと言いたげな声が返ってくる。

「ありえません。殿下の敵に対してそんなことは」

「敵とは思っていないが、手強い相手ではあるな。これからは充分警戒してくれ」

ちらりと振り返ってみると、彼はいつになく厳しい顔をしていた。

「もちろんです。殿下」

誠実さあふれる頼もしい答えに満足し、アレクセウスは微笑む。

「期待しているよ。フィル」

宮殿で自分だけが呼ぶ愛称でそう言うと、悠然と酒席へと戻っていった。

＊＊＊

部屋へ戻る第二皇子の背中を見つめながら、フィルはそっと嘆息する。

皇帝に匿名で訴えたのではないかと問われた時は、思わず冷や汗が出た。いつ調べられていたのかと内心うろたえてしまった。幸いにも疑いは晴れたようだが、これからも用心したほうがいい。

皇子のにらんだ通り、皇帝に調査させるべく訴えたのはフィルだ。下宿館の皆で物資を届け、患者たちは一晩は救われただろう。だがそれだけではだめだ。この先も物資を運ぶことになるだろうが、それは危険と隣り合わせの行為になる。封鎖場所の出入りでは兵隊と揉めるだろうし、罹患者《りかん》が広がれば素人には手に負えなくなる。役所を動かし、現場を正常に指揮する者が必要だ。

だから皇帝に匿名の書簡を出した。この疫病を広めないため、患者たちの治療のため、そして管理人の彼女をこれ以上危険にさらさないために。

恩人である第二皇子を裏切るような真似になってしまったのは心苦しかったが、彼やその周辺の人々は慎重すぎた。このままでは解決に時間がかかると思い、断腸の思いで決断したのだ。

それなのに、蓋《ふた》を開けてみれば第五皇女が先に糾弾したという。

アレクセウスや側近たちいわく、第五皇女は宮殿に引きこもっているらしい。だが本人は動けずとも従者たちを方々へ遣わして、敵である皇子たちの動向を探っているはずだ。その過程で第四皇子の件も聞きつけたのだろう。

そして先手を打った。自分が発見したかのように皇帝に申し出たのだ。

それを知った時、なんと冷徹な皇女だろうと愕然《がくぜん》とした。

（実際に動いたのは管理人さん――リリカさんなのに。館のみんなも頑張ってくれたのに）

彼女や彼らの働きを思うと悔しかった。だがあの夜、現場で何が起きたのかなど城にいる者たちが知る由もない。一帯は封鎖されていたため外部に様子は伝わらず、リリカたちの存在すら役人たちは把握していない。それをいいことに、第五皇女は手柄を掠め取ったのだ。

医官のリックが昇進したのはその見返りではないかとフィルは思っていた。出世させたのだから本当のことは黙っていろ、というわけだ。彼はあの夜医局に戻っていたし、人に見られた可能性はある。あるいは知らないうちに接触し、探られていたのかもしれない。

（これじゃリリカさんが報われない。気の毒に……）

亡くなった妹を思い出したと打ち明けてくれた。だから必死に病の人のために奔走していたのだ。あの時の涙する姿は今思い出しても胸に迫ってくる。どんなに悲しくつらい日々を乗り越えてきたのだろうと――自身に重ねてしまい、つい過剰反応してしまう。

彼女のために何かできないか。そう考えた末の匿名の書簡だったのだが、まさかそれが第五皇女を後押しすることになろうとは。

（そんな方だとは思っていなかった。でも——）

皇帝主催の茶会が開かれた鏡の間で皇女にぶつかった時のことを思い出すと、複雑だった。よろけて倒れた彼女を助けもせず、それどころか遠巻きに嘲笑すらしていた人々。皇女はうつむいたまま周囲を見回すこともなく、黙って立ち上がって去って行った。

第五皇女と弟の第九皇子の宮廷での立ち位置は聞いたことがあるため、不用意にぶつかったことに責任を感じた。普段はアレクセウスの宮殿から出ることはほとんどないが、急用であの場に赴くことになり、変装用の眼鏡を同僚から急遽借りたのだ。度が合わなくて見えづらかったせいであの騒ぎを引き起こしてしまった。申し訳なさから同情めいた気持ちでいたというのに——まさかあの大人しそうな皇女が裏では暗躍を見せていたとは。

（第五皇女も必死なんだろう。だがアレクセウス殿下に勝ってもらわないと困るんだ。絶対に……）

皇女自身に悪い感情は持っていなかったが、油断ならない相手だと身をもって知った今、アレクセウスに言われるまでもなく警戒を怠らないつもりだ。

フィルにとっても、第五皇女ユーゼリカは敵になってしまったのだった。

この作品に対する皆様のご意見・ご感想をお待ちしております。

おハガキ・お手紙は以下の宛先にお送りください。

【宛先】

〒150-6019 東京都渋谷区恵比寿 4-20-3 恵比寿ｶﾞｰﾃﾞﾝﾌﾟﾚｲｽﾀﾜｰ 19F
（株）アルファポリス　書籍感想係

メールフォームでのご意見・ご感想は右のＱＲコードから、
あるいは以下のワードで検索をかけてください。

アルファポリス　書籍の感想　検索

ご感想はこちらから

第五皇女《だいごこうじょ》の成《な》り上《あ》がり！　捨《す》てられ皇女《こうじょ》、皇帝《こうてい》になります

清家未森（せいけ みもり）

2024年 2月 5日初版発行

編集－飯野ひなた
編集長－倉持真理
発行者－梶本雄介
発行所－株式会社アルファポリス
〒150-6019 東京都渋谷区恵比寿4-20-3 恵比寿ｶﾞｰﾃﾞﾝﾌﾟﾚｲｽﾀﾜｰ19F
TEL 03-6277-1601（営業） 03-6277-1602（編集）
URL https://www.alphapolis.co.jp/
発売元－株式会社星雲社（共同出版社・流通責任出版社）
〒112-0005 東京都文京区水道1-3-30
TEL 03-3868-3275
装丁・本文イラスト－凪かすみ
装丁デザイン－AFTERGLOW
（レーベルフォーマットデザイン—ansyyqdesign）
印刷－中央精版印刷株式会社

価格はカバーに表示されてあります。

落丁乱丁の場合はアルファポリスまでご連絡ください。

送料は小社負担でお取り替えします。


ISBN978-4-434-33359-0 C0093